U0496856

岁月静美

江山文学网散文精选

董斌 刘朋康 主编

中国华侨出版社

序

风景这边独好

江山文学网自2008年成立以来，提倡“正文学”概念，扶持“正能量”文学，网站阅读量稳居全国各大文学网站前十名，一千四百余名签约作者，二百余位省市级以上作家共发表文章六十余万篇。

流光总会把人抛，红了樱桃绿了芭蕉。悠悠八年，岁月匆匆，老作者在坚守，新作者层出不穷，江山在纯文学的路上越走越稳，风景依旧独好。这本精选散文集涵括了白音格力等知名大家的力作，吸纳了清菡等市级作家的清秀文字，展示了诗心静美细腻灵动的笔墨，抒写了瘦马宇龙大气厚重的篇章。文集既有经过人生历练后的醇厚感悟，也有刚经世事飘逸随性的思绪，可以说真正做到了百花齐放，万紫千红。

江山代有人才出，各领风骚数百年。在这本文集中，你可以感受到开阔的主题与别样的风格兼容并蓄，有一边流连于一杯茶的清净哲思，也有一边在旷野中大声宣泄的青春；有夕阳下老人烟袋锅里飘散着黄土高原的大气恢宏，也有在江南小溪边的潺潺流水中聆听菡萏花语闲情逸致；有儿女搀扶下耄耋老人看夕阳正红的感人场面，也有碧天黄叶下青年爱侣的喁喁私语。读罢，或赏心悦目，流连忘返；或掩卷沉思，百感交集，不同的主题不同的文章，充分展现了文字之美和感人力量。

这本文集从选稿到编辑，历时五个月之久，在此特别感谢为本书出版付出无限辛苦的作者和编辑们。

古渡闲人（江山文学网站长兼总编）

目录
CONTENTS

第六卷
岁月静美

附录

第一卷

见字如面

小亭挂雨声

◆文 / 白音格力

一辈子听雨，或一辈子看雪，曾是我想到的最寂绝的事。

雪是可以看上一冬的，但雨对于北方来说，却是不多见。江南多雨，树苍绿，檐黛青，一场雨，连绵不绝，生着烟，生着寂寥，也生着静静的念。

那样缠绵的雨，宜小窗开卷，字句生绿；宜瓷瓶插花，枝叶清逸；宜举伞缓行，听雨赏荷；宜一个人一盏茶，宜想一个云白花清的人。

听雨，檐下，林间，窗前，每一处都动人。檐下雨脚滴答，林间穿林打叶声，窗前梧桐三更雨，仿佛雨是从古诗里走来的韵脚，又仿佛某个人的心心念念。

过了冬，春到夏，一路节气如画。一幅幅，在纸上给它们起名字：惊雪，春水，听早蝉，山出云，小亭挂雨声。

一直盼望有机会在湖中的亭子里，听雨打在荷叶上，就那样清响曼妙，时光静谧。

荷叶青碧，挨挨挤挤，于亭边铺开，远处水面清幽。雨若音符，清圆可爱，溅上亭檐、水面、荷叶，溅得心曲忽然拨响。

先是淙淙满弦，两耳清越，好像一场初见，身体里哗然绽开的一曲；接着远处水雾扬纱，迷迷离离，近处水面滴答如珠，圆润耳语般，好像他走过来声音是自上而下飘进身体里；再听，只剩下雨打荷叶声，若雨不大，一声一声，清而空灵，又染着无缚无系的畅快，是一种绝响，溅开珠玉。

那一时忽然清洌，仿佛爱过千山万水，回响于心的，不必一定是他的话语，单单是寂静的念，都是那样妙契的好。雨打荷叶，这一“打”，是任性，是自在，一叶荷，洗净了世界，长出一朵莲。

只在一小塘，边上一小亭里，远远地看过荷，听缥缈的雨弦。也许因为特意去，急切的心意看到的都是胜景。雨如线，声如珠，挂在小亭周围，像一道帘。

一路仿佛看见水波，因为雨。因为雨，小亭便染上水墨，荷叶净圆，偶有亭亭荷花，一支出水，高洁方雅。人于亭中，亭挂雨声，仿佛时光滴答，映着水光，映着一圈圈涟漪白；仿佛有人，纤纤衣袖，素手调着弦，落下凡间的音。

苏州拙政园里有听雨轩。到中园东南，穿小院，近小池芭蕉，又清水一泓，自然少不了荷，无雨天于此，心头上都是雨打荷的声音。还有荷风四面亭，“春柳轻，夏荷艳，秋水明，冬山静”，这样的描述，亭已立于画中，四面水意，如来一场雨，荷风轻送，人站在那里，随便望一望，眼里便是那个人水样的身影。再静静地发发呆，亭挂雨声，一帘之外，墨的氤氲，是那人一生的长衫，向你走来。

没有姜夔的闹红一舸，探不得荷丛深处，但有雨来，依然可拥有水佩风裳无数，翠叶吹凉，再看雨声处，嫣然摇动，冷香飞上诗句。

终于把亭借来，把雨邀来，把荷约来，为了一幅画，我在世间寻你，即使残荷也留得听雨声。雨声里，你唤着一个名字，涉一片水墨，澹澹地来了。

心中若有荷，每一念，清响不绝，繁密有致，不疾不徐，那么就开一支菡萏，好似与一人幽清相见；心中若有亭，就挂一帘雨声，每一念，池荷为纸，菡萏为笔，画出你的模样。

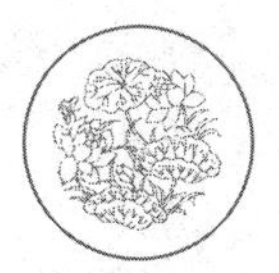

菖蒲君

◆文 / 白音格力

菖蒲临水，与荷清喜；冉冉蒲叶，与莲共影。小坐一方清水池，菖蒲细碧洁净，与荷花相依，人也得清凉，与事忘忧，与世不染。

而书斋有菖蒲，苍然几案间，寂之气，幽之韵，悠然相合。人坐案边，翻书页，读月光，情趣洒然。再于山间行走，总不忘学陆游雅兴，溪头寻白石，回家养菖蒲。

办公桌、家里书桌上，十几年一直养着菖蒲。心每烦躁，抬眼看青绿绿的叶子，便幽然无语，内心安详。

因为甘于清幽，案上菖蒲，宛如君子，澹远清宁，于岁月喧嚣里，脱尘化俗。因此也学着守静，像一片风，落到画中；像一笔墨，游走于一封信；像一首诗，绕在舌尖。

从此，走在自己的世界里，不清贫不孤楚，四下都有热闹。花开时看花，寂静时听风。总觉得，走在一行行诗里，是一种心态，写一行行字，是一种自我发现。

喜欢菖蒲，是因为在我眼里，菖蒲如君子——清心静气，内在安稳。

以前一直不明白，古人为什么喜欢书案上养一盆菖蒲，到底菖蒲与书，与字画，与文人，有着怎样的深情？

水菖蒲，可入诗入画，还好理解。读《诗经》句，“彼泽之陂，有蒲与荷”，仿佛不需多言，在水一方，只要有菖蒲与荷，就是胜景。但养于书案间的石菖蒲，到底寄寓着诗人怎样的情怀？看苏轼诗“烂斑碎石养菖蒲，一勺清泉半石盂”，还有陆游诗“今日溪头慰心处，自寻白石养菖蒲”，诗人的情趣，一株细细长长的菖蒲，就可以寄托，让人生羡。

直到自己养了十几年，几乎每日与之相对，心渐渐澄净而自在时，抬眼看菖蒲，渐渐明白，世间总有一个人，尘垢不沾，俗相不染，愿于寻常风月中，得人生清净地。

见过一个摄影师在博客里发的近百张各地菖蒲艺术展照片，看着那一帧帧画面，古盆碧草，逸韵幽绝，让人仿佛走进了古卷中去——“粉墙黛瓦，天井格窗，亭楼绿萝，菖蒲分列其间，百般清姿，千种风流，此良辰好景，蒲君定不负知音”。

所以去看蒲赏蒲的人，一定是菖蒲的知音，是世间清宁的君子。

跟着摄影师的镜头，也终于明白了，花草四雅——兰、菊、水仙和菖蒲之中，为什么有人视菖蒲为雅中之雅，是因为，自古文人雅士“重高雅而不重华彩，重简朴而不重繁缛，重淡泊而不重浓烈”。

而这，正是一个君子的情怀啊。

每年春节前，我都会将那一盆菖蒲细心洗尘，洗的何尝不是还残存于身的一点贪，一点怨，一点杂心，一点杂念。

“水流心不竞，云在意俱迟。”于尘世中，如一株菖蒲，活得清心寡念，不争不抢，不疾不徐，最好，却最难求。所以，时时不忘提醒自己，做一株菖蒲，心无赘物，自得逍遥。

不思前尘，低处开花；不困旧念，高处望远；不悔来路，携山挽水；不贪去日，自静养墨。

如此，书房幽寂，风日清酣，一卷书，一株蒲，一提笔就可以把墨写到老，一念人就可以将一封信开成光阴的画卷。

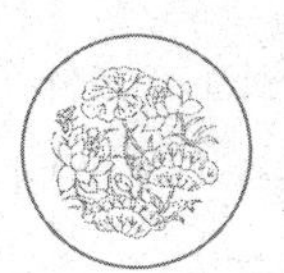

爱花絮语

◆文 / 独上月楼

我执拗地相信，春天，是被一种叫作迎春的小花儿唤醒的。

不是么？早已过了立春，北方大地却还是一副灰头土脸的模样。绿茸茸的小草仍然在冰冻的土层下玩命挣扎，婀娜多姿的垂柳还在为枯萎的长发愁眉苦脸，降温的天气预报隔三岔五来一回，就连风儿也像生猛男人硬扎扎的胡须刺棱着人们的脸颊……

温婉的春天就是一个慵懒的女子，永远都是姗姗来迟。

忽然有一天，毫无预兆的，一蓬蓬犹如灌木丛的纤细柔软的枝条上密密匝匝开满了黄澄澄的小花儿，她显然是个急性子，骨子里亦有英雄情结。没等我们察觉到她的含苞孕育，她已匆匆忙忙刺破天地间的阴冷昏暗挺身而出，兀自绽放出一片片如火如金如阳光的暖意来。

小草怎么看？垂柳怎么看？其他花儿怎么看？她根本不在乎！怎么了，我想开就开，谁让你们叫我——迎春花！我惊诧，她那样普通，那样柔弱，一点都不“高大上”，怎么会蕴含那么强大的能量？

她无须呐喊，也无须遍洒芬芳，更无须像别的花儿那样低调合群，她的抢先盛开只是为了证明一个事实：春天就要来了！

人们不是喜欢说“春暖花开”嘛，春暖花才开！众人皆醉它独醒。原来她还是个思想家。

俯下身子，细细端详一朵朵染着阳光色彩的小黄花，她由六片精致的花瓣组成，花蕊也是黄色的，通体光洁透明。摘下一朵看，只比大拇指的指甲盖略大一点，像个可心的小尤物，但当她们聚合在一起，就是一片鲜亮、耀眼、温暖的所在。

不经意瞥她一眼，心里突地就被点亮了。若是定定地看，内心就会幻化出太阳升起的地方。

清晨，迎着朝阳走在上班的路上，路边花坛里的迎春花亲亲热热簇拥在一起，艳丽的小黄花亮晶晶地闪闪烁烁，毫不吝惜地向人们传递着春的讯息，不由得，脚下便有了弹性。

傍晚，沿着小区的铁栅栏墙略显疲惫地往家走，一株株迎春花又像一个个顽皮的孩子，从栅栏里探头探脑地望着你，好像在跟你嬉戏，繁杂的心境豁然清朗。

双休日，跟亲朋好友结伴去郊外踏青，一团团金色的迎春花照亮了光秃秃的山坡，于是，我们一个个站在它的身后，摆出胜利的手势，一起高喊“茄子”。洗出照片一看，张张都是“丛中笑”。幸好迎春花不会说话，不然，怕是要笑话我们太“老土”了呢。

没过多久，春姑娘果然醒了，许是被金灿灿的迎春花晃了眼？

先是路边的垂柳刷地染上了鲜嫩的鹅黄，然后是高贵饱满的白玉兰、紫玉兰次第开放，紧接着，浅粉色的樱花、粉红色的桃花、白里透粉的海棠花云霞般压上枝头，一树树白丁香、紫丁香也相继开放，迷人的幽香在空气中飘浮，如雪似玉的山桃花铺满了一弯弯返青的山谷……

哦，春天真的来了！

万紫千红的春天固然美，可我最钟情的还是万木萧瑟中那一抹阳光的色彩。

迎春花，又名金梅、金腰带、清明花、小黄花，系木犀科落叶灌木，因其在百花之中开花最早，花后即迎来百花齐放的春天而得名。有意思的是，“金腰带”的雅称来自民间的口口相传。相传，西施随范蠡春游太湖，恰巧迎春花盛开，范蠡一时兴起，摘下一支围在西施腰间，说：“真像一条金腰带（金腰带是古代官职的标志）啊！”想象着娉娉婷婷的美人，纤细的腰肢环绕着一圈星星点点的小黄花，除了惹人怜爱这一层，是否也暗含着范蠡对西施忍辱负重、以身救国的一种褒奖呢？

现代著名作家诗人郭沫若在他的《百花诗》里，以口语化的第一人称颇为亲切地为我们介绍了迎春花的习性："春天来了，我们的花开得比较早，金黄色的小小喇叭，压满了枝条。花多，花期长，或许是我们的好处，缺少香气，认真说是有点儿单调。不过，我们的枝条还相当地柔软，可以让园艺家们作任意的蟠缠。嫩绿的叶子也不容易改变颜色，在缺少花的时节勉强可以过关。"呵呵，"金黄色的小小喇叭"，多形象！原来，春天是被它的小喇叭叫醒的！不过，我不大喜欢最后一句，似乎对迎春花有点不恭。但我宁愿相信，他其实是自比迎春花，免不了有一番自谦？

相比之下，我更喜欢北宋诗人韩琦对迎春花的礼赞："覆阑纤弱绿条长，带雪冲寒折嫩黄。迎得春来非自足，百花千卉共芬芳。"逼真、形象、质朴、贴切，与迎春花的禀性甚为吻合。

也有人把迎春花、梅花、水仙和山茶花并称为"雪中四友"，为它们不惧严寒、敢为人先的风骨和气概慷慨点赞。

爱花，不独是女人的专利。我一直武断地认为，不爱花的人，内心或许是冰冷的。

古往今来的爱花者中，既有文人骚客，也不乏名人伟人，芸芸众生、平头百姓更是结成了浩浩荡荡的爱花大军。只是，人与人的审美观不同，价值取向不同，不可能蜂涌般地追崇同一种花。老话说得明白，萝卜白菜各有所爱。然而，选择什么样的花作为自己的最爱，却可以体现一种人格之美。

唐代诗人元稹与"采菊东篱下，悠然见南山"的陶渊明一样偏爱菊花。不过，爱的理由却各有千秋：陶渊明爱的是菊花的淡泊高远，而赢得元稹爱慕之意的，却是菊花与众不同的独立之精神。有诗为证："不是花中偏爱菊，此花开尽更无花。"

北宋学者周敦颐独爱莲花，绵绵爱意尽在《爱莲说》中："出淤泥而不染，濯清涟而不妖，中通外直，不蔓不枝，香远益清，亭亭静植，可远观而不可亵玩焉。”毫无疑问，让大学者一见倾心的，正是荷花不可亵玩的清高品格。

宋代隐逸诗人、画家林逋，隐居西湖，结庐孤山，以种植梅花、饲养仙鹤为乐，终生不娶，人谓“梅妻鹤子”。梅花与仙鹤最为通灵，自然是仙风道骨之人的首选。

秋瑾烈士酷爱水仙花。短短的一生中，她坚持每年都要泡上几盆。“只要一碟清水，几粒卵石，就能在万花凋零的寒冬腊月展翠吐芳”。秋瑾多次为它们激情赋诗：“洛浦凌波女，临风倦眼开”“嫩日应期雪，清香不让梅”“余生有花癖，对此日徘徊”。水仙花，不正是烈士超凡脱俗的生命写照吗？

开国元勋朱德元帅最喜花中君子——兰花，古稀之年竟写了近40首咏兰诗。然而，他似乎更愿意做兰花的使者，而不是将心爱的兰花收藏起来供自己独品。据说，他曾多次把自己亲自培植的兰中佳品井冈寒兰赠与北京、长沙等地植物园，还把60年代在西藏采集到的虎头兰赠送给上海植物园；把春兰珍品“大富贵”赠送福州兰圃；还多次以兰花为礼品馈赠给外国朋友。与更多的人分享兰花的君子之风，想必也是一种大将风度吧。

连续荣获两届老舍散文奖的作家寞儿（安然）最是喜爱睡莲。在她的散文《我慕恋的水泽》中，她形容自己“像一朵睡莲一样醒来”，她对睡莲的爱已然渗入灵魂：“光阴一直在创造奇迹：变化是一种，坚守恒定也是一种。在我的眼里，睡莲已然成为奇迹中的后者。如果，己身可以化为另一种生命，我愿意长成一朵睡莲，开向世间那些懂得珍重秘密、敬畏造化的人。”

女作家林之是典型的山东女人，她爱花的方式最为“极端”：必是要将花儿从头到尾咽进肚里化作血肉才心满意足。“粉蒸槐花”，便是她最拿手的一道好菜。倘若有人攻击她，“花本来是供人赏的，不是供人嚼的。”她的答复会让你五体投地：“可是，假如一种花，有姿色饱你眼球，有芳香飨你鼻息，有美滋美味解你馋吻，难道这样三合一的美物尤物恩物你会不喜欢，你会任她错肩，你会不立即当作你的绝色拥她入怀？”够绝！

人们爱花，固然少不了花儿自身的魅力。但，借花喻人，以花自勉，咏花明志，乃至，幸福得像花儿一样，那就是一种大境界了。

是的，我的最爱是迎春花。尽管，她没有牡丹的华贵，没有玫瑰的娇艳，没有玉兰花的饱满，也没有丁香花的香氛，她浑身上下弥漫着不起眼的草根气息。可是，她不惧寒流，不择土壤，即使被冰霜覆盖，也要昂着头开完自己的花。她性格刚烈，不随大溜，适应力极强；她蓬勃在低迷时节，却传递着阳光的色彩；她独自奏响春之序曲，引领着百花绽放姹紫嫣红……

然而，一旦春光乍泄，群芳争艳，她便会第一个退场，为下一个春天积攒力量。她才是当之无愧的春之使者。

刚刚，我查了她的花语，竟然是——相爱到永远。

自然的散步者

◆文 / 长袖伊人

请把我们的手交到散步大师手中。

——题记

1921 年 3 月 29 日，约翰·巴勒斯轻轻关上了他在哈得逊河畔亲手搭建的小屋的两扇木门，然后像一片轻盈的茱萸花絮带着自然的韵致轻轻飘落在那片河谷之中；此时，我不能确定他眼前是否飞过一列由五只天鹅组成的直达罗克思贝里的列车，我只知道，这个一直在大自然的家园中散步的大师，回家了，回到了他所热爱的大自然，并回归于尘土之中——而他是否知道，他的安息之所正是他童年时代常常玩耍的一块巨石之畔？而我是不是也就可以这样认为，他自己也成了一块写满编年的地质年表呢？谁来与我做个确定的回答？

而在他的身后，留给人类的是怎样一个自然世界？

如果我有兴致到自然之中去散步，我会选择谁做我的向导？如果我想看到一个丰富的自然界，听懂那些鸟儿的语言，我会选择谁做自然语言的翻译者？如果我对自然的神力迷恋不已，并想看得更深更透彻，我会去拜访谁的小屋？世间或许不乏这样的向导，也不乏这样的翻译。许多诗人、艺术家、作家都可以胜任这项工作，当然，他们也不会使你失望或感到沮丧。但是，约翰·巴勒斯无疑是最好的首选，他不仅能胜任，而且绝对身体力行。我唯一感到遗憾的是无法在时光交错的历史星河中与之会晤，但我相信跟在他的身后走进自然，一定是件轻松愉快的事情，也是一件大开眼界的事情。我不担心他走到半路会扔下我们自行“下山”，因为他知晓更多通往山间、湖泊的道路，更何况他对垂钓鲟鱼也有极大的兴致呢？他还是这样一个渊博的自然学者，翻过一条河，我们就到了彼岸；登上一座山，我们就可以望到很远。他也是一个能把人的心灵引领到一处优山美地的自然诗人，因为他知道在适当的时候，人类应该给大地下跪，或者匍匐而行。

他给予我们的世界，真是奇妙无比。坐在自家屋内面对四壁和坐在小区的树荫下与人们闲谈，不会得到这些乐趣。在繁华的街市和商场，你不会得到这些清新的记忆和宁静的享受。跟在巴勒斯身后，你会有这种感觉，当你仰望天空，一只冠蓝鸦或者小林莺飞来，它们扑扑楞楞煽动的翅膀上竟然有一片浩瀚的森林。一只潜鸟，就使你将遥远的加拿大湖泊尽收眼底。而一块岩石上，也陈列着英雄史诗般激动人心的章节——岩石中的《伊利亚特》和《奥德赛》。在一列飞驰的列车上，可以快速浏览一本厚厚的地质年鉴。这当然需要丰富的想象力和感性的心灵。自然之诗是一部多么庞大和恢宏的交响曲啊，就连一条小溪都有一种疗救身心的清新魅力，何况我们面对的是人们视而不见的大自然？而我们脚下的大地，却无论如何都不能囿在你的一线视野之内。它伟大，无边无际，在你的眼界之外，也在你的想象力之外，它无限延伸和扩展。

我一点也不怀疑它们的真实性。

当我们在人群中良久沉默，面对现实无法言语的时候，跟着一条小溪，或者一只花斑蝶，或者一辆古老的牛车，去到自然之中。面对泥土和草木，面对岩石和河流，这些不需要你劳神费力，就会发觉自然的神奇之处；你会发觉，你的思维以及四肢都散发着连自己都不可能相信的欢快。四月，一切都是清新的，一切都含着刚刚苏醒的媚眼和充足的活力，它使我们的脚步一再延伸，一再进入大地深处。大自然的气味使人陶醉，它们来自“暴动的青草，生长的树根，败叶下的泥土，新犁出的垄沟，别的月份绝没有它这样的气味”。“四月的气味，主要特征是清新，清新得倒胃口。它们不是甜的，更多的时候是苦的，它们的热情扑面而来……它不抽象，也不那么刺激感官。”在四月，小鸟的歌声也越来越婉转和清丽。褐色的红眼小鸟、知更鸟、蓝鸫、北美歌雀、月光鸟、长尾画眉、斑鸠和啄木鸟，它们不但向人们展示各自歌喉的魅力，也向人们显露自己在自然中各种有趣的举止，仿佛幼稚的不知所措的人类。可是，我们永远都不可能阅尽自然，因为不仅仅只有四月才是清新的，令人满心欢喜的，即使在冬天，也有洁白的雪将自然装点。我们也总能在一个冬天的清晨惊讶地望着窗外洁白无垠的世界出神。自然就这样向我们展现它的无穷无尽的美。我们又怎么可以穷尽自然之态，怎么可以藐视它们的存在，破坏它们，攫取它们呢？就连巴勒斯都在诘问：哪里是自然的尽头？哪里是苍穹的尽头？因此，人类在它们面前一再显示自己的无知，他们到树林中撒网，想捕尽鸟类；他们企图伐尽大山以获取短暂的温暖；他们甚至为了经济出卖农民的土地。这些或许让我们看到了真实的自己，看到了人类真实的本质。

其实，我真正想了解的是一个人的感官世界。我真正想剖析的是一个人的嗅觉和视觉和这两者合一的感受力和延伸度。我一直想知道，自然的神奇和瑰丽在一个人心中所起的化学反应的链条是怎样的一种构造，它使一个自然的热爱者的思想如此深邃，意味如此绮丽，思维如此深远。使他在文字的格式中留下了乡愁般的抒情，在一生的远足中，充满了诗意的行为。在森林里我追逐他的脚步；在田野里凝视过他曾端详的花朵；在溪水旁感受着他诗意的叹息；而他献给人类的二十五部大自然的典藏，我只翻阅了其中之一角。

每一个热爱自然的人，都有一双不知疲惫的腿脚，一双明慧的眼睛，一颗澄澈的心灵。他们远足，他们寻觅，他们看到普通人所视而不见的神奇，他们感受着自然的伟大，并能在一件普通的事物上看到时空的转换和迁移。巴勒斯其实就是这样一个“散步大师”和观察者。他有宽阔的额头，农民的样貌，粗大的骨节，苍白的胡须，唯一与众不同的是，他有一双深沉的慈父般的眼睛。正是这双眼睛，给我们献上了一卷微缩的自然世界，正是这双眼睛，发现并带来了微观的博物学。也正是这双眼睛，带给我们美的世界：“当我走进森林或田野，或者爬上小山，我似乎根本没有望见美，但是却像呼吸空气一样呼吸到它……美依附在岩石和树木上，与粗糙和野性为伍；它从纠结在一起的蔓草和沟壑里升起来，它跟鹰和秃鹰一起栖落在干枯的橡树上，乌鸦从它们的翅膀上散落下来，编织进它们那小木棍搭成的鸟巢，狐狸朝它吠叫，牛朝它低哞，每一条山路都通向它神秘的所在。我不是美的旁观者，而是它的一个合作者。美不是一种装饰，它的根须穿入地球的心脏。”读这些话时，你或许会不自觉得屏住呼吸，并带着一种自然的音节，来享受和品味。真不想一次读完，又想就这样附着于这些文字之中，永远地呼吸和萃取，直到这颗心脏无法承受。

或许，在自然之中，我们寻常的眼睛同样能感受到它无与伦比的美丽。正如我们会偶然地望望天空，看看草地，也会对一朵花感兴趣，有时也会被小鸟清脆的叫声吸引。可是，我们远远没有巴勒斯那般耐力绵长，也没有他爱自然爱得那么深沉。当他穿过家门前的一片丛林，总会有什么玄秘的事物吸引着他停下了脚步；在四季的转换里，也不仅仅是叶子的萌生和凋落，一定还有更深刻的东西需要用他的心灵去感受。那么，我们所不能感知的到底是些什么样的事情。流经村旁的一条小河，在我的一生中会被我亲切地挽着胳膊走多久，它会是我一生的亲人吗？它会如亲人的血液一样始终流淌在我的血液里吗？当你在自然之中亲见身边的一棵树、一根草、一朵花时，是否会由此而看见更多的树木和花草。它们在你身边漫延，在广阔的大地上铺展，在天空下绽放，以各种姿态，各种色彩，各种形体语言，而此时，我们是以何种身份将自己置身于自然之中。看看那些农夫吧，他们“是怀着怎样的一种感情把自己种在地里，砌进石墙，凭着自己的辛劳让大山都为之感动呢？”我们是否就是这个农夫？既热爱这片土地，又能知晓它们的语言，传递它们的信息，理解它们的感受，也阐释它们美的特质。

事实上，巴勒斯一直想告诉我们的不仅仅是自然界里到底有多大多大的魅力，他总是试图说服人们去相信自然的真实，也时时刻刻在告诫人们自然的公平法则和自然的私心。自然在万物面前绝不偏袒任何一方，不会因人类自诩的强大就给你更多的好处，也不会因蚂蚁的渺小就不给它们存在的自由。自然也有自己的喜好和性格，任何人都不能改变它，也不能强迫它去做这做那。这种任性和自私的脾气我们已经领受和正在领受，我们时时感觉得到自然在我们的头上抽响它的皮鞭，只是人类一再装聋作哑，或者全凭一介武夫的皮糙肉厚来充充英雄罢了。其实，人类再明白不过，捕获一只鸟，大片树林就会消失；砍倒一片树林，一条河流就会枯绝；这就是它的自然之道。所以人类最好放弃自以为是的傲慢，放弃永远端着的架子，人不过是一个泥巴做成的人而已，在自然面前，人类永远是它的一个孩子。巴勒斯在《叶子与卷须》中说道：自然是一间存放事实、法则与过程的储藏室；对于艺术家，它是一座展示无数精美绝作的画廊；在诗人眼里，它是奇思异想的荟萃，灵感的源泉；在道德家看来，它集各种寓言训诫之大成；而对我们每个人来说，自然是知识与欢乐之源。

那么，巴勒斯——自然之门的开启者，请牵起我们的手，引领我们上升到自然的高度，到那“伟大、粗糙、野蛮的大地”中去。去体验自然的真实和不可言说的美，去发现自然的情趣，寻找自然中的清新与快乐的因素，让人类看清不可违背的自然之道。

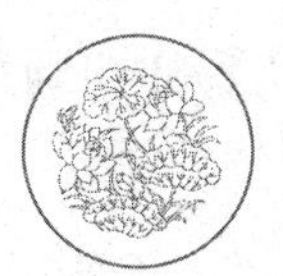

醉美女儿城

◆文／樱水寒

一座城，代言一座城。

湖北恩施，山水秀丽，是土家族的聚集地。这里四季怡人，随着旅游业的兴起，成为了新的旅游城市，而女儿城正一步步成为这座城市新的名片。她时而若小家碧玉般恬静温柔，有着小桥流水、杨柳依依的静雅，沾染了土家族独特的民族风情；时而若一位都市女郎，时尚而前卫，有着都市的繁华绚丽。你可以静静地漫步在那一条条青石铺就的小道中，一把遮阳伞，一缕淡淡的清风，闻着花香，醉在她的古色古香中。你也可以在夜色迷离中，走进啤酒花园，看独特的民俗表演，一扎啤酒，一盏月光，醉在她的万般风情中。

快节奏的都市生活，让人们每天循环在上班与下班之间，劳心劳形，于是越来越多的人在闲暇之余，走进大自然，走近原生态，放飞心情。女儿城地处恩施城东郊，它真实地还原了土家族特有的民族风貌，集中展示了土家独特的民族风情。于是，女儿城成为了本地人和众多旅游者游玩的好去处。

阳光暖暖的午后，蜗居在家已经近三个月的我，轻装简行，坐上了去女儿城的公交车。城市的交通有些堵塞，车子一路停停走走，近一个小时，车子终于到达女儿城公交站。

下了车，阳光扑面而来，若一位热情的主人正在将我召唤。女儿城对于我来说并不陌生，从建设初期到现在已形成一定的规模，我见证着它的每一次华丽蜕变。

女儿城入口处有一块大大的椭圆形石头，石头直直地矗立在那儿，若一位门客，正在暗自打量着每一位游者。石头上刻着三个字：女儿城。“女儿”二字，笔锋秀丽，仿佛也沾染了女儿般的柔情与细腻。两条马路随着山势蜿蜒而下，中间是绿化带、行人道。

恰逢春色早，绿化带里各种花儿热烈地开着。妖艳的映山红，一簇簇挨挨挤挤，似乎在窃窃私语一般，惹得游人纷纷拿出手机，把春色收藏。偶尔有几株桃树，零零散散地分布在绿化带不同的角落。桃花已经过了花期，然而，绿叶间几朵粉嫩竞相开放，煞是好看。行人道上，人来人往，一串串笑声若春风般在小路上游荡。

小路蜿蜒，有旅客兴致勃勃地向着女儿城走去，亦有兴尽而归者，带着满眼笑意。再往前走一会儿，一条林间小道出现在人们的视线中。道路两边，樱花树静静地站立在那儿，若一个个娇羞的美女，含情脉脉。粉红色的樱花在枝头悄然绽放，微风一扬，花瓣飘飘洒洒，一场花瓣雨就这样不期而至，心中不由得赞了一声，好美。喜悦，如花儿开在心头，使我不由得想起了那句话：最美的风景，在路上。

走完林间小道，视野忽然开阔起来。不远处，在群山的环抱下，一排排古色古香的建筑群忽然映入游人的眼帘，给人一种惊艳的感觉，让人迫不及待地想要走近它，一睹风姿。

过了篮球场，就真切地靠近女儿城了。首先映入眼帘的是一排排古色古香的建筑群，各种招牌别样醒目。下石阶，街道两边是各种带有地方特色的商铺，这些沉淀着土家风俗的商铺，带着一种强有力的生命力，冲撞进游人的眼帘，让人忍不住驻足。

街道左拐，就进入了女儿城主街，一座独特完整的土家吊脚楼出现在人们的视野前。吊脚楼是恩施土家族最具特色的建筑，古色古香，是土家风俗建筑的一颗璀璨的明珠，闪烁着独特的光芒。吊脚楼依山傍水而建，具有空间美、层次美、形体美，集中展现了土家人们的智慧与生活原貌。木质的阁楼，呈现着自然的黑色，带着最原始的色彩，给人灵魂的震撼。吊脚楼阁楼上挂着一坨坨玉米，象征着丰收的喜悦。阁楼的中间是一个大的舞台，每天都会有带着恩施土家族特色的表演。山歌对唱、土家连响、摆手舞等等，这些都集中体现了土家族的风俗文化。

主街的两边是带着古朴味道的建筑商铺，这些房子用竹子建造而成，天然一色，别具风格。店铺里面都是恩施本地土特产，各种带有土家风味的美食、物件儿，引得游人这里瞅瞅，那里瞧瞧。土家桃片糕、糍粑、饼子，都是现场制作，身穿土家服饰的男男女女，一边做着手上的活儿，一边时不时来几句山歌对唱，在真实还原土家风貌的同时，让大家感受着土家人的真诚、豪迈。亮开的一嗓子，山歌骤然响起，仿佛可以穿透人的灵魂一般，让身为土家女儿的我，更是不由得为之倾倒。

主街正中央，是一个小小的舞台，舞台中央是一座铜像。铜像是一面大鼓，大鼓被三个精壮的汉子扛起，在大鼓上一个土家女子眺望东方，左手随意抬起，长发飘飘，寓意着美好与未来，同时在不经意间也流露出土家女儿的热情与奔放。戏台每天都会有固定的时间表演土家族歌舞，热闹非凡，没有表演的时候，这里也是游人驻足拍照的好地方。

街道的一角，一座崭新的木质阁楼出现在游人的视野前。镂空的雕花，活灵活现，格外养眼。阁楼下，一树杏花热烈地开着，犹如深居闺阁的女子，摒弃了这世间繁华，只是静静地沉醉于如水的岁月里。想来昨夜必然有风雨，那白色的花瓣铺成了地毯，让我不由得想起了席慕蓉的那首《一棵开花的树》。我想，每一朵花，都会邂逅一场最美的花期，每一个人也都会邂逅最美的风景。遇见，是缘，最美的风景，在心中，在路上。

戏台右边的街道口，一个身穿民族服饰的年轻小伙儿，自弹自唱，那声音若幽山流淌的清溪，干净、清透，吸引了不少游人驻足。这条街道十分安静，沿着街道信步走来，女儿城的车水马龙在这里似乎戛然而止，你的心在这一刻也不由得沉静下来，陶醉于这份难得的宁静中。女儿城内的沟渠都是互通的，微风吹过，沟渠水波粼粼，偶尔可以看见鱼儿优雅地游动。此时春色正好，沟渠边杨柳新抽出嫩芽，枝叶苍翠凝碧。风拂杨柳柳映波，自有妙处。在路边有许多供游人歇息的桌椅，若是累了，你可以坐下来，闭上眼睛，静静地聆听叶落的声音，听风略过耳畔的轻柔。

街道尽头，三架木质水车正“吱呀”“吱呀”地转动着，水不断地翻转、流下，一池水，荡起阵阵波纹。若此时，正是黄昏，太阳在山头欲落未落，那一抹余晖染红了山头，染红了这一池流转的风景。

戏台左边，是“比兹卡”街道（比兹卡，是土家人的自称）。在这条街道上有着各种土家族特色服饰、物件儿，品种繁多且价格便宜。

街道口的钢架建筑，城门一般，整体呈“门”字型。钢架呈古铜色，透着古朴的味道。钢架正上方，“比兹卡”三个字别样醒目。入街，一位卖糖人的老人，正低着头认真地做着糖人。他身着蓝色布料的衣服，头发微微透出一缕白色。在他面前是一个简单的制作台，一个煤气罐，一个煤气灶，再就是一个不到两米的钢板。只见他的手时而快捷，时而舒缓，糖人的形状一点一点出现在制作的钢板上，犹如完美的艺术品，栩栩如生。有人懒得等，就买下已经做好的糖人，笑盈盈地离开了；有人则喜欢现做的，围在那里，兴致勃勃地看着老人制作。老人也不说多余的话，客人怎么说就怎么做。这一街的繁华喧闹似乎都与他无关，他只是重复着手中的动作，日暮方归。

街道上，商品琳琅满目。小挂饰，西兰卡普，土家布鞋，在这条街道上都可以买到，还有独特的竹筒酒。顾名思义，这种酒是用竹筒装的，带有竹子的清香。打开盖子，酒香便沿着街道弥漫开来，勾起了不少“酒鬼”肚子里的馋虫。

走在青石铺就的街道上，不时会传来一声声土家民谣，身边也有穿着土家服饰的男男女女擦肩而过，不经意间便透出一丝古意，却又不乏世间烟火的味道。

夜晚时分，倦鸟归林。女儿城安静下来，在街道的尽头有专门的皮影戏。这时候的街道是静谧的，至少，在看戏人的眼睛里，耳朵里只容下了那小小薄幕上的影子与那字正腔圆的对白。

女儿城的夜，是迷人的，宛如“犹抱琵琶半遮面”的少女，有着一份欲语还休的羞涩。离开时，灯火阑珊，公交车载着一天的愉悦离开了。静了，女儿城在群山的怀抱中安静地睡了，风轻柔地拂过，拂过异乡人的梦，拂过土家族儿女的心头。

此处，有山，有水，有看得见的乡愁……

在咖啡里沉溺

◆文／清菡

缱绻午后，光线淡下去，夜色升起来，在慢条斯理的时间里，冲一杯咖啡，然后，一小口一小口，慢慢品。

咖啡的香味袅袅，蒸腾、弥漫、轻盈，蝶一样飘进我的鼻翼，风一样把我紧紧裹住，我甘心做一颗咖啡豆，就这样在安静的午后沉溺、沉溺。

我从没觉得“沉溺”是个贬义词，相反，它是固执的专注，是物我两忘的境界。喝咖啡就是喝咖啡，别的都不去想，都沉淀下去。这个午后，是咖啡的午后，是我的午后。

这个午后，少有的静。我动一动，都不忍，怕把这静搅碎。生活被咖啡隔着，我听不到车轰鸣，也听不到人嘈杂，只听到咖啡的颗粒在融化的声音、夕阳坠落的声音、夜渐渐漫上来的声音。时钟被暮色掩住，我看不到时间，却能听到时间在缓慢移动。突然就明白了陶渊明为何“结庐在人境，而无车马喧”，那一定是心远了。此时，我也心远了……

生活远了，午后安静下来，这个午后真的和我一起安静下来。

坐在窗前，看。外面，月色朦胧，景物婆娑；屋里，热气缥缈，香味弥漫。我搁在它们中间，闲着。闲着好，因为闲，我能在一杯咖啡里沉溺；因为闲，我的灵魂得以自由地呼吸；也因为闲着，情趣才有了呼应。咖啡是我久别重逢的恋人，我有着膨胀了的喜悦，我的心因此而妖娆。

我细细端详一杯咖啡，它有着浓烈的香味，有着粘稠的质感，有着摇曳的舞步，也有着魅惑的眼神。北回归线阳光的饱满、夏威夷海洋的呼吸，都一并来了，在我的鼻翼间舞蹈，在我的味蕾上缠绵，千回百转，带着茂盛。

是这咖啡把我往浪漫的路上带。

浪漫，是咖啡的又一个名字。咖啡，这个名字带着洋味；浪漫，这个名字是浸了一身的诗意的。生活更多的时候，是需要实实在在的小米粥的，但，天天喝粥，就会腻。偶尔来杯咖啡，会锦上添花。

咖啡香味迷醉起来的时候，适合邂逅宋词。在烟雨迷蒙的石板小巷里，空气里飘着似有似无的淡淡清香，一个罗衫淡淡的女子，踩着婉约的韵脚，从宋词里走来。恍惚间，对面坐着的就是李易安，她端起咖啡，轻抿一口，在咖啡的浓香里，她的诗意一定泛滥了，那杯盏里一定盛满了她的离愁。

我驾着文字的舟，泛游于宋词的烟波浩渺中，在夕阳的温婉里沉醉。唯眼前袅娜着的咖啡香味真真切切，它提醒我，我与宋词已隔了千年。

有人说：音乐中含有美感，诗人态度娴雅，深思清爽，去野入文，怡然自得，以领略有生之乐。如此观点，我很赞同。在缱绻午后，在氤氲香气里，来点音乐最好。咖啡的香味，需要音乐来抒情。静静地躺在藤椅上，慢慢地闭上眼睛，悠悠地听着音乐。那乐声带着诱惑，还有某种特质，如清泉缓缓流过，似鸟鸣清脆入耳。它呈现我，也隐匿我。音乐浮起来的时候，生活里一些东西便都沉了下去。

或者什么也不做，什么也不想，就坐着，喝咖啡。这个闲暇的午后，因为有了咖啡，就有了情调。在有情调的午后，咖啡分明就是一位风情万种的女子，临窗而立，在深情款款地注视着我。

一直觉得咖啡是很洋气的东西，就连读音都带有一股洋味。“咖啡”

这两个字，是跨越千山万水才来到中国，来到我跟前时，已经是二十世纪九十年代了。

曾在电影里，见过外国女郎喝咖啡。咖啡馆、欧式灯、轻音乐、白瓷杯、黑咖啡。时髦女郎，穿晚礼服，披波浪卷，加一块方糖，然后拿小勺，一下一下地搅动，偏偏，荧幕上来了那么一个特写镜头，那姿态，优雅得像油画里的女子，让人好生羡慕。那咖啡的香气在丝丝缕缕袅娜着、舞蹈着。隔着屏幕，我仿佛都能闻到它饱满而闪光的香味。尽管那时，我并不知咖啡的真正味道，但，那味道在我以后的日子里，一直飘着。

第一次喝咖啡，是在工作后。那时，在恋爱中，先生第一次送给我咖啡，一瓶咖啡、一瓶咖啡伴侣、一瓶咖色、一瓶奶白。我也学起电影里的那女郎的样子，小心翼翼地，郑重其事地，像举行某种仪式。入口才知，又苦又涩，并不是想象中的那般味道。喝惯茶的味蕾，是很难适应咖啡的。渴慕已久的东西，其实也不一定像当初渴慕的样子。

可喝第二杯时，咖啡的精髓和格局就都出来了，还有它的质感也一并都在舌尖上了。苦中藏甜，甜中含苦，苦与甜的完美组合，在它那里被发挥到极致。这种味，要慢慢地品，要用心地尝，方才领略得到。

生活，如咖啡，沸沸腾腾，跌爬滚打，看似苦，却有甜，只是这甜藏在深处，需坐下来，一小口一小口，慢慢地品，喝到深处，皆是甜。但甜尽时，苦漫来，甜变苦，苦变甜，甜甜苦苦才是生活。苦时想着甜，甜时要珍惜，这日子，才掉不下来，才浓似咖啡，化解不开。

以后，我喝了第三杯、第四杯、第 N 杯，我还一直喝下去。我爱上了咖啡，爱上了在咖啡里沉溺。

都说，咖啡小资、情调浪漫。其实，这没什么不好的。小资，说明我们有了一定的物质做了后盾。年龄可以衰老下去，容颜可以败下去，而情调和浪漫可以持久地茂盛着、葱郁着。

咖啡，比酒浓，比茶有味。酒烈，适合大喜大悲；茶雅，适合清淡闲适；而咖啡浓，适合小情小调。茶是妻子，是波澜不惊的长久陪伴；酒是情人，是恹恹欲睡中的偶尔点缀；咖啡是恋人，是一见钟情时的彼此倾心。

我爱上了咖啡，就像遇上一场恋爱。咖啡的香饱满而放纵，怒放着的香，浩荡着的香，是不能让我拒绝的，只想着，沉溺，沉溺……

贝加尔湖畔

◆文 / 纷飞的雪

我从来没有想到过会有这样一场美丽的梦境。因为失眠，我整夜整夜地听着这首《贝加尔湖畔》，结果，那遥不可及的贝加尔湖啊，就这么优雅地出现在了我的梦里。

贝加尔湖，是一处让人温暖却伤感的地方。

我一直有一种错觉，像是曾经去过那里。在一个春风沉醉的日子，我从绿草如茵的湖畔走过；在月光皎洁的夜晚，在静静的湖畔静静地坐着，看月儿轻吻湖面，那般的情深。

在我的眼里，在你的怀里。

我不相信有地狱，但我确信有天堂。

那一刻，当我遇见你，你在我眼里，我在你怀里。你是一抹深意，篆刻着心底特殊的字迹。你是投入在我眼底的一抹望不到边际的蓝，我知道，那是天堂的颜色。

你在我眼里，是情深意切的比喻，仿佛天空云霭下的某个观礼。你总是静静地，牵引出一种极致缥缈的韵律。

我是如此迫不及待地想要投入你的怀中，就像是在奔赴一场久别之后的重逢。我要拂去你身上还未曾融化的冰雪。我在你耳边轻语，我要唤醒沉睡了一个冬天的你，在春天的风景里，看着你醒来。

湖面上溅起的一朵水花，瞬间打湿了我所有的记忆。一片水域，在无声地诉说着一个久远的故事。我知道，我从来都不是那个故事里的主角，我只是最好的读者，用我纤长的手指，打开储满着所有故事的线装书，用一种恒久的姿态，静静地读。

终于，在抵达贝加尔湖的第二个黄昏，我听到了你嘹亮的歌声。我惊艳于你的声线，你竟然可以把最后一个音符拖唱得美妙至极，然后，暮色开始沉降，我的心也开始沉降……

在这片蓝色天堂中，所有的隔阂都将会一一消失。永恒的蓝，在永远的天堂里，层层叠叠，将我包围，将我的心也滋养成一片碧蓝。

这一生一世，这时间太少。

你说，要带我去湖边的一个小镇。

你带着我坐上一列老式的乡村火车，沿途停靠的几个小站都有着令人炫目的风景。我看到站台上站着好多美丽的乡村姑娘，她们穿着艳丽的俄罗斯长裙，裹着头巾，用我听不懂的语言，向站台上的游人兜售着花篮里的花。那些花儿，我叫不出它们的名字，只看到它们脱离了原野与泥土，孤单地待在竹制的篮子里。

一个多小时后，你说，该下车了。小镇就在前面。

你说的那个小镇是那般的原始，甚至有点破旧。一半是土岸，一半散落着凌乱的石头。泥土与石头中间居然还盛开着一簇簇黄色的野花儿。这些花儿与姑娘竹篮里的花不同，它们相对来说是自由的，可以沐浴着阳光，享受雨露的恩泽，自由地盛开。

你说，很多年前，人们想要在这里造一条平整的路，便于小镇居民的出行，却又由于某种原因终止了工程。于是，它就只能以这样的姿态无奈地停在这里。很多时候，这个小镇是孤独的，因为没有人愿意走进它。就连小镇的居民，也纷纷离开了它，去外面的世界寻找精彩。他们在年少时离开，出去流浪，却在年老时归来，回来时，背已佝偻，发已苍白……那个小镇，就这么孤单地被人们遗忘在贝加尔湖的深处。

再往前走，我看到了一片白桦林，白色的树干，灰绿的树冠，还未曾泛黄的稀疏的叶子在春风里来回摆动。白桦林一边是几间红白相间的木屋，每间屋子后面都有一个大大的院落，里面种植着土豆与瓜果。“当当——当当当——”从远处传来了教堂的钟声，一声低过一声，就这么灌入我的耳中。

看，那里是什么？你能想到什么？你问。

我顺着你手指的方向望去，看到一座独木桥。桥的那端，是一间低矮的木房子。走进去，才知道，原来那是古镇上唯一的一家小型电台。游人可以走过那座独木桥，随意地参观。电台很是简陋，但有一种古朴的怀旧气息在空气里穿行，很容易让人生出一种恍惚感，回到年代久远的时光里。

木屋的一角，有位满头白发的男人正坐在那里，专注地播音。他的嗓音低沉浑厚，他的眼前没有文稿，只有无法言说的苍茫。

你说，每天的黄昏，男人的声音就会传到小镇的居民家中。

他在读什么？我问。

你说，他在讲述他的卡秋莎的故事。

他的卡秋莎？我问。

是的，那是他心爱的姑娘……在年轻的时候，他离开了这个贫穷落后的小镇，去城市寻找更好的生活。他离开了一心一意爱着他的姑娘，他在城市享受着繁华，渐渐地忘了小镇与这个在小镇里等他回来的姑娘。一直到他老了，才想到要回来。后来，等他回来时，才听人们说起，他心爱的姑娘已经在贝加尔湖湖底沉睡了很多年。再后来，他就建立了这个私人电台，一遍一遍地向人们重复着他永远都无法找回的爱情。

我没有问你故事的情节。我知道那些故事全部被刻在了那本线装书里，而这样的故事，只适合永久地埋藏，每一次翻开，都将是一种疼痛。

我们静静地走进木屋，又静静地离开。在离开木屋时，没有告别。老人还沉浸在自己的世界里。我知道，那个世界，才是他最好的时光。

挥挥手，木屋和白桦林被我们抛在了身后。我这个太过感性的女子，努力地调整着自己的情绪，平静地看着这里的沧海桑田。也许，多少年以后，故事在我们眼前如云般飘走；也许有一天，故事和故事中的人都会被人们遗忘，但那些懂你的、知你的、爱你的，不会因此抹去这份记忆。

它在春天的贝加尔湖畔开始，将在满目苍黄的秋天里结束。

那个春风沉醉的黄昏，许多故事都将成为故事，许多故事又将发生。转过身，将是柳暗花明。

多想某一天，往日又重现。

贝加尔湖的夜晚，冷寂在一片浓重的黑色里。我没有等到月亮挂在贝加尔湖的上空，它沉沉地睡去，在如水的夜里。贝加尔湖畔的夜晚，只有风迈着步子缓缓前行。静默的白桦林，像是在凝思着什么。

我说，我惧怕所有太过热烈的东西，比如我惧怕盛夏的阳光，在阳光下我总会想要逃走。但我却始终如一地喜欢着能带给我安详与宁静的月亮，喜欢它清澈的眼神、神秘的样子，特别是贝加尔湖畔的月亮，我要看到它的与众不同。

你说，贝加尔湖的夜晚没有灯火，但白桦林深处会有无数只萤火虫，如果你害怕，可以随着萤火虫一起向前走。那些亮光，虽然微弱，却可以给你勇气。你会看到无数白色的流光散开来，随即又在你身边缭绕，你会看到世间最亲和的微笑，告诉你，随着这缕亮光，所有的愿望都会实现。

我真的看见了呀！那些萤火虫在我身边飞来飞去，那些光亮，忽明忽暗，时隐时现，我不知道它们在这贝加尔湖畔，在这静静的白桦林里生活了多少年，更不知道它们小小的身体里到底积蓄了多少的能量，但我相信了你说过的那些话。

如果能将这一切画下来，该有多好！遗憾的是，我不是画家，我手中没有画笔与画纸，无法将这些可爱的生灵绘入画中，我又能如何去纵情挥墨。

如果在这片白桦林里，有一架白色钢琴，那该有多好！如此，我便可以坐在钢琴前，弹上一曲，让我飘忽不定的思绪沉落在琴声里，将往日那一幕幕在记忆中重现，让我的魂魄随着琴声飞扬。

终于，萤火虫都飞走了。

孤单的白桦林里只剩下一个孤单的我，在这静静的贝加尔湖畔。

在贝加尔湖畔。

贝加尔湖彻夜不眠。

在我即将与贝加尔湖告别的时候，你带来了那位老人去世的消息。我站在山坡上，身后是静静的贝加尔湖，眼前是成排成排的白桦林，老人的木屋掩映在一片浓重的暮色里，在最后的一缕斜阳里不言不语。

这片水域，这静静的湖面，收纳了他们的青春、爱情、相聚与别离。

你说：来过贝加尔湖，才会知道什么才是忧郁。

我问：这里，是否是收藏忧郁的天堂？

而你只是望着静静的贝加尔湖，不语。

我一个人来，最后还是要一个人离开。你的怀抱很暖，却不属于我。到了此刻，才晓得，人的一生，走到最后、走到尽头，能与自己同行的只有自己的灵魂。

我是如此贪恋你的气息，我只是喜欢你给我的这种感觉，哪怕只有这一回。

你说，现实与梦想是两条相驳而行的单行线，永远都无法交集。

我说，我终究不能长久地留在你的身边，我终于还是那匆匆而去的过客。来过，终究要离去。

站在贝加尔湖畔，听着水声，我知道那是一座不属于自己的水岸，迷失在这紊乱无章的水域里，没有来路，也找不到去路。

懂一个人不难，只是需要一点时间，需要一点距离。

懂一片湖，其实也不难，在有限的时间里，做无限的靠近。

贝加尔湖，你涌动的暗潮里，可会留下我这一段忧伤的心事？

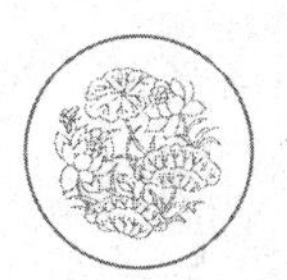

木质沉香

◆文 / 一朵怜幽

时间阔大无垠，穿过一切可以穿透的灵魂和身体，飞禽走兽，花草树木，人类的身躯。它把世界万物赶往古旧的甬道中，把事物变得沧桑，也把人变老。

一切有呼吸与脉动的生灵最终会被时光消磨得尘归尘土归土，而那些没有具象心跳的物件，在时光的剥蚀下，无疑是最大的赢家。

我要说的是木器。

木器虽不能如金银玉石器类历经千百年光阴，还能心闲气定如古刹高僧，年岁越长，越能显现它的内涵，但它仍以自己极致的静默，斑驳的容颜，独有的岁月沉香，标示出更高更超脱的存在是何种样貌。

去桃花岛的初衷除去参加《庐江文艺》编辑部的笔会以外，是为了在芳菲三月探一探那里的桃花是否有情，让它滋润我干涸了一个冬季的创作灵感。或许是我的欲念太深，又或许是那里的桃花过于娇羞，未能全数向我们打开芳心，于是，桃花在此行中充当的只是一个诗意的配角。

如果主角是"桃花岛民俗博物馆"的话，那么我愿意将那些木器定义为主角光环上最摄人心魄的魅力所在，比那些名画紫砂、玛瑙银锭、青铜宝剑更能俘获我的目光，牵绊我的脚步。

当时的背景是这样的——时近晌午，阳光正好，从青砖拱形门进来，映入眼帘的是成排陈列的农耕用具，它们正赤裸裸的进行着日光浴，绛红色的身躯被镀上了一层光晕，充满古老而柔性的力量。

这些农耕器具包括犁、耙、水车、风车。好在我能一一说出它们的名字和用途，不至于让这场盛大的见面陷入尴尬中。与它们相遇，其实是在和过去相遇，与孕育我身体的村庄相遇。

农田中，我的父亲被一头大水牛牵着走，衔接着他们之间的是一架木犁，泥土在犁铧前翻覆，形成一条条泥埂。父亲口中的吆喝声是水牛的导航，它根据那些充满地域特色的语言，前进，转弯，或是停止，无需鞭绳的提醒，人畜之间的默契度有时候比我们想象的要高。当我坐在阳光斜照的木桌前，敲击键盘写下这一景象的时候，其实我已经远离现场二十年。

人类在经验中成长，二十年前的水牛和那架木犁根本没有想到如今会以这样的方式远离土地。

这些农耕用具的年岁大概与我相仿，我还处在正当芳华的年纪，但它们已经渐渐退出舞台，被现代化的机械用具替代了。是忧是喜不必多说，时代进步的这台大戏会长长久久地唱下去，有人登台就有人谢幕，这又有什么关系呢？没有什么是永恒的，也没有什么能剥夺它们曾在这个世界轰轰烈烈地活过的事实，只不过换了另外一种形式存在罢了。

农耕用具沾染得更多的是大地的气息，木质沉香味是从它们身后那间长长的屋子里散发出来的。

在这里我所说的沉香，不是说那昂贵的工艺品原材料沉香木，也并非指“沉檀龙麝”中珍稀的众香之首的沉香，沉香轻易不可得，“一两沉香一两金”的标签在那里，它们都不是我这等寻常普通人士能够消费得起的。

我说的只是普通的木器制品，经过时间的发酵，潜在的魅力味道。

那间屋子里陈列的都是木质的生活用具：架子床、木桶、木柜、木盆、木锹。阳光从屋檐瓦楞边流淌下来，我从光线中看到了浮动的尘埃，如无数精灵。

扎根土地的树木在清新中带着一丝甜意，吸入的刹那让人感觉心中有一条清澈的小溪流过。树木被分解成木材时的气味较为浓烈，根本原因是“解剖”的过程于它而言太过惨烈，享受阳光雨露生长多年形成的气味一下子弥散开来，有些壮士断腕的豪情意味。木材被巧手的木匠制作成一件木器，涂上木器漆，之后，它远离大地、阳光、雨露的时间越来越久，原本的气味被时光掩盖，重现发酵出一股味道来。这股味道里包含着木匠制作时的专情，包含着主人在使用它的年月里赋予的人气，还有它自身见证时光变迁，体悟人间冷暖后沉淀的木质沉香。

屋子里的木质味浓郁而缱绻，不必深呼吸，亦有被麻醉微晕的感觉，出现些许幻觉。如果树木的气味是绿茶的清香，那么这些蹚过岁月长河的木器就是一杯醇厚的普洱，厚重、深沉、有底蕴。

有着精美雕花的架子床皆是安详柔和的样子，不管被谁的目光抚摸，都把同一张古老文明的幽深面孔，不动声色地呈现。

流连在这些充满故事的床之间，有些陌生，又恍如归人。行走其中的俯仰之间，一腔念古的情怀得到慰藉，那些翻飞的想象源源相继。把目光引向时间的远方，这些床见证了多少人沉睡时灵魂所构建的梦境，目睹过多少夫妻的床笫之欢，又亲历过多少生命的坠落与消逝？没有哪张床愿意告诉我它们原主人的隐秘过往，它们比倾听秘密的树洞更能守口如瓶。

目光从木床上移走，必定会定格在那些容颜斑驳的木质梳妆台上。它传递过来的气场有些苍凉，有站在人生边缘的疑虑和恐惧。梳妆台前没有放置木凳，如若不然我很想坐下来，在不知谁家闺秀谁家碧玉曾对镜梳妆的台前，镜鉴时光深处的另外一个自我。

抽开梳妆台上的一个小屉子，明知道什么也没有，还是探着身子将目光送进抽屉里，木质发白，隐约有些污渍。躲在屉笼里的木块减少了与外界的接触，让它显得更为年轻，接近最初的自己，没有被风、尘埃、岁月侵蚀。

在这些木器面前，我一度思虑自己是以怎样的姿态存在于它们面前的。

观望者？但显然是不动声色的它们在观望我们，观望我们脸上各色各异的表情以及隐藏在面孔下繁复的心，我们是登台表演的戏子，它们是台下如如不动的观众。

仰慕者？但显然我对它的喜爱，以及这篇文章的构成是肤浅而表面的，要不了多久，我就会将它们淡忘，包括容颜，包括味道。

很显然我什么都不是，如那些被阳光透显出来的尘粒一样，在这些木器身边轻飘而过，留不下任何痕迹与记忆。

将这些有故事有历史的木器聚拢在一起的民俗馆馆主，有着一定的社会忧患意识，他知道这些木器会渐渐消隐在历史的长河中，于是做了最后的挽留。它们并非价值连城，但收藏它们并呈现给世人的目的，其精神意义远超于物质的存在。

迟子建在她的散文《木器时代》中说："我们依赖这木器生长和休息。""人类伴随着木器走过了一个又一个时代。树木与人一样代代相传，所以木器时代会永远持续下去。"

树木代代相传，木器也会生生不息。但木器的存在样式会改变，即使在木器使用频率较高的乡村，也渐渐被城市同化，某些木器制品会随着社会的发展而消失，这是不争的事实。

被我的眼神抚摸过的光线正分批出发，穿过格子窗照射在地上，我告诉自己，什么都不用想了，所有木器经历过的一切记忆，都将在时光中复活，包括它们灵魂最深处的沉香。

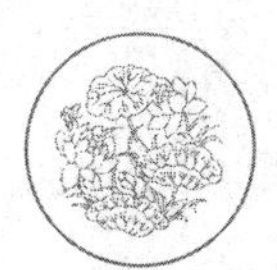

放牧心情

◆文／樊桦

01

茫然中，我发现时间溜得很快。吃饭时，它从碗边溜走；睡觉时，它从枕畔划过；闲聊时，它从嘴里飘散；消极颓废时，它从哀怨叹息中逝去，快得让人无法捕捉。我想给时间装上制动阀，让它慢下来，原来这个系统就是心情和状态。

婚姻像围城，工作何尝不是。工作节奏和价值观决定了时间的速度，时间慢下来了，心跳的频率也会跟着变慢。这样，就不用害怕心率过速而衰竭而亡，就可以泰然自若地享受生活，体验光影若湖水般铺洒在天地间的舒适与安然，聆听四季花开花谢和潮起潮落的天籁之音，感受银杏树怦怦跳动的脉搏。

心情松弛下来时，我喜欢驻足停留，欣赏麦地里、豆田里、菜畦里那些绿色生命拔节长高的姿态，抑或是山间那些卑微、贫贱的蒿草拼命地疯长，她们顽强的生命浸润着我颓废的心，她们彰显出的勃勃生机让我掩卷沉思。

02

想去丽江，是很久就有的预谋，是想看看沿途的风景，洗洗心底的污垢，打开心扉那扇关闭已久的窗，晒晒即将发霉的往事，放牧快要荒芜的心情，疗养时间刺痛的体肤，修复光影击穿的黑洞。

选择丽江，是因为迷恋那里的山水，我的魂魄早就被丽江的泸沽湖掳走了。仁者爱山，智者乐水。我非仁者，亦非智士。陶醉山水是因为钟情于山的仁厚伟岸，水的智慧包容。

不是仁人志士，却想和山水长相厮守，孤单寂寞时，愿意和山水相亲，那时我觉得自己就是一个精神病患者。有时对着高山流水，把埋在心底的伤与痛毫不隐藏地一吐为快；有时高声呐喊；有时低声呜咽；有时张开稚嫩的双臂拥抱着壁立千仞的巍峨群山，所有的一切只想和它借一双翅膀，飞向远方。

说不出为什么，找不出任何理由？对丽江总是怀有一种由衷地向往之情，把她当成了今生的皈依之地。

03

车进丽江界，强烈的紫外线从天而泄，均匀、耀眼，混合着来苏水的味道，拂拭着人们的肌肤，附着在体表的病菌瞬间便失去生命。满眼的葱绿，那是滇西大地特有的玉米，已经挂满了红缨，烟草长势旺盛，高过腰身，在微风中点头，笑得灿烂。梨树、桃树把肥嘟嘟、粉嫩嫩的宝贝送给骄阳，让它接受蓝天丽日的庄严洗礼。

天空如淡蓝的曼陀罗花，散发出诱人的香气，沾花惹草的蝴蝶，水性杨花的蜜蜂，对这些富含麻醉气息的花草早已习惯，它们精神抖擞，舞姿翩跹，轻歌曼舞着。聒噪的青蛙，蹲在稻田的地埂上，声如洪钟，无拘无束地高歌猛进。

走大丽高速，出丽江收费站，宛如失散多年的爱人早已候在那里，呼吸油然急促起来，心很快就会实沉下去。阳光，紫外线，裹挟着雪山的风，无法预测的雨，把丽江演绎得温馨浪漫，情意绵绵。

一座古朴、厚重、雅致的城在不经意间尽收眼底。城市的高楼、行道树、广告招牌、甚至是行色匆匆的旅人，和云南所有的地级城市并无异样。

丽江的节奏似乎很慢，不像昆明、玉溪、曲靖那样快得令人气喘吁吁。也不像楚雄那样张弛得体、井然有序。或许说丽江是座袖珍的城，精致、典雅、灵性。在丽江，几乎看不到车辆排着长龙般的队伍在缓缓移动的拥堵现象，即便在上下班高峰期，那些主城区的街道也是有条不紊、按部就班，甚至还显得有点松松散散，让人体会不到川流不息、人流如织的喧闹和繁华。

04

夜晚的古城，是和梦境极其相似的地方。扑朔迷离的梦和斑斓多彩的现实搅和在一起，很难找到分界线。

青石巷里熙熙攘攘的行人摩肩接踵，各种店铺的商品琳琅满目。相约异乡的情人也好，缘定三生的情侣也罢。在纸醉金迷的幻影里，在清波涟涟的河水中，伴着高分贝音乐的疯狂呐喊。也许，丽江的狂躁全在一条河上，河的两旁，是鳞次栉比的酒吧。

酒吧的存在，让人感觉到丽江不愧是一个能为情感寻找疗伤的地方，给疲惫心情放飞充电的最佳去处，一切店名似乎都沾染上了酥软的春宫香艳气息和扑朔迷离的胭脂味道。这就注定到丽江行走确实会增加艳遇的几率。不过，带上妻儿老小，就会滋生出一种甜蜜而幸福的味道。

在丽江古城，特别是抚摸着那块镌刻着“四方街”的石头，灵魂便开始游离起来，一个梦结束了，意味着另一个梦又将开始。

四方街，相对而言是安静的，穿街走巷的行人到了这里，找个木条椅坐下，歇息，看着辉煌灿烂的古老建筑群，把心灵放回到远古的时代，让心跳慢下来。

快节奏的生活，常常使得我心跳加快，压力重重。我时时惊悸着，怕心率过速衰竭而亡，才到丽江放牧心情，给绷紧的心弦松绑，给焦躁的心田淋水。

四方街南侧，一条小河缓缓流淌，明镜般透亮，澄澈见底，这条家养的河，失去了野性和个性，如中规中矩的小家碧玉，适合洗涤灵魂。游人悠闲散漫，在捡拾丢失的记忆，一个个排着长队和石头合影。

往东，不过五十米，有一座拱桥，桥下的河里，无数的灯影若隐若现，旁边蹲坐着放灯的人。他们把心愿寄予一盏莲灯，放逐到远方，或许彼岸。我却发现，彼岸就在我们心中的一个角落，需求和欲望少了，彼岸的花便开得灿若云霞；反之，彼岸就是一块阴霾的湿地，瘴气缭绕，毒虫满地。

以桥为界，分出两个截然不同的天堂，桥西侧以下是老年人歇足闲谈的世界；过桥，又一条河横穿其间，河水妖娆、艳丽、披红挂彩，这里是年轻人的天堂，他们可以手舞足蹈，可以鬼哭狼嗥，可以撕心裂肺，可以灵魂出窍，可以忘乎所以地放纵自己。年老人，患有心脏疾病的，最好绕道，这里确实不适合患病者驻足停留，这里把丽江的风情和疯狂演绎得淋漓尽致、炉火纯青。

和爱人牵着手，像两条离开水的鱼儿，在拥挤的人流里挪步。欢呼声、呐喊声、尖叫声每时每刻地从两旁的酒吧楼阁里横冲直撞，破窗而出，那不是自然的流淌，而是被强烈的冲击波挤压后迸发出来的，家家门庭若市、座无虚席。

一对不惑之年的夫妻，手牵手在人群里移动着脚步，那些文明的、张扬的、开放的，抑或是暧昧的交流，似乎和我们这个年龄无关。脚在移动，心在跳动，那不是激动，而是一种焦躁和不安。

我喜欢安静，爱人恰恰相反。是啊，两个人的内心原本就是两个不同的世界，为了生活，被婚姻这个刽子手强行关押在同一个屋子里，婚姻城堡里的两个人要相安无事，不搅得风生水起、乌烟瘴气，就得相互的包容和理解。不知道爱人在想什么，我却在想：在艳遇之都能够牵着自己的女人走在陌生的人群里，该是今生最浪漫的事。丽江艳遇，遇上自己的爱人！百年修得同船渡，千年修得共枕眠。在千里之外，能牵着爱人的手，这绝不是一种粗浅意义上的缘分。

海纳百川，有容乃大；壁立千仞，无欲则刚。一个人有了海的胸怀，生活中的磕磕碰碰就会减少很多；一个人要像大山般坚强地挺立着，就该克制自己的欲望。

05

灵魂对身体反抗时，会冲破九霄云天，历经万道险阻，不再依附于你的躯体，像飘荡的雾霭，找到了憧憬的栖居地。

每当经历着某个生命在自己面前突然消失，比如一个人，或许一只与自己朝夕相处的小狗、小猫，甚至是一只蚍蜉、蚂蚁。你都会觉得生命的无常、无奈和无控。为什么会跳出这样的想法？因为我在光影的流逝中慢慢成熟，老去，死亡。

守住时间，就不会死去？只不过是一种假设，于是开始回忆过去，重新整理珍藏在记忆里的情感。

人至不惑，看问题也就会慢慢开阔了，或许说有了自己的思考，不再人云亦云，不知所向。母亲出口就是佛学道理，教育我们处世要厚道，正直；做事要踏实，用心；为人要友善，和蔼。无论从事什么工作，都要扑灭心中的欲望，欲望太多，稍一不慎就会跌进火海，纵火自焚。

“不是自己的财不养身，不是自己的儿不养心。”对待财物，母亲对我阐释过“舍得”。她说，一个人要无私，不要一味地想着去占有他人的财物，很多时候都要学会“舍弃”，因为“舍得”的前提是“舍”，然后才是“得”，你不“舍”，何来“得”？

母亲的话，虽然有些弯弯绕，但确实在理，从某种意义上讲，舍弃其实就是得到，或许说是在储蓄，虽然失去了一些东西，但是在自己的账户上存下了更多的财富，诸如诚信、仁厚、善良等等。这笔储蓄，可能一辈子都用不到，但是，如果某个时候真的需要它了，一定能够连本带息统统取出，甚至可以透支。

我把心放牧在山水间的时候，经常把母亲的话糅合在灵山秀水里，一个人慢慢反思，品悟。有时，书读累了，就翻阅母亲的佛学经书，以它来驱除心灵深处的魔障，洗涤心底那些藏污纳垢的角落。

心情是灵魂的统一体，灵魂需要不断凝炼洗礼，修枝剪叶，整形塑造，也需要找一块适合自己的皈依之地。心情却由不得你去慢慢打理，心情很有个性化，它变化多端，心压抑久了，容易焦躁，甚至会患上抑郁症。

06

丽江是水命，头枕玉龙雪山，水是她的命脉，脚踩大研古城，河流是她的血管，怀抱泸沽湖泊，摩梭儿女是她的心肝。水是有灵性的，到了丽江，堵塞大脑的血栓自然就会溶解，全身的毛孔便通泰自如。

把肉体和灵魂都放牧到泸沽湖，坐在猪槽船上，把光着的脚丫伸进清波潋滟的湖水里，或掬一捧蓝茵茵的用曼陀罗花熏蒸过的圣水，洒在脸上，你会忘记过去，忘记所有的烦扰，会闻到血液流淌的唰唰声，像玉米苗在拔节长高，像木棉花在撕裂般绽放，我成了预产期的婴儿，回到母亲的子宫里，自由地游弋在静谧的世界里，等待着迎接我的那轮朝阳。

太阳慢慢升高，我僵硬已久的手慢慢在复苏，中毒的鼠标、失灵的键盘渐次恢复，空白的大脑里有了自己的思维，我有话要说，却不想惊扰世界，怕打破这少有的宁静家园。我自言自语，面对神圣的湖水，相信神灵一定会给我点化，不说点石成金，至少会得到神灵指向，为我开启一扇智慧的窗棂，或者捅出一个睿智的窟窿。

07

我最初的行程也是要上雪山的。对雪山，我有种宗教般的心驰神往，爱上文字，和天地间的山水、虫鱼、鸟兽在某种意义上有着密切的关联。

登高，望远。站在雪山的顶峰，我是王。雪山上那些愚钝忠诚的石头、变幻莫测的雾霭、忙碌的蚂蚁、自由的鸟雀都是我的臣民。

上山的计划最终夭折，因为天公不作美，一早就下起了小雨，云雾笼罩了丽江城，加上云南连年干旱，玉龙雪山上的雪也少得有些可怜，又担忧上了雪山看不到能够净化灵魂的雪。而最关键的是带着八岁的女儿和七十多岁的老妈，到景区售票处一打听，才知道老人和儿童是不能坐索道车的。爱人又不敢骑马，无奈之余，只好和玉龙雪山擦肩而过，挥手告别。

山的高度，山的伟岸，会给人传递正能量。选择爬山，是因为还有一颗不甘落后、知难而上的心。

尤其是雪山，我想把我的文字置于雪山顶峰的洞穴里，封存起来，等到我的爱人长发及腰，和她一同来取回那些已经被点化，生发出灵性的文字，或许可以入药，可以温暖彼此的心。

08

我时常在想，人生莫过于一次旅行，只有不停地行走，到自己想去的地方放牧心情，滋养心情，把沿途的风光锁在记忆库里，但要记得把游牧过的心和飘荡的魂魄一起都带回家。

人生的旅途，有时愉快，有时伤心难过，其实每个人都有自己的行程规划，只不过有的人安排得很合理，恰到好处，而有的人安排得随意，甚至粗放，无论如何，走过，就少留一点遗憾。

明天，又得启程，匆匆地行走下一段路。

字里锦绣

◆文 / 凉月满天

寒来千树薄

文字丰俭厚薄，与年齿相关。你看时尚杂志上盘踞着的那些年轻人，文字丰绒厚密，渗得出油：

“那么渴望一个人却永远得不到，令人无限寂寥……现在呢，现在仍然喜欢时不时买件不需要的衣服，打开衣橱，各种衣服琳琅满目地挂在那里，似无数后宫佳丽。一件衣服一季也不过穿三两次，她们美丽着、等待着，服装同主人一样，也有她的寂寞。”

这必是一个年轻女人写的文字。若是到了 40 岁，渴望一个人的情怀没有了，寂寥变成亘古洪荒的原生世界，也就不再觉得寂寥有多么郑重其事了，而这样的文字，不但不会再写，怕是读都没有心情读了。

说实话，若是到了 35 岁以后，还写一些味道浓烈的情感故事，就有一股假气、虚气，好像秋天的树，叶子掉了，勉强粘了一树假叶子，翠得叫人生疑。文字的路上，年龄真是一个回避不得的问题。

春天的树明晃晃带着金丝，夏天的树丰厚得一把抓不透，寒来叶落，千树简薄，文字也是如此。所谓“寒来千树薄”，只要寒来，千树就当薄下去；也只有寒来，千树才有必要薄下去。文字有它自己的丰盛到凋落的规律，勉强不得，也强求不来。是以寒来千树薄的下一句才会是：“秋尽一身轻。”

若是35岁以前，写出的东西很淡很淡，淡如白描小品，那这个人不是仙，就是鬼。你看张爱玲写小说，纯是白描笔意，读来鬼气森森，凉到脚底。

只有到了年龄的秋天，把无关的枝枝叶叶全都自觉省去，剩下铁一般的枝丫直指高而远的蓝空。这时候的轻，才真的是轻，轻里有物，轻里有意思，像精华尽融于斯的高汤，小口小口地品，受用无穷。那感觉就像汪曾祺的《受戒》:“她挎着一篮子荸荠回去了，在柔软的田埂上留了一串脚印。明海看着她的脚印，傻了。五个小小的趾头，脚掌平平的，脚跟细细的，脚弓部分缺了一块。明海身上有一种从来没有过的感觉，他觉得心里痒痒的。这一串美丽的脚印把小和尚的心搞乱了。”轻轻淡淡的一行行文字，把读它的人的心，也轻轻易易搞乱了。

而到了张中行先生这样的年纪，一切装饰都是无用，生命的真实面目已经在这里，没必要再装饰。一切都是白描，如素着一张脸唱一出清淡的戏，连情节亦是没有，但却很美丽。先生在沙滩红楼一带见到门巷依然，“想到昔日，某屋内谁住过，曾欢笑，某屋内谁住过，曾有旧痕”，看到大槐树依然繁茂，不由暗咏“木犹如此，人何以堪”。经过邓之城故宅,“推想那就是《骨董琐记》的地方，十几年过去了，还有什么痕迹吗?”用情深切，掩在平淡简薄的三言两语之后，叫人恻然低徊。

繁不易，需要厚厚的人生与阅历。简淡更不易，需要人生与阅历之外的悟与解。悟到了，解开了，看淡了，一切不平都平了，手底下，就流得出简淡有味的好文字。中国画家素养越深画境越淡，总是要求逸笔草草，不求形似，聊以自娱，元代倪瓒之笔简意远，追摹的就是平淡天真。此种境界殊不易得，功力未到而故作生硬姿态，笔墨往往板滞不畅，就是这个意思。而白描的文字给人感觉也就是简淡与天真，它又恰是为文第一义，正所谓“何须浅碧深红色，自是花中第一流”。

鸟飞即美，

环滁皆山也。

逸马毙犬于道。

以上不过是简洁的叙事，就好比上古传下来的“断竹续竹，飞土逐肉”。

而“鸟飞即美”四个字却是简洁的真理。

谁见过哪只鸟飞的时候不美的？

无论是鹰展翅悬浮，还是像炮弹一样俯冲下来捉兔，你甚至可以看见它“哧哧”地响着把气流劈开时冒出的火花；还有燕子抄水，然后在嫩柳影里一掠而过；甚至是麻雀舞动着短小的翅膀“忒楞”一下飞起，再“忒楞”一下落下。

是的，鸟飞即美。

就好比花开即美。

稻麦扬花，那样微小的花也好看。还有大豆花、棉花开的花、倭瓜花。

绒树花开出绒绒的丝，如果长长些，粉光脂艳，可以拿来绣枕套、袜子、裤脚、袖边、鞋垫、门前张挂的帘。

曼朵花有扁扁的籽，随便撒在土里，夏日一丛一丛地开，绉纸一样一串串，串起在枝子上，是一首首深红粉白的词。

丰子恺说他不曾亲近过万花如绣的园林，看见紫薇花，或是曾使尚书出名的红杏，或是曾傍美人醉卧的芍药，可是象征富贵的牡丹，觉得不过尔尔——那不过是一个不爱花的人的偏见。

对了，还有蔷薇。

还有山药花，就是大丽花，红的像血，黄的像反光的腊冻石，白的是凝脂玉。一层层一瓣瓣，开这么好看，不累吗？

鸟飞即美，花开即美，猫动不动都是美。到处都是被我们从手指缝里、眼睛边上，丢掉、漏掉、扔掉的美。

这样的美攒不起来，当季而开，当季而萎，倏忽而来，倏忽而去。不过花开攒不起来，“花开即美”这四个字攒得起来；鸟飞攒不起来，“鸟飞即美”这句话攒得起来。

好句子会发光的。《旧戏新谈》里，黄裳说他看了戏《盗御马》：

马被偷，传到梁九公耳内，梁九公大怒，第一个先骂了彭大人一顿，彭大人一回头大骂差官一通，差官恭送大人如仪，一转身就又挺直了肚皮，对着一排跪下的小兵大骂一通，最后只剩下小兵，爬起来一望没有可以出气的人，两手一扬，叹息而入。黄裳说由此可看出中国官场的那一套，“我推荐这当是京戏中的杂文”，我觉得这句话甚美，像铁做的海胆，能当千斤坠。

还有不知道话忘了从哪里得来：“人心似水，民动如烟”——我的心旌摇动，觉得被一个威严的帅哥威胁了一般。

所以说好句子还有气场，有的暗黑，有的明亮，有的让人神闲气定，有的让人神魂不安。

这种痴迷于花朵、飞鸟和美言美句的心理，一开始让我觉得极羞耻——思想的瓤不肯去讲究，为什么要贪看外面的一层皮。然后看到汪曾祺的话，他说：“我非常重视语言，也许我把语言的重要性推到了极致。我认为语言不只是形式，本身便是内容。”真是知音！

世间最大之物不是天，不是地，不是宇宙，不是世界，而是言语。它是容器，命名了最大之物和最小之物的存在。若非它，天、地、宇宙、世界，都只是混沌一块，辨别不出来；而一旦命名了它们，它们便都在语言的包容之内。世间最小之物不是微尘、不是芥子、不是蝼蚁，也是言语，因为任何一粒微尘、芥子、蝼蚁都可以从语言的细网里捞出来，而一旦捞出，它们便个个都大过了用来命名它们的言语，微尘可观世界，芥子能纳须弥，蝼蚁有头脑躯干四肢，赤黄红白黑……

多么神奇啊！

夜读书，猛然读到一句“天真在这条路上，跌跌撞撞，她被芒草割伤”，一句话说得我心伤。天真竟然会被柔软的芒草割伤啊，一根柔软的芒草就能把天真割伤？

鸟飞即美。谁说美丽的文字不是一只只鸟从天空飞过？谁又能说一只只鸟从天空飞过，不是一个个美丽的文字？若是成行便是句子，若是成阵便是段落，若是林噪雀惊，那便是一篇野兽派的小说。若是天鹅起舞呢？除了造物主，谁配得上写这样的诗？他负责创作，我负责欣赏。

淘气文人

“石山者，韩姓，临猗人也，少聪颖，喜读书。及长，善横舞。夜，欲尿，以面盆接之，朗朗有声。”

这段文字有趣，字里行间溢满司马迁式的庄重和钱锺书式的淘气。被写的人叫韩石山，写他的人叫贾大山。1980 年，中国作协抽调各地崭露头角的青年作家，举办“文学讲习所”，他们都是学员。北京的冬夜既长且冷，厕所距宿舍太远，如厕叫人头疼。韩兄夜晚打死不出门，洗脚水不肯倒掉，晚上小便就尿在脸盆里。第二天早上倒掉，把盆涮涮再洗脸。被人笑骂，照尿不误。是以才会有贾先生开头的“朗朗有声”。

最淘气不在此。那个时候，社会上作风保守，但是文讲所的学员们思想开放，学习跳舞如醉如痴。于是，韩先生看人家跳舞之后，回来就说，跳舞也实在没有什么了不得的，它的基本动作与男女交合相仿，不过这是竖舞，那是横舞罢了。结果就被贾兄曰其“善横舞”。

这样文字读来如嚼橄榄，越嚼越有味，就像林黛玉俏语谑娇音，封刘姥姥为“母蝗虫”，打趣惜春描绘大观园图画的辛苦，“又要研墨，又要蘸笔，又要铺纸，又要着颜色，又要……又要照着这样儿慢慢地画。”淡处着笔，曲径藏幽。

20 世纪 80 年代，文学界流行意识流。文讲所结业的时候，全班开讨论会，谈各自创作。还是这位贾大山，他说本人最近研究意识流小说颇有心得，也试写了一篇，读给大家听一听，以求得指教。小说的内容是描写一个水利工地上开学大寨动员大会的场面：“草帽句号草帽句号麦秆儿编句号藤编句号白色的草帽句号黄色的草帽句号新的草帽句号半新半旧的草帽句号破了檐儿落了顶儿的草帽句号写了农业学大寨的字和没写农业学大寨的字的草帽句号……”

大家起先凝神静听，以为他在文讲所真的有了长进，想闹点假洋鬼子的把戏，渐渐地听出点味儿，终于哄堂大笑。他还在那里一本正经、有滋有味、不断地“句号句号”。

骂人不带脏字，幽默不流于狎亵，非特聪明的人不能办。所以当年贾大山以一介老土农民的身份进北京，却没有人敢轻看。一方面是他的小说《取经》一出手就拿首届茅盾文学奖的大奖，《花市》入选中学语文课本，另一方面就是因为他太聪明。

你看开头这段“史记体”，多经济，多有趣，多得司马迁老先生的真传，多帅！余怀的《板桥杂记》里有一段说艳妓寇白门到了美人迟暮，一度跟过扬州某孝廉，不得志，又回金陵。“老矣，犹日与诸年少为伍。卧病时，召所欢韩生来，绸缪悲泣，欲留之同寝。韩生以他故辞，执手不忍别。至夜，闻韩生在婢房笑语，奋身起唤婢，自数十，咄咄骂韩生负心禽兽，行欲啮其肉。病甚剧，医药罔效，遂死。”董桥说，余怀简直是用司马迁那样经济的文笔写人写情，生动极了。

这样一想，真是生动极了。

贾大山，河北省正定人，已故作家，平生写作不多，仅存五六十篇小说，文笔精短、雅洁、美好。现在的作家、写手，试问写得出这样的妙文乎？世风浮华，文风也浮华，时下文人的笔下种种的热闹、做作、矫情、花哨、肉麻，而在老人们的文章中，这些全都没有，有的是静气、憨气、痴气，和咕嘟咕嘟往外冒的、抑制不住的淘气。

文字如花，也要有人解语，否则就成了牛嚼牡丹花，那是多么大煞风景的事。我幸运，大山好比沉香亭畔杨贵妃，我当了一回醉酒挥毫的解语人。

第二卷

新锐视角

后来，你发现

◆文 / 染雨

泡影

河水渐渐退去，是荒无人烟的废墟。成群的蜜蜂在古老的樟木箱上盘旋，往日里嬉笑的人家搬去了城市。夏日里，暴雨冲刷过高大耸立的土墙，它坍塌在我的印象里。你像一只找不到巢的燕子，在暴雨里穿梭，剪刀似的尾巴悠然掠过屋檐下的雨帘。

重重雨帘，是回到过去的时间，层叠在泛黄的书卷里。那些曾经读过的书，捧在手心里的时候如同一杯淡茶，在不知不觉中度过一天的光阴。

你依旧记得昏暗教室里的读书声，背诵一首又一首古老的诗词。春风从书卷上滑过，校园外的山坡上有大片红色蔷薇盛开，你们穿梭在蔷薇搭起的绿荫小道里，做属于童年的游戏。花草是你们忠实的玩伴，它陪伴你们长大。然后，你发现你怀念着的已经是梦幻和泡影。

担当

又到了栀子花盛开的季节，五月的末尾。你看见燕子在屋檐下筑巢抚育雏鸟，绿荫遍地，喜鹊在树枝上啼叫。那一年的地震也是在这样的五月，炎热而明亮的天空，深深的蓝色帷幔包裹在我们的头顶。那一刻的地动山摇像是蓄谋已久的杀戮，你们以为是公路上开过的巨型卡车，后来才感到所有物体都在晃动。颓败古老的墙壁上写满你们的梦想，它在动乱中剥落，没有被重新贴上去。你们穿越一片狼藉的瓦砾，像迷路的孩子蹲在操场上。你没有哭，那个时候感到来自地心的力量是那么强大。因为身边缺少可以爱的人，你一个人坐在草地上，所以觉得死去也是可以的。

你从未对任何人说起那样的话，写出来的时候却已经告诉了整个世界。那是2008年的地震，我们见证过的地动山摇。所有坍塌过的房屋都被重建，一切依旧在继续前行。然后，你知道每个人的痛只有自己去担当。

时间

金黄的阳光洒满绿色庄园，那绿的和黄的颜色如同生命的荣耀。还有吹过脸庞的清风，头顶上鸟儿的啁啾，万物整顿休憩后的繁荣昌盛。它像一个无以言表的真理。时间停滞，无可奉告。

是这样等待了很久的感动支持你默默前行，用寂寞来对抗流逝的光阴，仅仅为了这一刻的动容和满足。你知道的，那样的时刻我们每个人都可以得到，它无关地位和荣耀。它是生长在深海里的鱼群，被清晨穿破海水的第一缕阳光唤醒，游走在彼此的身边，触摸到对方的灵魂。

然后，你就会发现写作这件事情，它仅仅是属于自己的事情，属于自己的心、自己的魂。无关荣誉，无关读者，仅仅关于一去不复返的时间，关于你要留下这时间溜走的痕迹，关于你对迅疾而终的不甘心和堕落。

小路

太阳炙烤的马路上热气腾腾，球场上传来篮球落地的碰撞声。洗脸，穿鞋，走下楼梯。你的心一直不能平静，不知道那个人要在世间得到什么，就像陶潜辞官回归田园之后一般，可能是什么都想要吧。

把耳机塞进耳朵里，明亮的阳光下有洁白栀子花的芬芳，每天走过这条路，会想很多事，都是无疾而终的事。试想它们在断续的人生中重新展开新的天地，你就如同走了一天很长的路，内心的挣扎和矛盾，好像是一生的缩影。然后，你会明白一生也就是走一条小路那么长，你是走在那条路上想起往事的人。

领域

我们把家丢在了背后，从村庄到集市，从集市到城市。再从一个城市到另一个城市，只是你再也不会从城市回到村庄，回到我们的家。

你早已经忘了稻谷栽种的季节是在五月。是这样碧蓝的天空，母亲在肥沃的水田里劳作，你坐在田埂上吃金黄的枇杷，酸酸的冰凉感从喉咙里滑下去。你在城市里早已经忘了季节的变幻，你像鱼一样在人群里游走，和他们毫无关联。你看到繁茂的花草和梧桐，它们是住进了城市的植物。然而你对它们没有丝毫的爱。因为在你心里，它们和你一样。你们都是丢掉了家的孩子，你们在任何地方都可以生存。

你经常麻木和失神，不知道对身边的人说什么话，又或者什么都可以说。你的内心是彻底的明亮和黑暗，所以你不知道该如何平静地去生活。你喜欢冒险和离奇的经历，但是脚下是你无法迈出的领域。

然后，你会发现选择是宿命赐予我们的枷锁。

家

你写过很多关于家的记忆。祖母额头上的皱纹，美人蕉和紫茉莉，还有母亲漆黑浓密的长发、夕阳和炊烟。成年之后，你也想拥有一个家，卸下身上所有的负担和不安，在敞亮的房间里落泪和哭泣，会有一个男子抱着你入睡，亲吻和抚摸你。

你九岁的时候离开家，离开祖父母和父母。无论你有多么舍不得，无论你哭过多少回，你知道没有任何事情会因为你的不舍而获得救赎。所以你一次又一次地离开家，直到你不再需要它。后来你印象里的家已经掩埋在泥土里，它的木门木窗，它的幽暗回廊，它的漆黑、它的味道。像一场华丽电影的落幕，永远地消失了。

你忘记它们，又一次一次地想起，你看到它衰败的场景。你在它的空间里睡觉的时候很快就能入睡，你记得它的味道，想起来的时候，那样熟悉和寂寞。成年之后，你睡过的每一张床都是巨大的梦魇，深夜里胡思乱想和失眠，担心和害怕，痛苦和挣扎。

无法在世间获得短暂的停靠，你独立而又强大。你会发现家只是一座房子，为了远行，你把所有的记忆都锁在了里面。

修行

清晨，街道上下了淅沥小雨。山峦上叠了松软的白云，有轻微的晕染，像微醉的老人。你穿着白色连衣裙，打伞过马路去对面的食堂吃早餐，看到匆忙的行人，面无表情。

你内心的速度超过了你的脚步，你感到不安和困倦。你忘记了昨晚做了一个什么样的梦，你只记得夜晚的炎热，电风扇在屋里发出“呼呼”的响声。你挣扎着入睡，没有一条线索将你带入梦境，你就是无法入睡。剧烈的头痛和内心的波浪将你淹没，你蜷缩着身体，把头埋在手臂里，像受伤的婴儿。你听到窗外的雷声，从山的那边传来。

突然，你发现你是这样的迷茫和不知所措，无法将自己解脱。你告诉自己，要相信，无论如何生活都是合理的。这是你看过的里尔克的诗。后来，你会发现如果你内心的速度如此之快，那么时间将会变得迅疾而无力。如果你有一天打伞走过翠绿植物掩盖的马路，天上下了冰冰凉凉的小雨，打在你的小腿上。然后，你慢慢走路，用心做事，时间会像童年时候一样温暖而迟缓。你便不会老得如此迅疾。这是你内心的修行。

终点

你每天都会在纸上写字。有时候你在想如果有一天停止写作，停止工作，你成为一个一无所有的人坐在庭院里的木椅上，闻到栀子花的芳香，听到雨从天空落下来的声音，看到白云在天边翻滚……你期盼有一天要过上这样的生活，然而你知道这必须要你的心走过长长的路才能够抵达，所以你总是告诉自己不要想得太多。

如同你少年时代设想过的青春年华，以为它应该是你年轻和欢愉的年纪。要为此做出努力，竭尽全力到达你的青春边缘。为了成长，你付出了巨大的代价，但是你发现它不是终点。就像你小时候在村庄里翻越过一座又一座的山丘，你看到山的那边依然是山。

然后，你走了很长很长的路，你会发现，所谓的终点根本不存在。它只是你的幻觉。我们是一直走在路上的人，你应该坐在自己的位置上，把自己幻想成往日里的孩童，变得单纯而美好。

真实

黄昏落在屋顶上的时候像发光的红宝石一样，又如同天空开了一道口子把它的鲜血流淌出来。你还是那么喜欢这样的时刻，夏天傍晚的黄昏。看到它们，你想落泪，只是不知道为什么。风把教室里的蓝色窗帘刮起，它“呼呼”地响，你听课的时候总是思维散漫，不能集中。

你突然想读泰戈尔的诗，那个有着透明孩童心的男人，内心没有形式与概念的男人，他的内心住着一个小小的幼童。有时候你也会想拥有一个孩子，最好是敏感聪慧的女孩，给她一个平稳安静的童年。你在幻想着自己没有完成的梦，你想感受到孩子们的快乐。

你依然那么喜欢黄昏，喜欢风，喜欢落叶。有时候我认为你的内心是住了一个老人和一个幼童，所以你并不适合年轻人的潮流世界。后来，你会发现这么多年以来，你一直都站在自己的位置上，有时候只是误入了池塘，你依然天真并且慈悲。

是这样天真和慈悲的你，站在窗户前拍暮色天空里的浮云的你。看到脚下的阑珊灯火，冰冷和孤寂的光，摇晃着绿叶的栾树，石头旁的格桑花。你想跟随夕阳一起坠入山谷，忘记一切，等待明天，那将是新的光和天地，在面前铺展开来。所以，清醒恐怕只是另一场梦，而真正的你或许在你自己不知道的地方睡着了。

然后，你会发现你可能是来自你愿意回去的地方，只是那个地方不在现实里，亦不在梦境里。它令你遍寻不着，因为它在你意识不能到达的地方，从此你只有把自己认为的真实当成信仰。

旗袍，生命的在场

◆文/芦汀宿雁

我的命名

以素为俏的传统因子，因静而动的时尚元素，涵育秘隐却又充满挑逗意味，这是我暗锁的诗意和美之心性。

我胎生于清代旗女的袍服。从领口遮到踝骨的神秘一统，便是初期的我之形貌。当然，我有紧俏的腰身，也有服帖的立领、雅致的盘扣和精巧的滚边等小修饰，柔媚内敛，传统味十足。

而，下摆开衩处，呈现的却是另一道微泄的春光。走高走低的开衩，从低衩、无衩、高衩，一路攀高，过膝甚至及臀，春光乍现，影影绰绰中，一点柔，一点媚，一点撩……直叫人止了步，酥了骨，催发无尽的遐想。

自然，他们爱且爱了，理由竟也层出不穷。于不动声色的在场中，沉敛，聚合，释放，昭示着某种深致的韵味——清逸的化身，纯灵的内核，忧郁的质感，妩媚的骨感，不一而足。

历 200 多年来，痴爱者不胜枚举。有人说，我是一种民俗物象；也有人夸，我是代表中华服饰文化的国粹之一，将会联通不同时代女性服饰的审美趣味。

寡闻若君，也定然明了——我的芳名叫“旗袍”。

张爱玲说：“衣服是一种言语，随身带着的是袖珍戏剧……贴身的环境——那就是衣服，我们各人住在各人的衣服里。”视旗袍为言语的她言之成理。其实，美其名曰旗袍的我向来是有自知之明的。我充其量是一个诗情画意的贴身环境，以风情与神髓，演绎一些“欲语还休、欲拒还迎”的爱情故事和人生写真。

我的生命

我的生命，源自于我的主人。

我寄生于平民，也寄生于贵族。老妪、熟女、窈窕少女，于秀目巧盼中，于丰臀细腰里，摇曳出女人的韵味，倾了城，倾了色。

冷傲的张爱玲，爱我如痴。檀香木的衣橱里，清一色是我和我的姐妹们。

一道靓丽的滚边，一抹惊艳的翠蓝，一款夸张的阔袖，自设自做自穿自赏的她，让我们从严冷方正的初兴中涅槃而出。于是，如影随形的我们，成为她奇绝人生的物证，也成为她孤凄生命不可或缺的慰藉。

在异域他乡，在四壁皆空的屋子里，用一根文字的银针，绣自己的春闺梦，绣自己的小团圆，绣自己的心。叶倾城不无叹惋地说。

临了，她裹了一件赭红旗袍，安然地走了。一若她的文字和做人，在辗转的苍凉里，弥漫着流年的暗香和生动的苦涩，轻妩而孤绝，归于安详和寂灭。文采斐然的张爱玲，在素面铅华和霓裳艳影的交合中，走过了她悲欣交集的一生。

或敛华而光鲜，或清淡而简朴，我们自会被烙上属于主人的深长意味。于读者，于观众，寄情于旗袍，乃至爱屋及乌，个中况味，何不如是？

凄惨的王佳芝，以我诱人终至身死。于光灿的银屏上，27 套唐草、蜡梅、玫瑰、云纹、几何等图案的旗袍，裹一件风衣或西式外套，搭一色围巾或绒线衫，中西合璧的古雅中，抖落出佳芝的性感、俏皮与时尚。

淑秀的白流苏，以一袭幽绿的旗袍，一步三摇，盈盈一水间，悄然暗合了男人之于我见犹怜的传统审美，勾动了遗少范柳原的心魅。

白流苏有柔媚的S线，还有一股子巫气，风情和魅惑兼具，织就出她那悲喜交集的生命网路和清韵时光，由身体到灵魂得以重生，才滋生出两不相厌的自然美。柳原对流苏说，你就是医我的药。于是，一座城，因了穿尘而至的她，倾塌了。

四季在场的我，让一对精于算计的男女偶遇并演绎了一幕爱与情的浪漫传奇。

可见，身为有思维、有骨骼的旗袍，我辈的生命如何重生，完全取决于我的主子们。有味的旗袍，期许的是有味之人。因此，那些豪放的假小子，风行的急性子，五大三粗的水桶腰，纵是爱我如髓，也只能是一睹芳姿，若莲，只可远观，做一做不沾尘埃的梦影罢了。

视我为第二皮肤的女子，把握风情脉搏、爱我、恋她和她们的怀旧男人，除了这些云想衣裳花想容的多情人儿，也包括设计师的妙思、流水线上的监护、小修饰的巧工、精品店里的快销手，一扳小指头，我的主人何其多，且也没了性别取向了。

哪怕一件棉麻旗袍，花花地闪，也会绽出朵朵清逸之莲。静雅、曼妙如我，却万万不可单独上场的。然，一旦出场，我的生命即被点亮，灵魂也随之苏醒，成就着一幅幅百读不厌的人间风景。

我的灵魂

于江南的巷陌中，一个眉梢坚毅的旗袍女子，一个风姿绰约的素衣姑娘，若带雨的云朵，由远而近。

犀皮漆艺，四个隶体字镶嵌在一枚圆中，稳稳地站在门楣左上端。紫阳街 ×× 牌号下，又一列竖写的大字——紫阳漆艺工作室。双标识的下端，几盆壁挂式的长寿花，层级而上，错落有致，别有深意。另一墙角，散排着几株植物，花叶微颤着，葱茏欲滴。

古雅幽香的气息，氤氲着小小的木屋。

这是玲子母女痴爱的“周末场”店铺。渐次卸下一片片窄而高的木版门，一个女人的天堂就豁然入目。

一个花色缤纷的旗袍世界，满目生辉。玲子穿梭其间，熨烫，理架，动态导引，悠然自在。

素素踏着木梯登上了她的工作室——漆器工作坊。在琳琅的工艺品中，一埋首就是一整天。

一个沉浸于匠心，一个迷失于忘我。有时一忙，楼上楼下，母女俩居然整日也不相见，相安无事。

台州紫阳街，周末的闲适，牵出了一波波新老顾客。那些身材娉婷的女子，闲步走来，却身不由己地赶紧溜了进来。古雅清逸的小木屋顿时就活鲜了。

丝绸、锦缎、提花棉麻，青莲、素馨、红梅，盘花襻扣、细镶滚边、手绘花样、数码喷绘、从面料到图案，由工艺到价格，她们寻觅，试穿，品评，驻足，流连，期许与最本真的“我”相遇。

喔，好靓哟！青花瓷藤花，贴合小妹的气质！一身玫红牡丹花旗袍的玲子，柔朗的音调抚过喜悦之心。

量身定制一般。围着小妹上下打量，同行的闺蜜啧啧有声。

窈窕的身材，水润的模样，最适合旗袍了。

这材质，这花样，这绣工，静雅而个性，没得挑剔吧？

在落地镜前，笑靥如花的小妹，欣欣然地旋了一个圈，又旋起了一串舞步……

一波人流刚退潮，另一波笑语又不期而至。

一溜蝴蝶扣，一道蕾丝花边，一枚硕叶挺举着一只含苞的莲……

简雅，澄净。大妹子，真有眼光。新款，试试？伶牙俐齿的玲子早递了一款过去。

且试，且聊，且赏，互为镜像，你方脱下，她又穿上。一转一挪间，几分怯羞，几分妖娆，几分欢愉，几分和乐，喜爱旗袍的女子们沉浸于女儿世界，已然没了主客之分。

青花瓷布衣，荷韵花衣，蜜色真丝袍，藕色镂空纱裙，一上了主子身，莲步轻移间，黛山胸藏，春波腰涵，便染上了花月沉香的诗性。

半酣半梦中，一个素净的执念，一种清雅的诗意呈现，便也相生而活，惊艳了主人们真实的生命。

具象而活的我醉在了玲珑心里，偷偷地诠释和改写着玲子的今天与明天。

一缕春归，花香人语满木楼。

遗落的温度

◆文／菡苕

搬家是琐碎的，很多东西都在舍与不舍之间。我曾把它们请进生命，爱惜过、擦拭过、使用过，连微小的划痕和残缺，都成为我在这个平凡世界里的延伸。细碎的碗碟、杯筷、烟缸，茶叶罐、纸抽盒、插水壶，大大小小的东西，我答应全留下，只带走柜子里的衣物。

我不知道我再回来时，它们是否安然，家里是否原貌，新主人是否能用母性温暖的眼神，给予它们爱。为那些盆栽浇水，珍用每一件器皿。也许早就在流动的光阴里消失殆尽，即便贵重的东西，张得开口，也是商讨价值，而不是我曾标识的温度。

这是我的家，我生活了20多年的家。静美的白杨，孤单的鸟巢，水中的落日，成窗的鸟鸣，窗帘间嬉戏的蝴蝶，笔记本电脑上停落的缠绵恩爱的蜻蜓，都将成为一幅遥远的剪纸。而我一直安静行走在这镂空的画面里，不曾惊扰、打探或试着对话，与之只是寂静相安。

也曾一次次站在窗前，望着平静的水面想要离开。手指怕寒后，我嫌这冷，水里起的房子，透骨的寒。我说过清洁不好做，耽误太多时间，也曾奋力砍断爬山虎，抱怨它招蚊惹虫。但它们比我顽强，自顾自疯长。这些清澈有力的生命，只是爱人二十年前捡回的一粒种子，塞进墙缝后，蓬勃至今，摇曳出一墙墙一窗窗绿浪，胎盘样裹住我的房子，让我和我的家人得以安眠。还有那些多肉植物亦是从微小颗粒开始，累累挂盖住整个屋檐。我要感谢它们用纯美的汁液和体温柔软了每一寸坚硬，让大自然温情认领，令我许多奇妙的思维在它的怀抱里安详分娩。

一楼的书柜是在墙里打的，颇费了些工夫。女孩拖箱进来时，一声惊呼，这么多的书，我说你若喜欢可以慢慢阅读。她踌躇半晌问我，能否清空？想放点别的。

我没作声，只是静静站在柜前，忽觉这些书很廉价，连一块生姜蒜子都不如。亦知思维落差，在这个世界，不是每个人都喜欢，自己也没准备给谁看，最初的想法是用胶带封住，是她的惊呼，让我误解，以为这些陈年古董尚可余热。书并不多，离我的意念。一本本检视，很杂。最下面两层，是儿子的课本，从小学一年级至大学全在。黑色七月后，很多人尖叫着抛向天空，而我的父母却低头默默地一捆捆扎好，拉回；大学读完，满校园狼藉，我们从千里之外同样拉回。没想过要丢弃这些生活的指痕与温度，也深知喂养一个孩子除了大米白面外，尚需这些精神食粮给予的体温。

四个档案袋要留下，满满儿子的获奖证书，外加一个小记者证和一套高考用具；三年级至初中的作文要留下，老师给了不少满分，画了诸多波浪线；一些报刊杂志要留下，里面有儿子发表的文章；一套丛书要留下，不错的出版社，收录过儿子的涂鸦。一摞很漂亮的几何试卷，全是120分满分。抛开一个母亲的眼光，不得不承认他的优秀，这样的优秀很自然，优秀到邻里并不知晓，自然到一步一个脚印走来。就像后面的思想分叉，沉溺游戏，所有的迷茫烦恼伤痛都要自己慢慢抚平一样，也无关他人。一个人的路和生活都是属于自己的，我们唯一值得骄傲的是从来没有虚荣过、攀比过、嫉妒过。我们只是小草，要感谢那些赐予光斑的老师和无私帮助的亲人们。

还有些书，是朋友送的，留了字签了名，或快递或面呈。大家萍水，并不相知，几句话后，双手捧上，分手亦不联通。他们和我一样都是文字海洋里的流浪者、取暖者。也许目的不一，但不管消磨、坚守抑或志趣，都是在寻找一份生命的体征和温度。对于这样的劳动和友爱，我自当珍惜。有本书的序写得不错：从古至今，谈笑间；从生到死，呼吸间；从人到人，善解间。我的文字也在里面，与邻人一起《等树花开》，相互善解，这样的状态甚好！

梳理后，请来一位师傅，他装了五麻袋。每放一本都心疼，那里也有我的课本和课本上稚嫩的字，有本“现汉”十几岁用起，随我南北，三十年前就用牛皮纸包了书皮。有些书是刚上班工资拮据时买下的，留有购于某某书店字样。它们陪了我多久，帮我打磨掉多少粗浅的日子，不知道。告别是难免的，总有一天，我们的肉身也将离开，更何况这些曾经的温暖。

我对师傅说不用称了，随便给点钱。他用粗糙的大手数了六张十元的，很哑然，不到一本的价格。有几本对冲基金，很厚，还没启封，由于对炒股这种游戏的疏淡，在犹豫间也扔了进去，不知爱人询起，将如何作答。

二楼是位老者，办事处的头，人称老爷子。我说卧室里的书不清了，喜欢就看，不喜欢放那就好。还有些话卡在喉咙，转身下楼时咽下，我想说爱惜点，别转借。实际说不说都一样，懂的自然懂。那些书都是常看的，如无声影像隔空交织，在每个夜晚帮我安静催眠。

几天之后，再一次回去，大厅已摆上会议圆桌和三、四台办公电脑。踏上台阶，穿过玻璃门，提着包径直往后走。那里有我的厨房、卫生间、餐厅和卧室。那个小会计坐在我常坐的转椅上，起身问我找谁。我忽然意识到自己已不属于这里，看眼卧室都唐突，随即也打消去餐柜取走果盘的打算，结婚的东西，多少有点不舍。心里想着，脚已沿着楼梯往上走。小姑娘在背后，咯咯地笑了起来，说原来是你。我换了身行头，穿了高跟鞋，她竟没认出。

站在三楼平台，望着远处，依旧辽阔。那时工厂还没逼仄，水面的前方，是一大片油菜花。也是这个季节，七、八岁的儿子拉着风筝，穿着我给他买的米奇妙的红色衣裤，在金色的花海里奔跑，手中的大雁呼啦啦往上升。这样的镜头破空而来，异常鲜艳。也知道，无论在哪，都会在心底一次次聚焦。

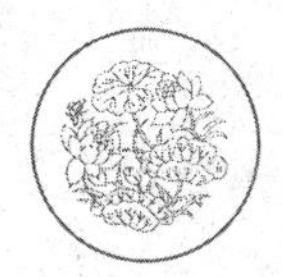

小巷

◆文 / 静如画

昨夜，又一次梦回江南水乡，醒来，印象最深的，竟是那条条蜿蜒幽深的小巷。

花季的烂漫，雨季的心事，在流年里，我曾几度辗转在小巷深处。

那时，我的身影是轻盈的，可以自由自在地在小巷里游走。从这头，走到那头，从一条小巷，穿梭至另一条小巷，直到我走累了，便在一块青石上坐下，翻开随身携带的笔记本，写一段暖心的话语，或画几笔眼前的景致。

那是个爱做梦的年纪，纯真，无邪。眼睛的清澈，致使所看到的，都是小巷里浓浓的人文气息与烟火味道。

晨曦中的小巷，在一扇扇木门“咯吱，咯吱”声中醒来。勤劳质朴的小巷居民，咬着一口苏腔，侃侃而谈，脸上是如阳光般的笑容。虽然听不懂她们的方言，却因当地流传的一句“宁愿听苏州人吵架，不愿听宁波人说情话”而喜欢上这里的方言。

临巷而开的店面，一间间开启，他们，还保持着最初的习惯。门，都是由一扇扇木板组成，卸下来，按顺序靠在旮旯处，待到夜幕降临，店面打烊时，再一扇扇安装上去。

小巷，时而会有来自五湖四海的游人光临。白天，小巷会敞开胸怀，以清丽的容颜来迎接她的贵宾。只有到了夜晚，一切归于平静时，小巷深处，才会亮起几盏昏黄的街灯，那一刻，小巷的寂寥，已然毫无保留地映在那一墙一瓦、一砖一石上。

小巷的每一天都会发生很多故事，这些故事，都会给小巷增添几笔丰富的色彩，使得小巷的韵味更加浓重。

读过戴望舒的《雨巷》:“撑着油纸伞，独自彷徨在悠长、悠长，又寂寥的雨巷，我希望逢着，一个丁香一样地，结着愁怨的姑娘……”——那悠悠情思，自雨巷深处翩然而来，倏地一下，便被撞了个满怀。

幻想着，某个清晨，天空飘洒着绵绵细雨，我化身为那穿着水墨旗袍，撑着一顶淡紫色油纸伞，迎着微风细雨，从小巷深处缓缓而来的女子。那顶油纸伞，像极了春天里盛开的丁香花，散发着阵阵沁人心脾的幽香。

雨，还在绵绵不休地下着，在我眼前，尽是那历经沧桑的粉墙黛瓦，鹅卵青石，墙角，还有那泛尽绿意“苔花如米小，也学牡丹开”的苔藓。

就这样，我从一个古老的年代，随着时光的迁移，自小巷深处，一步步地走入细雨曼妙、微风拂晓的这个清晨。我的到来，只为与前世的爱人再次重逢，在这烟雨之中，在这幽深小巷。

我前世的爱人，会浅笑，微扬的唇角，恰似昨日的无限柔情，他伸出手，轻轻地牵起我的梦……

当，故事老去，故事里的主人翁也老去，再回首，相逢处，花好月圆人依旧。

在幽深的小巷里，有诗情画意，韵意氤氲的婉约；亦有朴实无华，安静祥和的人间烟火。

小巷深处，一声“甜酒酿”打断了我翩飞的思绪。迎面走来一位中年男子，肩头挑着一根颤悠悠的扁担，扁担两头，各挂着一只圆形木桶，那木桶里，则装满了男子自家酿造的甜酒酿。

甜酒酿，味道酸甜，略带酒香，具有健身暖胃的作用，是冬日极好的饮品。当地产妇，亦会把甜酒酿当作营养品来补身体，据说，甜酒酿还有益气生津、活血止痛的功效，对于坐月子的女子很有好处。

我不喜欢吃甜酒酿，可是，我依然会花两元钱买上一份，一口甜汤，一口米浆，细品慢嚼，只是要感受江南水乡里的另一种风情。

幽幽小巷，纵横交错，在小巷里穿梭，无需担心迷路。因为，每条小巷，都与主路相衔，所以，只要喜欢，便可沿着青石小路，一直走下去。

在我工作的地方，有扇后门，打开后门，便是一条狭窄幽长的小巷，这条小巷并不繁华，可是，却因为临近旅游景点，便多出了几家店铺，一家杂货铺，一家玉器店，还有一家饭店。

这几家店铺的生意虽然不好，却也因所占店面是自家房屋，无需租金，妇孺在家便可应酬，如此，倒也落得悠然自得。

这条小巷往西走，会越来越窄，两侧是粉壁白墙，深处的高墙内，几棵千年银杏树，正枝繁叶茂地携着厚重的历史探出头来。脚下是零碎砖石，干净至极。若是雨后，每块砖石都会显得格外明亮润泽。我曾不止一次地一个人走，一个人想，一个人去感受，那份幽静的惬意，总会深入灵魂。

小巷东边，则直达水乡最繁华的老街，老街以水榭长廊的形式，临水而建，一侧商铺，一侧小河。这里，有各式各样，充满乡土风情的特色产品。苏绣丝绸，古玩玉器，红木家具，蹄膀猪脚，水乡服饰，糖果糕点，特色小吃，酒楼茶坊，一切应有尽有，在老街上游走，不会无聊，耳畔总会此起彼伏地响起游人的谈笑声，甚至于还有与店家的讨价还价声。

尘世的喧嚣声，在这里毫无避讳，纵使再清丽脱俗的地方，也终是屹立在满是尘埃的一方水土之上。

一个人的旅程，大部分时候只是聆听，观望。在这一景一物里辗转，总有那么一二样物件，会轻而易举地，就碰触到心中最柔软的部位。

女子，本就感性，常常陶醉在自我的世界里，漫步轻舞，独酌自饮。

在我心中，亦有这样一隅空间，寂静，却不失灵动。总是喜欢那质地柔软细腻的丝绸轻纱，会忍不住扯上一块花色丝绸，缝制一件合体的旗袍，再选一条轻盈的薄纱执在手中。风起时，漫步在蜿蜒幽深的小巷里，扬起那缕薄纱，看它在风中飞舞，恰似女子的柔美，在指尖，淋漓尽致地展现出来。

走过一座小桥，一个转身，便又回到了小巷之中，小巷尽头，一群写生的少年，一手扶着画板，一手挥动画笔，正在抬头低眉间描绘小巷里的风情。

走近这群少年身边，他们笔下的画面深深地吸引了我。一幅画面上，一对祖孙俩的背影尤为赏心悦目。老奶奶一身素色衣衫，左手臂弯挎着竹编篮子，里面盛满新鲜蔬菜，右手牵着五、六岁的小孙女，小孙女扎着两条麻花辫，穿着一件大红色印花上衣，一老一幼，在柔和的阳光下，行走在这幽深的小巷之中，温馨古朴的生活气息，已然迎面扑来。

小巷的存在，是日复一日、年复一年的历史传承。四季里，无论花开花谢、阴晴雨雪，小巷的婉约依旧。她犹如隐于闹市深处的女子，娇羞，温和，与世无争，只是在简简单单的生活中，安然度日。

我喜欢江南水乡，亦喜欢小巷深处走来的女子，她们，婀娜多姿，仪态万千，有着一个个美丽动人的故事。

我无法将自己置身事外，请允许我，再一次将自己想象成小巷深处，那撑着油纸伞缓缓而来的女子。因为，在我心中，早已深深地爱上了那江南水乡，古朴、婉约、美到极致的幽深小巷。

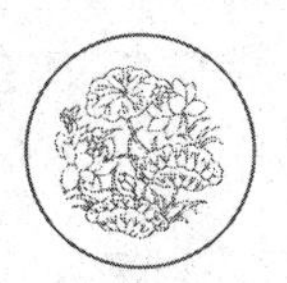

安顿自己在一朵花香里

◆文／明月如霜

或许是出生在阳春三月的缘故，我喜爱着每一朵春红。在众多风月无边的春红中，唯有樱花，令我沉醉。

“樱花烂漫几多时，桃红柳绿两未知。”行走在红尘的岁月中，总会有一种事物在心底让你用一生的时光与她痴缠。三月中旬，知道我深爱的樱花还没开放，在朦胧的月色下散步时，还是忍不住心中的期待，停下匆匆的脚步在花树下驻足，凝望。

那白色的花苞，状若苔米，在三月的春色中努力地膨胀。那暗藏的满目春色，犹如你一生的柔情。待我去赏花的那一刻，在我的眸间心里努力绽放。

一到春色撩人的阳春三月，我就会给春天写一封长长的书信。告诉她，这一季旖旎春红的绽放有多么撩人。

我用如雪的白樱做笺，捻桃红灼灼为墨，在春风十里醉春情的烟花三月，用一份女儿家的真情点点，描摹成一曲春日赞歌。

三月，一场杏花春雨湿了眉眼，湿了春情，湿了春红。

浅浅的雨色中，墙角欲放的那枝春杏越发娇艳，眼眸的那枝桃花红越发妩媚动人。白色的玉兰在浅雨中，端庄成一个成熟女人的模样，优雅，可人。

那如雪的白樱，似霞的红樱，努力地膨胀着满含春情的花苞，在杏花春雨的柔情中渐渐绽露笑容。

樱花红陌上，柳叶绿池边。燕子声声里，相思又一年。在和风徐徐的春日里，我的北方小城又是一年樱花白，又是一年樱花红。

折一枝春色，种一朵樱花绽放在心底。花开此城，情深彼城。

我的小城，三月的末端，四月的初始，是樱花漫天的世界。一到三月的最后几天，白色的早樱，便呼啦啦地开放。仿佛一夜间，所有的白色都被樱花收藏着，炫耀着。

那满树的樱花，在三月的枝头不顾一切地绽放着，那种白，无瑕，素雅，如雪，似玉。那种任性地绽放，如同一位情愫暗涌的女子。把那些蕴藏了一冬的思念，化作一枝枝白色的花苞，在春风中滋滋地生长，拼命地绽放，绽放……

那些在枝头摇曳的樱花，仿佛在告诉春天这个她深爱着的情郎，她的一生锦绣，只为他一人绽放。

阳春三月的末端，春色浓得撩人的双眸，撩人的魂魄。爱花的人总是耐不住花的诱惑，在春阳下，在春风里，与花香相拥，与春日相约。

春渐渐深了，樱花的美是最惹人眼的。周末，大学里的樱花节吸引了小城的人们和闻讯赶来的外地游客。最美樱花漫路时，沉醉人间三月天。白色的樱花在三月的枝头，奋力地绽放，彰显着蛰伏了一冬的花色。游人在花树下，驻足，仰望。沉醉着，抓拍着这醉人的春色。雪一样的花树，一枝枝，一朵朵，在春风中，在暖阳下，用一树树的素净，妖娆着她的翩若惊鸿。惊了游人的眼眸，醉了游人的心神。

早开的白樱，白的素净；晚开的红缨，红得妖娆。白得如雪，红得似霞。在暖暖的春风中，花枝招展，摇曳多姿。用一瓣瓣娇艳的花瓣，告诉世人，这个春天她来过，美丽过……

四月，怒放的红缨，似一位待嫁的新娘。倚着春的门楣，在风的渡口等着她钟情的新郎。红樱有娇艳的粉、妩媚的红，白樱那淡淡的白、素雅的净，让你怎么看也看不够，怎么爱也爱不尽。

春风十里，不如你。春色撩人时，樱花开旖旎，真情满枝头。

行走在春色正浓的小城，用枝头朵朵娇艳的芳菲，串成摇曳在春的屋檐下的风铃。只是一低眉，就与你相遇，与花香相拥。然后，我就坐在春阳下，持一枝素笔，蘸丝丝茸绿，染几点樱花嫣红。在春的扉页上，为你写诗。

赏花归来，趁着周末，去花店搬回几盆泛着浓浓绿意的花卉置于室内。窗外，花树璀璨，室内，绿意葱茏。行走在春风里，用灵动的绿意，用一颗心怀美好的素简心，为你我打造一个不老的春城。

平淡的烟火，有花香，有茶香，有书香，有你，心心相印，惜惜相伴。一路行走，一路捡拾。让一个个烟火故事在文字里，花开锦绣，在生命里篆刻，氤氲成淡淡的墨香，如此这般，已是很好！

阡陌红尘，总会有一份遇见，温暖你的整个曾经。清浅的岁月里，一路行走，一路低眉捡拾生活中的小欢喜，在一朵花香里安顿自己。做个刚刚好的女子，不攀附，不将就。可以平凡但不平庸。用最美的心情，过好自己想要的日子。让生命中的情感，永远美丽，不朽。

余生，开开心心地度过属于自己的每一寸光阴。读几本养性的书，喝几盏心静的茶，写几行怡情的字，赏一朵最爱的花，看一些想看的景，走自己想走的路。忘记年龄的束缚，穿自己喜欢的衣服，过自己想要的生活。不攀附谁，不依赖谁。只在一盏茶、一支曲、一本书、一朵花的陪伴中，安享一份随心的清宁。

一路走着，一路精致着，优雅着，美丽着，健康着……不以物喜，不以己悲。心怀美好，淡定从容。在红颜渐退的光阴里，静守岁月的馈赠，不必羡慕别人的青葱，只愿优雅地老去。

一生看花相思老，何须海枯誓来生。春光无限，我只醉东风一枝。唯愿在一棵树下，欣赏一朵樱花的翩然，聆听一朵樱花的清音。凡尘来往，唯愿如此：不必贪恋繁华，只在一朵花香里安顿自己。

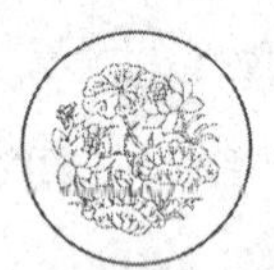

树最美的时候

◆文／一声轻叹

见过春天的柳树，经过一冬的等候，在风的轻呼声中，原本干硬的皮肤渐渐泛青，渐渐柔软，渐渐从沉睡中醒来，张开一双惺忪的眼睛，伸伸许久没活动的胳膊和腰肢，四处打量这个正在变化的世界。

土地在脚下渐渐酥软起来，润泽起来，仿佛使劲一攥就能攥出水来。风里混着许多的讯息：比如去年的鸟儿明天下午就会飞回这里来，比如那一片芨芨草正在拱土，很快就会纷纷冒出来，比如村边河底的那几条鱼偷偷上来了，吐了一会泡泡又沉下去了。

树干的青色越来越浓，与远山的青色一起葱茏，枝上悄悄冒出几个芽苞，极淡的鹅黄，不留意还发现不了，等你在意走近的时候，发现树上这里那里到处都绿了，再过几天，嫩绿的树叶将会把所有枝条装点得异常葱郁。"万条垂下绿丝绦"就是此时最好的描摹，那一树一树朦胧的绿、柔软的绿，如一袭绿纱的少女，袅袅娜娜，含笑顾盼。细雨如烟朦胧，树就更如幻如梦，这时，一株柳树就是一首诗，一首意境幽美、意蕴含蓄的情诗。

等柳絮漫天飞的时候，天气开始变得暖意融融。搬一把小椅子坐在树下倚靠着树干，或捧读一本心仪之书，或埋头写字，肆意涂抹，尽情放纵。柳絮在不疾不徐地漫天飞着，如雪花一般，有的调皮地落在我的头上，也有偶或胆大地飘到我的本子上。这时，我便会停下笔来，把它拈在手中，静静地望一会儿，然后微笑着把它轻轻吹拂出去……

累了的时候，我便喝杯淡茶，这时，柔软的枝条极轻地拂动一下，再拂动一下，似乎是太轻怕我没觉察到，重了又担心烦扰到我。抬起头来，那略带醉意的绿，溢满我的双眸，亦染绿了我的心……

有雨的时候，我总是挑帘或是隔窗而望，她在细雨中青翠欲滴，闪着晶莹的亮光，总是那么含羞带涩，总是那么娇柔可人。

整个春天，她就这样伴着我，在晨曦中醒来，在月光中安睡……

桃花太艳，杏花又太白了，我见过梨花盛开的树，美得正好，美得醉人。

那是一片千亩梨花，当我下车看到这千树万树盛放的梨花时，令我惊艳不已。眼前正演绎着一场浩大壮阔的花事，好半天，我才轻轻地迈动步子，不敢出半点声响，甚至呼吸也要屏住，小心地向前移动着，生怕惊扰到了这白色的梦。

小径上已铺满花瓣，怎么也不忍心踩上去，花树上白色的精灵在纷纷飞落下来，空气中暗香涌动，极淡却又极为清新。

其实树上除了白，还有极淡的粉，那是未开的和将开的花蕾，花托一点点粉，让花苞有了一点俏皮和娇羞的意味。一点花苞的，胀鼓将开的，开得正好的，即将凋落的，一朵朵、一簇簇，缀满了树丫。那极淡的花蕊，像蝴蝶的触须，蜜蜂嗡嗡地飞来，盘旋一阵后，它落在一朵花上，专注地采粉，然后满意地再飞向另一朵，这些花怕是只能承受得起这些小蜜蜂的造访吧，因为她们太娇柔了。

在花间小径行走着，落英缤纷，仿佛行走在白色的梦里，行走在白色的童话里，行走在意境葳蕤的诗意里。无论是树干粗壮的大树，还是低矮的小树，都是一树的繁华，它们恣意绽放着，芬芳充溢了空气。置身如此梦幻般的仙境，我感觉自己就像一位舞姿翩跹的仙女，徜徉沉醉于这纯白的花海中……

我深深地吸了一口，那清幽的香自鼻入心，沁入心脾，整个人儿便浸泡在这清幽的香气里，灵魂便在这清幽的空气间翩翩起舞……

我没有拿出相机，怕笨拙的拍摄对美景太过“断章取义”，也没敢与花合影，怕我身上尘俗的东西挡住它的纯白，只觉得自己的灵魂正在被这洁白清洗、浸润、晕染……

现在只有白花开，少见绿叶子，到了深秋，这些叶子会被秋染红，想这千亩梨树红灿灿如火一般地燃烧，那又该是多么辉煌啊！可惜，我没有亲见，不然就可见证一下秋日胜春朝的景象，没有亲见，所以只能想象，没有亲见，所以还是觉得春天梨花树的景象最美！

秋意阑珊处，应去看看银杏。出城那条路的两旁就都是银杏树，只是平时没有注意，什么时候它们已换上金黄的盛装，看来是要去赴一场宴会。

那金黄是沉浸了阳光的颜色，把一夏天收集的暖意全用这金黄色来显现了，耀眼而辉煌，且有着生机与暖意。这是一种成熟的颜色，如熟透的谷子、麦子或是稻子，闪着芒上的金黄。

这一树的绚丽，逼退了秋的凄冷与荒凉，燃烧了秋的冷寂与萧索。这一树满缀着从春到夏的成长厚重，参透了叶生叶落的生命真谛，也悟懂了花开花谢得失往复的哲理。它是如此从容淡定，用尽力气在展现生命的繁华，而绝不是拼尽生命去搏这生命最后的一抹亮丽的。

有人说落叶是疲惫的蝴蝶，更有甚者说它是死去的蝴蝶，这对银杏来说是绝对不合适的。秋风中那些飒飒落下的叶子，是如此的从容，没有一丝的无奈，没有一丝的感伤，它们早就做好了准备，准备来一场生命的舞蹈，早就在等音乐一响起，它们就欢乐而庄严地起舞。

谢幕后就匍匐在树的脚下，像一群白天玩累的孩子在母亲的呵护中安睡，像一群宴上酣畅地喝过舞过欢笑过终于安静下来的人们。人们用“生如夏花之绚烂，死如秋叶之静美”来比喻人生，但其实秋叶同样绚烂，当然也更静美。

我喜欢这种阅尽大是大非之后的静美。秋日的暖阳照着，叶子透着亮闪着光，树上金黄色的热闹，树下是金黄色的安静。金色的叶子，让树有了另一种生命力，仿佛是获得了新生，涅槃之后焕发出的新的光芒，安详而炫丽；金色的叶子，让树下的路有了另一种魅力，松软而美丽。

摘一片深秋的银杏叶子，或是捡一片刚落地上的叶子，放于自己的诗集当中，存于自己的日记当中，让以后的日子，无论是阴霾满天还是寒雪飘飞，拈着它，就是沾了阳光的暖意，就是聚了银杏走过亘古带来的禅意。无论是孤单寂寞，还是失意落魄，都能像这树叶一样安静从容、安闲自如。

走过这样一条路，踩在秋天的脊背上，沙沙，沙沙……

那是一棵让我震撼的树。

听村里人说，它已有五百多年了，硕大的树干伸向天空，得好几个人才能合抱过来。它的根须一半伸进土里，曲折蜿蜒深不可见，另一半却裸在断崖的外面，褐色的皮丑陋地皱着，有的根皮已脱去，白生生地裸露着。这些根粗得如手腕，细得如龙须，它们竭尽所能地抓住能抓住的土，植根于断崖奇峰断石间，它竟能长得如此倔强刚烈。

顺着写尽沧桑的树干向上看，我吃了一惊。它一个主枝已被拦腰劈断，参差的断口如剑戟直指天空。它的腹中已是空空的，并且被烧成令人触目惊心的焦黑，这应该是雷的“杰作”吧？那焦黑，不知有没有后天人们的焚烧，我推想是没有吧？谁会在一棵遭受如此重创的树上再雪上加霜呢？就在我低沉感叹的时候，却是惊奇地叫了一声。因为很快地我看到在受伤的树枝另一侧有一个分枝，虽然远远比不上主枝，但也算得上粗壮了。它看上去大约有一个成年人腰那么粗，有着葱茏的绿，小小的叶子，鲜亮鲜亮的，一簇一簇的槐花儿，如少女头上洁白的发饰，每一朵槐花如一个个吸足了生命汁液的小帆，又如一串风铃在摇曳……

我退后几步，再仔细地打量着这棵树，脑海里一直跳跃的是“沧桑”两个字。但偏偏就有了这么一枝新绿，恰好到处地诠释了“病树前头万木春”的含义。虽然在眼前，这个“春”显然是少了很多，只这么一枝，但因为是夏天，草木正盛，而这一枝却一点儿也不显得悲凉。

看着，看着，我终于明白了许多：那庞大的根系，倾其所有把养料都供给了这一枝，所以它才长得如此不负重望。我还看到它边上挂着一套打点滴的装置，以前只是听人们说过给树输液，也没有亲眼见过，现在看到是真的。我相信，再过几年，那一枝会更加繁茂起来，我希望它粗壮到撑起原来的荫凉，一树的槐花繁盛，清幽的槐香飘满整个村庄。

我喜欢树，是因为觉得它和人一样，我能懂得它，它也能懂得我。如果有来生，我就做一棵树吧，一半深入大地，一半伸向云端……

一条船生命中曾有

◆文 / 情韵悠然

我家有一条木船。它就像生命中一个熟悉而重要的人，别的船无法替代。

一条船有多么重要，不在于它有多漂亮、多独特，而在于，它和你一起经历了很多真实的故事，而这些故事经过岁月洗礼后，比当初更美，忽然想起时，心中充满了感激。

家门前二十米处，是一条小河，常有几十只船整齐地泊在河边，随着水的流动，船儿悠悠地晃动，来一阵大点儿的风，河面就热闹起来，船儿互相碰撞，碰出清脆的水浪声和船身上低沉的吼声，岸上的树叶也沙沙作响，这简直是一首美妙的交响曲。

大多时候，我家的船空着，闲置着。它和别家的船一起，系在竹篙上，日复一日地躺在河面上，静感潮起潮落，静看人来人往。每天中午放学回家，我都要抱着一家人的衣服到河边洗，如果人多，河边的台阶不够供人坐，有些人便坐上船，坐在船头的边沿上洗衣服是一种享受。女人一边搓衣服一边哼歌，肥皂泡落在船上，落在水上，花衣裳在水中摆动，水窝儿此起彼伏，这是一幅生动的画。

巴金先生曾坐船在鸟的天堂游过，在太阳落下山坡时，红霞灿烂，白茫茫的水面，没有波浪，船儿平静移动，桨摆动，水声悦耳，在大榕树下转悠，树叶茂密明亮，置身此景的巴金先生深感快乐，因而写了一篇诗意散文《鸟的天堂》。生活在鸟的天堂，我喜欢划着船儿在大榕树下转悠，听那鸟声和水声，看那翠绿的树叶和长长的根须，捕捉每只鸟儿在眼前飞过的身影，宁静而快乐地感受一方自然境地。在这些美好的时光里，一直有船儿的陪伴，它是我童年美好回忆中必不可少的一部分。

每次走近河边，我都会望一眼船儿，我知道，河在，它就在。临近收割时节，大家会特别关心船，因为那时我们需要它运载稻谷。船知道，总会等到一个晴朗天，有熟悉的人坐上来，然后带着它去熟悉的岸边。

没有雨的时候，如果船上积满水，便是船漏水了。父亲会找个清闲时间补船。当河水退到最低水位，就见到河底的泥和整个船身，父亲就叫来几个帮手，把船拖上岸。这是一项很艰难的工作，有人在船头拉绳，有人在船尾推，有人在船中间助力，几个男人喊着口号出力，船慢慢地沿着水泥船道上岸，在岸上的空地上用木板做成稳实的架，将船底翻过来，整条船架在木架上，用水冲净船身上的泥，让它在阳光下晒干。父亲认真地检查出船上的漏缝，然后将白灰、桐油、麻刀和在一起，用铁凿子填进木板缝隙，如此，船便修好了。

收割那天，天刚亮，一家人自觉地醒来，穿上陈旧的花布衣，背上布袋，戴上草帽。父母抬着收割机费力地走向河边，我不快不慢地跟着，落下一段路。到了河边，大步一跨，就上了自家的船。我和母亲随意找个位置坐下，有时一起坐在船中间，有时她坐船头，我坐船尾。父亲用力一拔竹篙，竹篙就听话地向上伸。父亲把竹篙斜斜抬起，然后插进水底，弯腰用力一推，船就前进了。父亲娴熟地重复着动作，船缓缓前行，微微摇荡。

船儿像摇篮，父亲一下一下地摇，我眼睛一闭一合地睡。隐约听见妇女们在河边一边甩衣服一边吱吱喳喳地谈论着村里的事儿，我像一只失灵的收录器，收一部分，丢一部分，收到的，都成了美妙的鸟鸣，在我耳边轻轻唱。忽然听见那个卖糕的女人，扯着嗓门喊："芋头糕、红糖糕、滑糕、豆腐花……”妈妈站起身，对着堤岸喊：“卖糕的，给我两斤滑糕。”“好的，马上来。”船停下，不一会儿，一双胖胖的手捧着一袋滑糕，从堤岸边递过来，母亲扎着马步，稳在船头上，两只手指伸进裤头内袋里，夹出一些钱来交给女人，接过糕点。

过了河尾，进入海（当地人称之为海），视野突然宽了。我总是想不明白，面对一望无际的大海，父母是怎样把握方向的？我不知道海有多深、有多宽，我只知道，入海后，父亲不能再用竹篙了，改用桨。船上有两支桨，父亲和母亲各执一支，一左一右，用相同的速度划着，那么大的海，他们可以不偏不离地驶至目的地。

在我脑海里，有一个画面，越来越清晰，越来越唯美。海风微凉，我们的衣服向着同一个方向扇动着，好像被船牵着的风筝，得意地飘，头上偶有几只晨归的夜游鸟飞过。一层薄薄的晨光，微红，洒在水面上，映在我们的脸上。我在父母背后，一边吃滑糕，一边看他们摆动的双臂和船两边泛起的浪花，看着看着就醉了。他们像是在玩一个默契的游戏，不用对看，不用猜测，你动我动，你停我停。是否每划一下桨，他们的心就互相呼应一下？如果这样能划出永恒的爱情，我也愿意。

到岸了，船被系在竹竿上。岸边是茂盛的芦苇，我知道芦苇丛里有鸟蛋，因为我看见水鸟细小的足印印在软泥上。但此时的正事是收割，我不敢耽误上田的时间，只是眼睛不时地往芦苇丛里搜，搜到鸟蛋后，再悄悄记住位置。

收割的过程是累人的，但现在想来，那些过程似重却轻。最重要的是每次辛苦过后，都能看见一袋袋稻谷整齐地堆在船里，像一座厚实的小山，爬上去，躺着，特别舒服。此时，一家人心里填满了丰收的喜悦，只有生活有了真实依靠，才是踏实的幸福吧。

午后，芦苇的影子俯伏在软泥上，海水泛着白花。我卷起裤脚，钻进芦苇丛，迅速拾起来时见到的鸟蛋，然后跑向准备启动的船，泥浆溅了我一身。上了船，来回数着鸟蛋。回头，看见零乱的脚印一深一浅地笑着，我也一深一浅地笑着……

一只船，一堆谷，一家人，从彼岸返回此岸，船沉了几分，幸福就多了几分。

人上岸了，谷上岸了，船又静静地躺在河面上。如今，它又突然浮在我的眼波里……

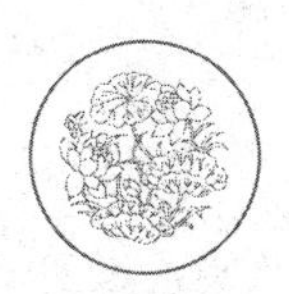

菲菲红素轻，肃肃花絮晚

◆文／琉璃疏影

今年的春天，来得似乎比往年都早。腊月梅香还没散尽的时候，已经开始听到小溪的潺潺声。行走在寂寥而空旷的原野，看着星星点点的绿开始蔓延至每一个角落。心不禁像那些草儿一样，慢慢变得柔软。踏在松软的土地，迎着和煦的春风。让暖暖的阳光，肆意地将整个身体紧紧包围。心，瞬间就有一种豁然开朗的感觉。盼望着，盼望着，一个缤纷的画卷就那样徐徐展现在我们的面前。带着自己的清新，带着我们喜欢的味道。

缓缓铺开的画卷，不仅有诗人的墨香，更有花开的芳香。沿着细碎的光阴，看春风用或深或浅、或浓或淡的颜色，将天空装饰得晶莹清澈，将枯黄的枝头涂满绿色，将漫山遍野芬芳成姹紫嫣红。丝丝暖意，缕缕香甜，瞬间让蛰伏一冬的活力在心底晕开。

该是“吹面不寒杨柳风”的时候了。偶然经过身边的春风，总会给人一袭和煦的暖。像个久违的故人，缠绵在身边，围绕在耳畔。眉心瞬间就舒展开来，嘴角上扬着，心扉荡漾着。这等待已久的春风，是希望，是叩响春天门扉的风铃，它是那样清脆，让人无法拒绝。

迎着阳光，嗅着花香，款款行走田间小径，感受着大自然的活力与张扬，是何等惬意。万物更新，一切都美丽在这个春天。抬步，总会与一场缤纷撞个满怀。昨天还是一树花苞的樱花，一夜之间都张开了粉嘟嘟的笑脸。迟迟未开的白玉兰，终于在一个暖暖的午后开出了自己的清雅。想必，邂逅一场花开，或者邂逅某个人，都是缘来注定吧。那不期而然的熟悉，那淡淡流动的暖意。总在不经意间，给我们一份惊喜。

眺望远处，山林翠绿，小溪潺潺，草儿青青。忽然就有一种柔软温润心底，没有风，只有暗香氤氲缭绕。一切，仿若一幅静止的水墨画，景在画中，我在景中。

总以为，没有什么可以与春媲美。经过一季萧条，万物在这个季节焕然一新。草长莺飞，桃红柳绿，小桥流水，莺歌燕舞，该有多美！采一缕春韵，研一池水墨，这个季节，我醉写芬芳，随意泼墨山水如画。期许，经年此时亦会在心中长出一场嫣红花事，日日如春。

走在春天，总有万千风景让我们流连忘返。

"春风桃李花开日，秋雨梧桐叶落时。"春风姗姗走来的时候，桃花，梨花，便开满了山坡。这是一种铺天盖地的美，花香填满了流年的每一个罅隙。人随风过，捡拾一地落花。轻轻触摸每一瓣的芳香，心瞬间柔软若水，被落花的美填得满满。不觉间，竟有一丝淡淡的感动。花开一季，便是一生。待零落满地，化作春泥更护花。唯留一缕暗香，辗转红尘岁岁年年。人生，又何尝不是一瞬。青春一去不回，富贵荣辱转眼都成烟云。我们能够永恒的，唯有守着岁月，与时光慢慢一起变老。

春风此刻最多情，它用一双温柔的手抚摸着每一寸土地，抚摸着每一个脸庞。迎着风，面向阳光，我投入春姑娘温柔的怀抱，没有了往日的忧伤，只有一丝暖暖的馨香在心间缓缓流淌。我不曾邀约，你却每一年都会如期而至。吹开冰冻，吹绿山坡，吹开桃红李白。尔后，又给我们送来一场又一场的小雨淅沥，花期绵绵。该感谢，还是感激，唯有珍惜此刻静好光阴。

读在春天，总有唐诗宋词韵满每一处自然的留白。

"林花著雨胭脂湿，水荇牵风翠带长。""人面不知何处去，桃花依旧笑春风。”这些诗词的清韵在时光里浅浅游走，记忆的芬芳缠绕成丝丝缕缕的念。追随着春天的脚步，渐渐只剩下一些美丽停留心间。信步前行，我只带一颗诗心与一份悠然，去更远的远方，去更深的春色。或许，是一个人的旅行，没有旅伴的行程或许更美。没有尽头，无需刻意，随心去想去的地方。万里无涯，处处春色，处处芬芳。

伫立旷野，随心轻舞飞扬。一切，已经熟悉到骨子里，已无需再去闻这泥土的气息。闭上眼，便能看见一片生机勃勃。虽然错过了很多次不一样的花开，但回首身后，依然是空旷辽远，有着原始的清香。心中的盘根错节，也总会在这一刻冰消雪融。那些翠绿、那些花红，永如初见。

写在春天，总有几多缤纷任我们随意泼墨。

有时候，真的很想摘下一枚春天的叶子。带着阳光的温度，夹在我最爱的书本。等有一天，被时光沥干水分，变成一枚书签，再来翻看那些泛黄的记忆。会忽然发现，所有的曾经就像这一片风干的叶子，永远地留在了那年那月那日。低头轻嗅，似有若无的清香，依旧会在一种恬淡的气息里，葱茏而让人感动得热泪盈眶。

“东风有信无人见，露微意，柳际花边。”“春色撩人，爱花风如扇，柳烟成阵。”愈来愈喜欢，在闲时拿来这些美丽的诗句浅吟。让自己疲惫的心灵，在这些盎然的婉约里恢复往日的生动。匆匆人生，一辈子难得几回醉。春天，带着那么多的美丽与芬芳与我们一路寒暄缱绻，怎么可以不醉而归呢？

如果可以用清风做笔，溪水为墨，那么，我只汲取山水的灵性与草木的清香。浅墨，轻落，醉一壶春色。任或浓或淡、或远或近的往事，在这一季静好的春光里轻舞，飞扬。

念在春天，总有万般情意在回眸里盈泪成行。

一些事，还未来得及去做，便已成了曾经。一些邀约，还未来得及实现，便已埋葬流年。一些人，还未来得及好好珍惜，便已挥手天涯。等待那么长，相聚那么短。终究，春风一过，沧海桑田都成空。那些难舍的美丽，不知何年何月还会再重逢。

还记得樱花树下，等一场花开，与你淋一场樱花雨。樱花还在，我还在。那些缱绻的诗行，在回眸的瞬间被心雨潮湿。风起，花落心间。一袭惆怅，洇了谁的眉？眼眸含泪，别了谁的永远？芳草萋萋，细雨霏霏，触痛了谁的心扉？

旧如梦，念那日欢颜，何日再重逢？泪眼问花花不语，雨落心间心自悲。离散匆匆间，唯留，一曲离歌，一世哀殇。深深的眷念，切切的叹息。被岁月，刻成心底的朱砂。心痛有多久，念就有多远！可否，不去触及？

感慨着，眷恋着。一路守候，一路捡拾，那些潮湿的故事早已被又一季邂逅的暖温润如初。转过身，看春天，将一树枯黄梳理成烟笼含翠。任一笺绯红，在情深意重的回望里，被岁月赋予最美的风情。从此，我把自己种植在一抹春色，葱茏陌上的每一个晨钟暮鼓。

蓦然回首，思量。千般风景，皆如烟；万紫千红，终是春。走过，读过，写过，念过，成全了一场盛大的花事。终究，还是醉了，醉在又一季的春暖花开。我盈暗香满袖，带着自己的明媚，在阳光下安静地守候，行走，幻想。这个春天，每一个平凡的日子只有阳光，没有阴霾。

信手拈春，浅笑不语。水灵灵的空气里全是馨香，全是柔软，全是诗意浪漫。大抵喜欢上某个人、某一句诗或者某一段风景，总会因了“喜欢”这两个字而将一切看淡、看轻了吧。就像四月潮湿的心，在此刻，渐渐被春日阳光浓淡相宜的温度，慢慢风干成生命的温度一样。不热，不烈。素净，优雅。

“肃肃花絮晚，菲菲红素轻。”最喜欢这一季的花色红，柳絮素。轻拥杜甫留下的这一份温婉与美丽，感觉仿若早已与之邂逅经年。这花，这絮，这情，这景，应该和往年一样素生生、红艳艳吧。都说，年年岁岁花相似，岁岁年年人不同。人海茫茫，谁能陪我们走一生？到头来，陪伴走过一程，也便成了生命中最美的风景。不要奢望谁会陪你一辈子，人生，有时候只是一个人的事情。不如，剪一段春色，植入心中。行走四季，有这些秀色相伴，又何尝不是一种唯美！

岁月，如水潺潺。忧伤也好，失意也罢，此刻真的不再那么重要。时光终会走远，但这些记忆的花朵不会走远。它们会留在原地，与种下的那一抹春色，一起在心底缓慢生长。无论脚步漂泊多远，每一个春天都会如期而至，就像每一个春暖都会花开。我们无需感慨，亦无须惆怅，就让所有的一切都随杜甫这首《春运》而云淡风轻。

喜欢春天，不需要理由。没有谁，可以拒绝它一如既往的美丽与芬芳。莫负春天，推开门，敞开怀抱，等春风浩荡，看草木抽芽、生叶；听小雨，轻敲檐下风铃。守候春天，不管时光走出多远，总有一缕风或者一段风景留在原地。我浅笑着，安然着。从杜甫的诗中走出，只留一缕柳絮素，只记一笺花色红。

第三卷

血脉构建

写给公鸡

◆文 / 清菡

报晓的使者

周围静悄悄的，天空被一块灰布遮着，在靠近海平面的地方，晨曦泛着微弱的光，清淡而薄凉。大地在沉睡，人们也在沉睡，而这时，最先醒来的是公鸡。

它缓缓地站起来，用黄色的喙啄了几下羽毛，甩了一下头，潇洒地抖了抖羽翼，伸长脖颈，对着朦胧的晨曦亮出了嗓门，“咯咯咯——喔喔喔——”的单调，硬是被它婉转成一支抑扬顿挫的晨曲。这声音被寂静一衬更任性了，高亢而有力，悠扬而婉转。它如一支燃烧的火把，被黑暗稀释拉长后变得摇曳多姿，携着美的声音就飞翔了起来，它冲出鸡窝，飞向小院，飞向田野，农家的早晨就此展开，大地也开始苏醒。

公鸡，是农村报晓的使者，是农家院子里的时钟。农家几乎家家都养公鸡，养了公鸡就等于养了一位歌唱家。试想，如果农家的早晨没有了这委婉的声音，土扑扑的院子里该是多么的生硬。农家小院的生动是需要这声音来点燃的，农家的日子也是需要这歌声来熨帖的。

母亲养鸡由来已久。在窗户底下靠着西面的墙根垒了一个鸡窝。它不大，方方正正，砖泥垒筑，下面是公鸡和母鸡的寝室，正中开一小门，供鸡们出入。鸡窝顶上靠着墙的是一排小窝，朝着院子的一面敞开着，它们是母鸡们下蛋的处所。公鸡是不进去的，倒是常见它站在鸡窝顶上，在阳光下梳理羽毛，或者给牲畜们唱歌，也给院子唱，也给院子里的树们唱，有时还跟树上的喜鹊或者麻雀对唱。

鸡，被古人褒称作“知时畜也”。《韩诗外传》中赞颂鸡云：“守夜不失时，信也。”曙光初现，雄鸡啼鸣，拂晓来临，人们起身。《诗经》里也有记载：“鸡既鸣矣，朝既盈矣。”鸡叫，就成了黎明盈满的前提了；鸡叫，也是安居乐业的象征，曹操曾用“千里无鸡鸣”感叹连年征战、民不聊生的凄惨景象。

论其声音，谁能与其相比？谁敢与其争雄？母鸡的声音短促柔弱，声带上仿佛硌着沙子，本来该扬上去的，却被抑制了下来，变成了“咯咯哒”，这种沙哑听上去疙疙瘩瘩的，这般叫声自然在公鸡之下了；羊叫的声音软绵绵、娇滴滴的，带着哭腔，带着委屈，仿佛天生就是受虐的小媳妇，“咩咩——”声音是延续下去了，但伸展得很是柔弱，仿佛一入空气就会散去，听着就叫人生发些伤感和同情，这软这细，更没法跟公鸡比了；猪的叫声粗鲁而含糊，声音始终被卡在喉咙或者鼻腔，拖泥带水，含混不清，就如它的眉眼一样潦草。“哼——噗——”哼得不畅快，噗得也不干脆，中间的过度也坑坑洼洼，这声音距离公鸡的就更是遥远了。

还是让我们来听听公鸡的叫声吧。公鸡叫之前先要酝酿，胸脯要挺得高高的，脖子要扬得长长的，就连腿也要有模有样，要么双脚直立如树样，要么双脚岔开如奔赴前线状，然后是积攒浑身的力量，把全部的热情都聚集在喉咙，最后才是爆发，力量的爆发加进艺术的处理，那声音就变得高亢悠扬了。

我曾怀疑我最早听到的歌声应该是来自公鸡的，应该是的。我躺在炕上，它在窗户下面，每天的早上，它一定是对着我深情歌唱的。只是，那时，我还小，看不清它长什么样，也听不清它唱什么歌，但是，它天天会在我耳根下唱的，应该是的，一定是的。

威武的王者

公鸡，有鸟的翅膀，却没有鸟的飞翔本领，所以注定了它跟天空无缘。它生活在地面，却是一般家畜中的另类，也是因为它的翅膀，它的短暂低飞把它置于“鸟”和“畜”之间，“禽”是一个由天上到地下的过渡词语，公鸡和它的同类们就处在这样一个尴尬的位置，但公鸡的地位并不尴尬。

公鸡，就是一群鸡中的王者。这由它英勇、顽强、好斗、凶悍的性格决定的。

它是鸡头，永远走在一群鸡的前面。它挺胸阔步、昂首扬眉，甩动着油亮亮的金黄耳垂，摆动着金灿灿的外衣，伸展着明晃晃的脖颈，迈着铿锵的步伐走着。那火把一般的鸡冠，如王者的皇冠在为它增加着威严；那张扬而夸张的尾羽，弯成一道漂亮的弧线；那圆溜溜的眼睛，光亮里透着高高在上的雄性的优越，那份不怒自威的傲慢，那份骨子里的领袖气质，威风凛凛，煊赫霸道，不是一般母鸡所能模仿的。

在一群母鸡里，它是觅食路上的探路者。它率领着它们漫步在院子的前前后后，它会用它坚硬而灵活的爪子把一堆柴草弄得凌乱不堪，用它尖长的喙啄着、找着，然后对着它们一声吆喝，得了令的母鸡们就推推搡搡、吵吵嚷嚷地奔过来，在被它弄散的柴草里翻动着、拨拉着。它突然找到一条蚯蚓，用嘴巴叼着离开柴草堆，在空荡荡的地上迅速地把它啄断，母鸡们蜂拥而至，争抢着，叫嚷着，它这时候就站在一旁，“咕咕”地叫着，好像在对它们说：“别争，别争！”然后脸上笼上了满足和得意的神色。怎么看，这都像是皇帝和他的一群嫔妃啊！

我也算是见识了这位“皇帝”的领导和管理才能。母鸡们也是会争风吃醋的，凡是“母”，估计细胞里都带有这种成分。食物分配得不均了，爱情滋润的不够了，或者无意的偏向，都会招来“妃嫔们”醋意大发。毕竟鸡们是动物，情绪高了的时候，理智就会低下去，打架斗殴、搏斗厮杀、惊心动魄的场面会屡屡发生的。每每这时，公鸡就会压低嗓门发出威严的叫喊，实在叫喊不住，就会用爪子和喙去把它们拉开，然后是一顿叽叽喳喳的数落。两个鸡毛乱飞、浑身伤残的母鸡在一番哭诉后，就变得鸦雀无声而规规矩矩了。我想，公鸡能跟那么多“嫔妃”和睦共处，它处理家庭事务的能力该不会在人之下吧？

公鸡也是一种内心很强悍的皇帝。它的欲望，不仅仅是在它的三宫六院七十二妃上，它还到处拈花惹草、招蜂引蝶。左邻右舍的母鸡们都是它眼中的“窈窕淑女”，它只要能够得着，是一个也不会放过的，可见它也不是什么“谦谦君子”。当然，它是会喜新厌旧的，被冷落了的就是有了缺陷了，产的鸡蛋是不会繁衍的。我想，如果要论起子女的多寡，一切的动物该在它之下吧？

据说，法国和肯尼亚把公鸡当作本国的国鸟。在那里，它已经不是一种家禽了，而是英勇、顽强、好斗的象征，或者成为一种符号或者信仰刻在了人们的心中。这样的定位，显然是把公鸡抬高了，不过，有王者风范的公鸡是不枉虚名的。

农家的宝贝

在我们村里，几乎家家都养着一群母鸡和一两只公鸡。公鸡一两只就足够了，没有也不行，鸡类恐怕是要绝迹的；养得太多，是负担。

物以稀为贵，正因为少，所以就成了宝，是母鸡的宝，也是农家的宝，银红公鸡尤甚。

村里有这样的习俗，新建的房屋，都是要杀公鸡的，而且必须是银红公鸡。红，在中国是喜庆的又一种叫法。喜庆，是需要用红来装扮的，有喜的地方必然有红，习俗和意识把它们紧紧地绑在了一起。母亲在计划翻修房屋前的一年，就养了一只银红公鸡，它银红色的羽毛里夹杂着几根黑色的羽毛，一绺一绺的，阳光一照油光发亮、熠熠生辉，很是漂亮。母亲也是把它当宝贝一样养着。晨曦里，母亲顾不得生火做饭，就急匆匆地把鸡窝的门栓打开，抓一把玉米或者高粱，“咕咕咕”地招呼着它们，等它们眼巴巴地看着母亲时，母亲就伸长胳膊漫天扬起，然后又是一把，感觉它们吃饱了，这才返身回屋忙活一家老小的食物了。

很多次了，我看到母亲盯着公鸡说：“等到房屋建成的时候，你们也会长得肥肥壮壮了。”她这话是说给公鸡听的，也是说给她自己听的。她说这话的时候，眼睛里满是慈爱和憧憬，公鸡的成长在一定程度上对她是一种预示，是一种愿望的实现。母亲为这天付出了太多，也等了太久。

这一天终于来了。前几天爷爷就在心里设置好了杀这只公鸡的每一个步骤，是不能出一点差错的。天刚蒙蒙亮，爷爷就把银红公鸡从鸡窝里提溜出来，它的翅膀被爷爷紧紧攥着，一种从没有过的束缚，让它本能地开始反抗：爪子乱抓，嘴巴乱啄，脖子弯回来，向着爷爷咕咕地叫着。一直高踞于王位之上的公鸡哪曾想到会沦为“刀下鬼”？爷爷只砍一刀，鸡头“咚”的一声掉在地上，公鸡就尸首分离了。

母亲把鸡头捡起来，放到事先准备好的红布里，用彩色丝线把它系好，然后把一双红色的筷子、一面小镜子拴到一起，让父亲挂在堂屋的房梁上。爷爷手里提着鸡身，我跟在爷爷身后，穿过村街来到房后，沿着房子走了三圈，走过之处鸡血便要洒落一地，然后爷爷把鸡身扔下，我们返回。在我们刚刚离开之后，邻居二大爷就把鸡身拿回了，这也是之前预设好的。一会功夫，那浓浓的香味，就跨过厚墙飘到我家的院子里，飘进我的鼻孔里，但是，我是不能吃的，我的家人也是不能吃的。这是乡俗，也是讲究。

对于这些细节，我是不用费劲就能把它们展开，毕竟，翻修房屋在我们的家史里算得上有划时代的意义了。只是我至今也不太清楚房屋和一只银红公鸡之间存在的必然联系，一只银红公鸡，也许是一种喜庆，也许是一种吉祥，也许还预示着什么。这个其实不重要，重要的是新房建成时必须有一只银红公鸡，我想，只要这个乡俗存在，就有它存在的合理性。

村里的二海家盖了新房，本来事先也养了银红公鸡，可偏偏中途被黄鼠狼给叼走了，看着就要盖起来的房子，他很是着急，四处打听，费尽周折才买来一只。瞧瞧，这银红公鸡的身价，乡俗把它抬成“王中之王”“宝中之宝”了啊！

公鸡，尤其是银红公鸡，在某种场合真可谓是无可替代的“宝贝”啊！

时间在走，走过了村庄，走过了小院，走着走着，鸡窝不见了，鸡们也不见了，公鸡也不见了。当我站在老家院子里的时候，院子里静悄悄的，这种寂静，让我有一种空落落的撕扯感。我开始想起那群鸡，开始想起那只银红公鸡。当一切都不在的时候，我唯一能做的是铺展纸、拿起笔，以文字的形式来缅怀它们……

茶痴

◆文／暖冬

转眼又到年底，一直瞎忙，忙得几乎自己都找不到理由。恰似贾宝玉活脱脱一个“无事忙”，忙得几乎没有成果。年的味道越来越浓，可咱依旧是雷打不动的淡定——什么年货都不想置办，那些烦琐的事情总是在敷衍，而唯一不变的却是喝茶！

说到喝茶咱老人家可是一位地道的“茶痴”，这种“恶习”来源于娘的耳濡目染。

娘一世没有其他嗜好，除却爱喝茶。顺理成章啊，我从小时候起就成了她的茶友。只需在父亲亲手打制的沙发上盘腿而坐，娘就会颠颠地为你拿来一把小茶壶，还有两只精致的小茶碗。那个时节还没有茶杯，那一小壶茶的体积也就是两大茶杯水的容量。这种茶壶如今已很罕见：圆鼓鼓的肚腩，半月形的壶柄镶嵌于中央，而壶口位于壶柄的“彼岸”——恰似那把倒立的烟斗。现在看来这壶儿像极了一件古董，可这延续了几千年的茶文化总是从这一壶、一茶碗里呈现出来。

我们那时很清贫，没有资格享用名贵的好茶。娘总精打细算，一分钱能掰成两半来花。她舍不得花大价钱买茶叶梗儿，总让我跑那么远的路——跑到那家最不起眼的小卖部去挑选人家不屑一顾的茶末。那茶末就是茶最廉价的“下脚料”，很少人会喝这样的茶。

母亲总是一脸虔诚，她总是把茶末小心翼翼地装进茶叶盒里，最后抖落掉粘在纸包上的茶末，唯恐剩下一星半点。

那时候我们生火做饭要点煤炭炉，左手呼啦啦地拉着风箱，右手则不断地往炭炉里丢炭末。那炭块也是要花钱的，所以不知停歇的娘一般舍不得点燃。

于是娘开始往大锅里注满水，然后一脸笑容地颠颠地抱来一堆柴草，再用火柴引燃，火光勾勒出娘瘦削的身影，忽明忽暗。我喜欢看她拉风箱的样子，喜欢看她那张被火光映衬下美丽的脸；我也喜欢听风箱"呼啦呼啦"的声响，犹若听到歌者哼唱那首千年不变的歌谣。运气好的时候娘就在那些炭火深处掩埋起一块地瓜，待到水开时，大锅盖四周热气弥漫，伴随地瓜烧熟的香甜味道勾勒出一幅妙趣横生的油彩画。

我猴儿急地抓起地瓜，小手被烫得通红都舍不得放下。娘一边大笑着一边为我剥开那黑乎乎的地瓜皮，然后顺手丢到一个粗瓷大碗内。最后她不紧不慢地搜集全家的暖壶，把沸腾跳跃的水注入其中。那时热气将简陋的厨房装扮成一座天宫，雾气深处则是娘瘦小孱弱的背影！

娘拉着我的小手走进正屋，我一边盘腿而坐，一边慢慢品尝着热得不可触摸的地瓜。"我给丫头沏壶茶！"娘匆匆忙忙抓一小把茶末抖落在茶壶里，再提起刚刚烧开的水给那些茶末泡了个澡。茶末徐徐张开，偶尔会有一两朵妖娆的茉莉花叶片漂浮在水面。那时瞎读诗书的我猛然想起这句"明窗倾紫盏，色味两奇绝"，虽不懂得它的真正含意，但隐约体味到诗人些许的快乐。待到一根茶梗如一位舞者倔强地在水中竖立起舞，娘就会很惊喜地说："丫头，看茶叶棍竖着，咱家要来客人了！"我则痴痴地等、傻傻地盼，盼着客人到来我则会破天荒地蹭顿好饭，犹如过年。可惜茶梗依旧竖立起舞，我盼的人却还是不来。

我那时还小，总是困惑为啥娘沏的茶总有一股浓浓的烟熏味道？而大伯母家的茶水就好喝，因为喝茶久了自然能品出一二。比如谁家的茶味道香醇，谁家的茶水丧失了味道等等。

"哎呦呦，一个小人精竟会品茶？"大伯母与邻居大婶都如此惊诧，娘依旧笑得如此自豪，恰似顽劣的我是她永不更改的骄傲。"嗯，俺家丫头嘴好刁那！大锅烧的水孩子就不爱喝！"娘笑得有点心酸，拉着我的手依旧不曾撒开。

虽说茶末最廉价，娘喝茶总是把茶喝成白开水才肯作罢。慢慢地我长大了，娘的这个习惯依旧如初。我那时候就开始读很多书籍，说实话，那厚重的《红楼梦》我也是半知半懂。我还清晰地记得妙玉有段关于喝茶经典的话：一杯为品，二杯即是解渴的蠢物，三杯便是饮牛饮骡子了。茶末被浸泡久了当真失落了味道，我便将“妙玉品茶”的典故讲给娘听。没想到娘横眉冷对地斥责：“那都是败家娘们儿才干的事儿，谁喝两碗就丢啊？”看着一向温柔的娘如此义愤填膺，吓得我伸伸舌头不再多话。

时光稍纵即逝，我在茶的韵味里逐渐长大，逐渐娘也不再喝那些茶末了。娘始终喜欢喝茉莉花茶，她喜欢茉莉茶那股子幽幽的清香。而我也延续了喝茶的习惯，不离不弃地陪着她喝茶。逐渐地娘也不烧大锅了，她说大锅沏茶确实有点点难喝。我习惯了，看茶在开水里落寞起舞也是一种享受。我依旧陪娘说着贴己话，依旧听她那上下五百年老掉牙的典故评说，我依旧敷衍着、迎合着……

难道老天爷嫉妒我太幸福？竟惹得病魔缠上羸弱的娘。那时娘已经卧床不起，我们看她躺得太辛苦，便将被子一床床折叠在一起，放在她背后让其艰难坐起。她常常倚着厚厚的被褥依旧一脸浅笑着与我相和，冬日的阳光穿过明亮的玻璃窗抚摸着娘的脸，我才心痛地发觉，印象中那张漂亮的脸如今却已布满憔悴与沧桑。

有娘的地方就是家，即便她始终坐卧着。每一次回到家，在弥漫药水味的老屋内我依旧痛并快乐着。娘很坚强，即使午夜偷偷哭泣，只要朝阳升起只要我们在其身边她就会依然微笑着。她总是弱弱地叫着：“丫头，我们娘儿俩再沏杯茶！”这时已经有茶杯了，但我依旧用茶壶与茶碗，我喜欢享受与娘共饮一壶茶的温暖。

我手里已经有了钱，我偷偷换了上好的龙井与娘共饮。可惜娘却喝不出变化，而我品到的唯有苦涩。

在一个万籁俱寂的夜，娘偷偷跟着“黑白无常”走了。按照城里的规定，娘没能入土——骨灰进了祠堂。

我履行着对娘的承诺，每次去看娘总会带一瓶热热的茉莉花茶。当我泼洒茶水在那些纸钱上时，一缕烟雾依旧袅袅，犹若见到烟雾弥漫里瘦削的娘。

娘的茶壶和茶碗被嫂子偷偷藏了起来，她怕引发我和爹不可自抑的伤痛。她不知道我有多想那套茶具，多想再次将它触摸，犹如摸到我的娘。

时光如白驹过隙，转眼我的孩子代替了我的小时候——也会伴我喝茶！只是他们品味不出茶的优劣，在他们眼里茶就是用来解渴的。

我们一家下江南时，游西湖时一行人舟车劳顿。我们在梅家坞茶社喝茶，看着那些美女帅哥优雅地沏着茶，那一缕芬芳沁人心脾。我们却没有兴趣多喝，若如妙玉那句：一杯为品，二杯即是解渴的蠢物！我兴致盎然地举起精致的茶杯，看着那闻名一世的西湖龙井，慢慢品味——咋就没有娘用大锅烧的水沏的茶末香醇呢？一念忽起，泪如雨下！

土屋情

◆文／晶莹

离开小土屋已经两年多了，小土屋曾经给过我温馨和浪漫，也带给了我太多的伤感。我曾经发誓再也不回小土屋了。可是，当我听朋友说周围的土屋在逐渐拆迁时，突然想去看一看居住过二十多年的小土屋，原来我对土屋竟然是如此的依恋和不舍。

八月，骄阳似火，路面被热浪烤得泛着白光。我戴了顶遮阳帽，沿柏油路转动着轮椅去小土屋。一路上，我看见沿街道两旁的土屋墙壁上都写了一个大大的红色“拆”字。看来这次是动真格了。早在四五年前，我居住在那里的时候，就听有人说沿街的土屋都要拆迁，那时候认为离拆迁还很遥远，没想到这么快就真的要拆了！

进入小院，映入眼帘的是长满了蒿草的院落，有一棵草竟然从水泥地的缝隙中长了出来，足有两米多高，主杆有大拇指粗，我感叹草的生命力是如此顽强，在没有水源，高温炙烤的水泥地面上还能茂盛地生长！

三间泥土屋的玻璃窗户，两年多来被雨水冲刷得沾满了尘土，似乎在诉说着它们的孤独。

土屋建于 1988 年，根基是两层石头，石头上面又垒了三层砖，剩下的整体墙壁都是用土坯垒的。当时建造土屋时，我和他正在热恋中，我也加入了土屋的建造。这两间土屋是我和他的新房，也是我们爱情的见证和殿堂。1991 年的春天，我和他成婚了，我俩住进了这个只有两居室的小土屋。屋里很简陋，白石灰粉刷的墙壁，红砖地面，3 公分宽的塑料彩带编制的顶。屋中只有一套简单的家具，唯一的电器是一台价值 500 元的双卡录音机。

那台录音机给我留下了太多的回忆。

记得每到周末，无论严寒酷暑，他都骑自行车去十几公里以外的村小学接我回家，一路上我俩说笑着向我们的爱巢进发。如此遥远的路途，我们一点也不觉得累。回到家，我们洗漱完了一起做晚饭，吃了饭便打开那台录音机，放一首舞曲，他教我跳双人舞。伴随我俩舞步的音乐是当时红及港台的女歌星林淑蓉演唱的《昨夜星辰》，至今这首曲子还时不时地在我的脑海中回荡，每每想起，都令我回味、陶醉其中。

那年暑期，我们开始了一个计划，我俩准备打土坯，自己动手拉围墙，建院子。他负责和泥，我负责夯土坯。每天我俩干得汗流浃背，脸上的汗水夹着泥土，把我俩变成了大花猫，我们互相对望窃笑。再苦再累，心里也觉得很甘甜。

一个假期结束后，我们也大功告成。那两间小土屋终于被包围在了院落里，再也不在风中孤零零地矗立了。在土屋里，我感觉更加安全，更加温馨了。

两年之后，在我们回娘家的一个晚上，陪伴我俩的那台录音机被盗了，一段时间我们的小屋没有了音乐声。无聊的夜晚，他给我讲看过的名著和历史故事。记得他最喜欢给我讲《西游记》中那些妖魔鬼怪的故事了，每次听，我的头发都要竖起来，吓得我缩成一团，紧紧地抱住他。

这一年，我们可爱的女儿听着他的故事诞生了。女儿的出生给我们平淡的生活带来了不少乐趣，他常常把女儿扛在肩膀上学蛙跳，逗得女儿哈哈大笑。

家境好转的时候，他买回来一台彩电和 VCD。此时，我的身体已经因病致残了，我再也不能站起来同他跳舞了。我俩常常拿着话筒唱歌，有时候他用轮椅推着我在客厅随影碟里的音乐转圈。我脸上挂着微笑，心里却很不是滋味儿，只恨命运对我不公平。

虽然影碟机音乐和画面可以同时播放，但是，我还是喜欢那台录音机。那盘《昨夜星辰》的歌声已经刻录在了我的脑海中，它将伴随我一生一世……

土屋经过20多年的风雨洗礼后，维修过两次。第一次维修是在2001年，那一年，我已经因病致残6年了，我经过6年的康复训练，恢复到能转动轮椅自由活动了。我不想成为家人的累赘，我对他说出了我的想法，我说咱们在土屋房头再接一间房子吧，咱开一个小卖部，我可以坐轮椅守着小店，赚钱贴补一些家用。他听了以后很赞成，说干就干。他和亲戚仅用了两个多月的时间，紧贴着那两间小土屋又建起了一间40平米的屋子。屋子建成后，我们先搬进去住了一个月，将之前的那两间土屋整体维修了一遍，里里外外都重新用涂料粉刷了，顶棚也重新编了，红砖地面上铺上了水泥。

这一年秋天，我们的便民小店开张了，生意还不错。因为我家住在马路边，常常有上下班的人来光顾。我终于能为家里做点事了，内心有种从没有过的愉悦和慰藉，感到很有成就感。

忙忙碌碌的日子过得很快，转眼小店已经开业五年了。这时我又有了大胆的想法，我对他说咱们去团部租个门面房，生意做大一些，他却冷冷地说："别折腾了，就待在这里吧！"我分明感觉到他变了，变得和我说话越来越少了，在外逗留的时间越来越长了。

2006年，是我人生最灰暗的一段时光，那个曾经对我海誓山盟，被我视为生命全部的他，背叛了我。他将我抛弃在土屋中，我一个人孤零零地守着土屋无奈地生活，白天还好说，夜间，我常常在惊恐中醒来又睡去。有时候屋外稍有动静我的心就发慌，就像有无数只小兔在跳，怎么也平静不下来。

静静的夜晚，陪伴我的是一只挂在墙上的闹钟，声音格外刺耳，时钟每走一下，心就被刺得生痛，伤感油然而生。回想起曾经热热闹闹的三口之家，如今，只有我一个人独守，每晚入睡以后，梦里的情景还是一家三口人在一起的美好时光，醒来之后，面对无情的现实生活，我只有以泪洗面……我不想在美梦中醒来。

我清楚地记得，在一个风雨交加的夜晚，一阵“噼噼啪啪”的响雷过后，我家突然断电了，我转动着轮椅摸黑在抽屉里找到了半截红蜡烛。点燃了蜡烛，在昏暗的烛光中，一个人静静地坐在轮椅上，望着渐渐燃尽的烛火，泪水止不住地流了下来。我打开手机写了一条短信，发给了他……

记得短信的内容是这样的：红烛滴泪，钟表呐喊，静谧夜中悲泣，惶惶不可终日，盼黎明，夜总归！情切切，忆切切，痛切切，切切切……

我不知道，我为什么要发给他短信，我在心里不停地问他：你为什么这么狠心抛下我？这难道真是应验了《昨夜星辰》里的那句歌词：那份爱换来的是寂寞？

那时候，我最最渴望的是，离开那个伤心地，换一个新环境，可现实总是很残酷、很无奈。它让我无法离开，我没日没夜地在睹物伤怀中忍受着内心的煎熬！

期间，团场正在搞安居工程，周围的邻居陆陆续续都搬进了楼房，小店的生意越来越惨淡，淡到有时候一天只有一个顾客。常常在我午睡的时候，门铃“叮咚”一声，进来的是一个小毛头，手里举着一角钱说：“阿姨，买一个棒棒糖。”

有人劝我关了小店，说成天也没生意，还守它干嘛？

我不愿意关店门的原因是：我怕孤独，我怕店门一旦关了，我连那偶尔响起“叮咚”的门铃声都听不到了。后来，随着邻居的迁徙我的小店和我一样孤立了，再也没人光顾了，终于在 2010 年的春节，关闭了经营了 10 年的小店。

随着小店的关闭，我的心仿佛也被关闭了。小院很安静，我每天一个人推轮椅从卧室到客厅再到厨房，孤独和无奈无时无刻撕扯着我敏感的神经。家里唯一的活物除了我就是趴在院子里的小狗。天气好的时候我出去逗一会儿狗，一开始小狗见了我很兴奋，会“嗖”地爬出狗窝冲我摇头摆尾。时间久了，小狗见了我也不那么激动了，我叫它几声，它也不出狗窝，只是懒洋洋地趴在窝中，瞪着乌黑的眼睛看我几眼。只有在周末女儿回家的时候，小狗又会显得十分高兴、活跃。

我只要听到小狗发出兴奋的叫声，就可断定女儿回来了。女儿每次回来先和小狗打招呼，再进屋里。

女儿在屋里陪我说话的时候，小狗会在院子里狂叫，表达着对自己受到冷落的不满。我最不忍心看的一幕就是每次女儿走的时候，小狗撅着屁股用前爪使劲刨地，狂叫着不让女儿走。原来怕孤独的不仅仅是我，我的狗狗也怕孤独……

2011年的春天，一向干旱的北方遭遇了百年不遇的大雨，大雨连续下了三天三夜。我家的泥土屋顶早已被雨水泡透了，外面下着大雨，屋里下着小雨。家里几乎没有干燥的地方，就连锅里都用来接雨水。唯独我睡觉的两平米床铺是干的，也许是上帝太怜悯我了，这对我的恩赐吧！

就在大雨连续下的第三天，那天中午，姐姐来看我了。我们聊得正欢的时候，忽然听到小卧室里“扑通”一声，姐姐过去一看，小卧室的屋顶塌了脸盆大的一个洞。我在绝望中给团政委打了电话，政委接到电话之后立刻带领团委一行人，在百忙中亲自上门来查看并慰问。

她是一个很精明的女政委，四十出头，皮肤白皙，一头短发。记得她那天进门时，一只脚刚迈进门槛，另一只脚还没进来，就对我说了一句：姐姐，我来晚了！姐姐？我突然愣住了，政委是在叫我吗？直到政委走到我面前拉着我的手，又叫了一声：姐姐，你是一个伟大的母亲，团领导都在关注你，你有什么困难尽管说，团里会帮助你的。此时，我确信，政委在叫我“姐姐”，我的泪水再也忍不住了，立刻夺眶而出，顺着脸颊流了下来。政委来到我身边，紧紧地搂着我的双肩陪我流泪。过后她亲自主持召开了团委会议，就我的房屋维修做了计划，还专门派了一名副团长，负责维修监督，我的土屋在团领导的关爱下进行了第二次维修。屋顶重新给翻盖了，团委书记亲自给我送来了装修屋子的钱。

小土屋经过维修又焕然一新，我安心地住了进去，再也不用担惊受怕漏雨了，内心仿佛注入了一缕阳光，很暖很暖。

两年以后，我享受了团里的优惠政策，如愿以偿地买了一套宽敞明亮的两居室的楼房，我心中的梦想终于实现了！我终于可以离开那个曾经给过我情与爱、也带给我伤与痛的小土屋了！

可当我拿到楼房钥匙准备搬离的时候，心里却很难舍，该搬的东西都搬了，却还总觉有什么没拿走，我竟然流泪了。我明白了，我之所以难舍，是因为小土屋里装满了我一生中最美好回忆，尽管他伤害过我，我还是觉得幸福多一些。因为我最宝贵的那段青春年华是与他在小土屋里度过的。

我转动着轮椅出了小院，绕土屋转了一圈，突然在土屋的山墙上看到了一个醒目的大红色“拆”字，被圈在圆圈里，就像一头张着血盆大口的狮子在撕咬我……

我一路上看到那么多“拆”字，都很平静，唯独看到我家墙壁上的“拆”字，内心是如此的痛，才意识到土屋真的保不住了！我的心碎了一地……

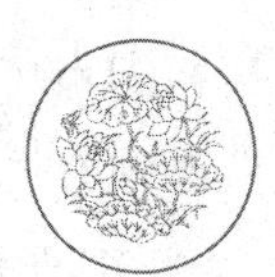

与一棵树，对望

◆文 / 一朵怜幽

桂花树 · 二爹

老家，是在三面环山、一面临水的山村，那里风景气候怡人，民风质朴，生活安宁。

我家的房子，在山村的最前端，对面，有一方清澈的池塘，池塘边有一口石头砌成的老井，井水很浅，清澈见底，口感甘甜。老井的不远处，有一棵壮硕的桂花树，其枝干繁茂，形状如蘑菇，具有很高的观赏价值。有一年，有个人欲出 8 万元买走那棵桂花树，桂花树的主人没答应。桂花树的主人，是一位孤寡老人，也是一位残疾人，我管他叫二爹。

桂花树，是二爹的母亲栽下的，已经有了近百年的历史。

小时候，我最喜欢做的游戏，是和小伙伴们一起，在一枝伸展出来的桂花枝干上系一根麻绳，拴上搓衣板，荡秋千。然而，二爹十分心疼那棵桂花树，每次看见我们因为荡秋千，将桂花树弄得颤颤抖动时，定会拖着他那残疾的右腿，拄着拐杖，从屋子里缓缓走出来，站在门前，然后用无可奈何但也慈祥的口吻说：“我的小祖宗们，别荡了，下来我给你们糖吃。”

他身后木门上的那一对铁环，因为抚摸得久了，散着温润的光。

于是，一窝蜂地，所有的人都朝着他拥过来。

再后来，我开始进入学堂，也开始渐渐懂得事理。当我知晓了有关二爹的那些事，便开始心疼残疾且孤独的二爹，开始心疼那棵陪了二爹一辈子的桂花树，于是，再也没有在桂花树上荡过秋千。

二爹早年是新四军战士，后来又参加过抗美援朝，他的右腿就是在战争中中弹，之后坏死，萎缩，永远地失去了行走的能力。我见过二爹的那条腿，像一根枯萎的干柴，很细。

二爹一生未娶。听说，他也曾经深深地爱过一个同村的女子，原本准备战争结束就回家迎娶她过门，怎料世事无常，身在战场的二爹还未归家，女子就已患病离世。他们说，二爹得知这个消息的时候，一句话没说，在桂花树下，一站就是好几个时辰。

我知道，他和她小时候，一定常常在树下玩耍。桂花树的根，如同他们之间的爱情，深深地扎在泥土里，日渐繁茂，日渐浓郁。

我不再荡秋千，但是却常常往桂花树那里跑。我希望某一天，坐在桂花树下面的二爹，能够将他的那些故事，静静地说给我听。

那是桂花开放的时节。某一日黄昏，我放学归来，看到二爹坐在桂花树下的石凳上，望着头顶的桂花树出神。那眼神里面满是深情，满是对往事的怀恋，满是历经红尘沧桑之后的坦然。有风掠过，桂花如雨点般落下来，落在二爹花白的头发上，落在他褐色的大襟褂上，看得小小年纪的我，感触颇深。

我走近二爹，将书包放下，一句话也没说，小心地捡拾那些刚刚落下的黄色桂花，包裹在粉色的手绢里。桂花的香气在周遭的空气里弥散，让人产生置身花海的幻觉。

二爹将目光转移到我身上，看着我捡拾桂花好一会，蓦然，他幽幽地说："当年，我们也曾像你这样。"

他的话，像是说给我听，又像是说给自己听，更像是说给桂花树听。

我对他的话，虽似懂非懂，但却记忆尤深，深到只要一想起二爹，就会想起他当时的眼神、当时的语调，以及当时满地的落花。

很多年之后，我才知道，二爹口中的“我们”，是指他自己，和他的那个她。

二爹去世的时候，恰巧也是桂花盛开的秋日，我已经离开了小村。听说，二爹死得很安乐，没有受病痛的折磨，如往日一样睡下，之后，就那么静静地去了。

二爹在老年，认过一个干儿子，此人是个仁义善良之人，二爹的后事都是他一手操办的。二爹的坟墓，在小村对面的山上，坟前，栽有两棵桂花树。

前段日子，我和父亲一起回小村看望老房子，更多的，是想重温、延续某种情感。

老井还在，井水依旧清澈，只是没有了人从里面提水了；二爹的老房子也还在，只是木门上那对铁环，已经被岁月侵蚀，有了斑驳的锈色。

桂花树还在，桂花树下的石凳也还在。

我蹲下身子，捡拾那些已经风干变黑了的桂花，依旧有淡雅的清香，弥散在空气里。空气里，仿若还有二爹那静幽幽的声音：当年，我们也曾像你这样……

刺槐·海子

刺槐，在家乡，常常作为行道树，种植在道路两边。槐花盛开的季节，一串串洁白玲珑的花朵，在葱茏碧绿的叶丛里，舞动着美丽的身姿，散发出沁入心脾的清香，给路人带去了美的享受与美的感知。

读小学一年级的时候，我年龄比别人小，个头也比别人矮，全班，就我最小，然而，最矮的并不是我。

有个男同学，是个残疾人，因为婴孩时的一次意外，他的脊柱受损，永远地弯了下去，脑袋几乎都要挨着了膝盖，行走时会非常吃力地微微昂着头，他是全班最矮的人。

曾有过一段时间，老师安排我和他坐在了一起，在第二组的第一排。

因为他的名字里有个“海”字，于是我们都叫他海子，然而，这样叫的机会并不多。他很安静，或许因为自身原因，他有些自卑，很少与别人交流，总是默默地。除了上学、放学，除了上厕所，除了值日，他基本都是坐在自己的位置上，看书或者写字，一动不动。

海子的成绩很好，我记得，数学考试，他总是能考 100 分。

海子很爱干净，特别是那双白球鞋，你永远看不到上面有泥土或是污垢。

海子长得很俊，眼睛不仅大，还格外有神，然而那眼神里面似乎又隐藏着一些东西，在某一瞬间突然外泄，让你不敢再直视他的眼睛。

同桌半载，我们之间很少说话。

记忆最深的是有一次模拟考试，我竟然找不到自己的铅笔。海子见了，将自己正在用的那根铅笔给了我，然后拿出一根小小的铅笔头，用一个废弃的圆珠笔帽儿套住，开始答题。那一瞬，年纪小小的我蓦地就想到一个词——“友情”。

海子的家就在学校的附近，三两分钟的路程。他的家门口，有一条蜿蜒的小溪静静流淌，还有很多刺槐树，错落有致地生长在溪的一边。

从学校到我家，从我家到学校，都得经过海子的家门口，经过那条小溪，经过那些槐树。于是，我总能看见海子在溪边刷洗他那双白球鞋，腿半屈着，好像很吃力的样子。葱笼的槐树枝叶在他的身边摆动，与清风唱和着的，是一首欢乐的歌谣，我不知道海子有没有听到。

读三年级的时候，我就不再和海子坐在一起了。

那是刺槐花盛开的季节。有天中午，我经过海子的家门口去往学校，看见了溪边那绽放得正好的槐树花，心生无限喜悦。于是，站在溪边的石块上，去摘那一串串洁白的花，一不小心，一个趔趄，趴倒在了溪水里，边缘的溪水不深，但是却弄脏了我的外衣。

我有些慌乱，回家取衣服，肯定会迟到的，于是就傻站在那里，四周张望，手足无措。

海子从他的家里出来，准备上学去。看到了我的样子，他放下书包，说了句："你等一会儿。"

等他再从家里出来的时候，手中多了一件外套，鹅黄色的。他递给我，说："我妹的，你先穿上。"

我的眼泪差点掉下来。

在那不久以后，有几天，海子一直没来上学，我从他的家门前走过，一直没看到他在溪边刷鞋的身影，他家的大门也一直紧锁着。

班主任对我们说，海子病了，而且不轻，全校准备捐款。

全班人都惊呆了，窃窃私语着，而我，更是流下了无声的眼泪。

听说，全校捐款之后，海子的父母便带着他四处奔波求医。

我再也没见过海子，直到他离世我也没见过他。我也不知道海子得的什么病，此一时仍旧不知道。

槐花盛开的季节，漫步在散发缕缕清香的槐树边，望着那些洁白玲珑的花朵，在碧绿的叶片中摇曳生姿，那是纯净且自然的美丽，无与伦比。

注视着槐花久了，眼中的焦点开始慢慢晕散，仿若看见那矮小但俊秀的海子，站在槐树下，微微昂着头，拿着鹅黄的外套，站在我的对面，轻声地说：我妹的，你先穿上……

樟树・刘伯

当初买新房子的时候，完全因为那个楼盘在大街上树立的广告，配有风景旖旎的效果图，用俊逸的行书写的六个大字："香樟里，那水岸"。

樟树，是我比较喜欢的一种树木，它生命力强，四季常青，更有足够的抵抗力，拒绝病虫害。

樟树在百媚千红的春天褪换衣装，碧翠的新叶已然繁茂了枝头，那些墨绿泛着橙黄的旧叶才开始飘零，所以，樟树永远都不会将萧索的形姿展露于人。于是，更多时候，它作为景观树，植在道路的两旁，或是公园的水岸边。

有很长的一段时间，在晚餐之后的闲暇时光，我喜欢在附近公园的一条林荫道里漫步。那是一条不算太宽阔的鹅卵石路，两遍植满了葱郁的樟树，树的直径大约都有30公分左右，每一棵樟树的枝干上，都挂着4根彩色的灯管，黄昏时分彩灯就会亮起，色彩斑斓地缓缓闪动，映照着樟树姿影婆娑，分外妖娆。

夜色下，我努力地呼吸属于樟树的气息，被那样梦幻但真实的风景包裹着，身心皆得到了极度放松，一些纷扰烦忧如尘埃落定，一颗心，便也融化了，继而升腾。

望着那些在灯影里与风翩翩起舞的樟树叶，循着记忆的纹理，回望那些流年中已逝的日子，那些有关樟树的记忆，缓缓地漫过心头，浸润了时光。

刚结婚的时候，为了他上班方便，我们在银行的宿舍楼里居住，房子是两居室，门朝东，窗朝南，在二楼。

我整日闲在家里，他整日很忙，新的生活让我有些不太适应。大部分时间我都是看书、看电影、听音乐，或者搬把椅子坐在宽敞的阳台上，打理我的那些花花草草，或是什么都不做，只怔怔地看一棵香樟树，日子过得无风无浪、平静如水。

宿舍楼的院子里栽有一排香樟树，挺拔苍翠，不经修剪，枝干自由生长，伸展到了我们的阳台边。站在阳台，伸手便能摘到樟树叶。

虽不是大家闺秀，但父母亲却很溺爱我们，以致成立了自己的小家庭后，我却不太会做饭。单位有个食堂，烧饭的是一个老伯，他给我的第一感觉是亲和，因为他的脸上永远都挂着和善的笑容，我们叫他刘伯。

平日，在阳台的我，透过香樟叶之间的缝隙，总能看见刘伯瘦弱的身影，在食堂四周来回穿梭，扫地、择菜、洗菜，偶尔他还会清唱几句黄梅戏。

我开始在食堂吃饭，因为他做的饭菜有父亲的味道。

每次临近开饭的时候，他都会站在大院子里，用响亮的声音喊:“吃饭咯！”

然后，单位里一些单身的人，就会从各个楼层的各个房间，纷纷去往食堂。有时候，磨磨蹭蹭的我，总会去得迟了些，其他的同事都已经吃好离去。刘伯总会为我单独留一份饭菜，放在蒸锅里，这让我异常感动。

和刘伯熟悉了一些，食堂便也成了我常常光顾的地方，偶尔闲来无事，就会去找刘伯聊天，听他唱黄梅戏，或是和他一起去市场买菜。买菜的时候，刘伯总会习惯性地问我，今天想吃什么。我若说了，那天他一定会买那样菜。刘伯更会细心地教我怎样做饭，怎样炒色香味俱全的菜。他说，一个女孩子家，总得学会做饭的。

夏天的时候，刘伯的腿上生了一些疮，外用内服的药品用了很多，一直不见好转。

我说，采些樟树叶，用清水熬出叶汁，用来浸泡擦洗，坚持一月，必定有效。这是父亲当年用过的方法，实践证明，确实有效。

刘伯说，对呀，樟树叶本就有杀菌、治疥癣的功能，我怎么没有想起来。

后来，那个夏天的傍晚，我常常站在阳台边，拿个小竹篮，摘下一片片绿翠的树叶。偶尔，有叶片从我的指尖滑落，继而缓缓地在空中蹁跹、旋转，最后落在院子里的水泥地上。

在厨房忙活晚餐的刘伯，偶尔探出脑袋，看看我，或是走到树下，捡起那些从我手中不小心滑落的树叶，然后仰着头，对着二楼的我，关切地说:“丫头，小心一点。”

我只是望着他轻轻地笑。

那些樟树，能够在阳台摘到的叶子，都被我摘光了，刘伯腿上的疮已经逐渐好转。

再后来，夫君被调动，我离开了那个我住了一年的地方，离开了那些香樟树，也离开了刘伯。

我们走的头天晚上，单位的人为我们送行，刘伯也为我们那餐饭忙活了一天，我和先生都很感动，临走先生送给刘伯一个紫砂壶。

刘伯说，记得常回来看看。

我说，会的，这里也是家。

之后，为了生活忙碌的我，只是回到那个曾经的家去取一些用品时，见过刘伯一次。那天中午，我留在了食堂吃了一餐午饭，刘伯还烧了我喜欢吃的菜肴。

多年之后，刘伯去世，因为肝癌。这个消息是先生告诉我的，那个时候的我，远在异地，我只能在夜晚的时候，朝着家乡的方向，凭栏，呆呆地望着。

再去曾经的家，站在二楼的阳台，看那些更加高大葱郁的香樟树，在阳台边随风起舞。景依旧，人却不安在，心中不免划过一丝痛来。

摘一片樟树叶，松手，看着它蹁跹，旋转，安静地落下。

迷蒙之中，仿若听到刘伯在关切地说：丫头，小心一点……

那些渐行渐远的旧时光，虽如流水般缓缓远去，但是那些因为经历过而铭记的往事，因为被某些人而充盈的记忆，分明以最温暖的姿态沉淀于我们内心的河床。

树会因为季节而轮转枯荣，人会因为光阴流转而生老病死，这是流年里无可改变的事实。然而，我始终坚信，有些人离开了，会以另外一种姿态存在。亦如那些树木，花谢了，叶凋了，根还在。

日复一日的光阴慢慢叠加，因为经历得多了，有些人，有些事总会被我们逐渐遗忘。唯有那些最深层，最温软的记忆，似一朵朵香馥永久的花，如一棵棵葱郁的树，开放、伫立在漫漫人生路上，伴随着我们，一直走向年华深处……

童年往事

◆文 / 上官欢儿

昨夜重看台湾导演侯孝贤的《童年往事》。那环境和民俗我是陌生的，可那恋恋情怀，却又让人有强烈的共鸣。很晚了，直到月上柳梢，直到冰轮西斜，该睡去的时候，我还在想着这部电影，想到我自己的童年。临下线时，恰巧看见哥哥一篇关于“年味”的文章。关于故乡的那些桩桩件件，也就一点点被唤醒，走到眼前。

故乡，首先是个颇有名气的地方。参加过解放战争或熟悉那段历史的人，都知道辽沈战役的关键一战——黑山阻击战。当时东北野战军十纵 28 师（著名的 359 旅）84 团 2 营坚守黑山。那一战，惊天动地，悲壮宏烈，气势迫人。解放军与五倍于己的敌人浴血奋战，持续战斗三天三夜之久！高地被炮火削掉 2 米，阵地两度失手。然而，正义之师，将士同心，军民协力，终于以“誓与阵地共存亡”的钢铁意志，用血肉之躯守住了阵地，使敌人未得寸土，迎来了我军主力部队全歼廖耀湘兵团的重大胜利。

黑山阻击战加速了解放东北的历史进程。“101 高地”这块用烈士鲜血和生命筑成的阵地，也成为进行革命传统教育的重要场所——然而此刻，电脑桌前的我，脑海中闪现的却不仅仅是这块历史的丰碑。家乡有这样的光荣过去，照理说是件荣耀的事。但正因为此，我们的故乡除了属于我们，似乎同时还属于许多人。也许对于每个有这样故乡的人来说，脑海中都有大历史下的小历史，正史以外的个人史，那是双重的身份、双重的背负，也是双重的人生。而后者，少一份崇高，却多一层亲切回味。

我哥大我四岁。更多时候，我像个小小的跟屁虫，跟在他后面。哥哥那时有几个不错的玩伴，放学后总是统一行动，要么去打鸟，要么打扑克。起先他们是爬树，掏鸟窝，找鸟蛋，但是几次之后他们便会放弃了这种玩法，因为爬树太费衣裳，一不小心衣服裤子会被半截突出的树枝划破。穿着这样的烂衣服回家，没有哪个孩子不挨骂的。这样的付出与他们少得可怜的收获无疑不成正比，他们转而用弹弓来打鸟。

弹弓自制：找一截半个小指粗细的铁丝，弯成后端带尾巴的U字形，再找一截废弃的自行车里带，剪成两指宽一拃或者更长一点，两端分别绑在U字形铁丝的两头，一个简易的弹弓便做好了。当然，为了好看或者实用，他们还会有更细致的加工。譬如把铁丝用布或者毛线之类细细密密缠好；再譬如，他们会把可以伸缩的皮条的中间部位剪得稍宽一点，里面放上石子射程会比较远。

童年时总觉得故乡的鸟特别多。哥哥和他的小伙伴们放学后跑到离村子不远的小树林里，悄悄地迂回穿插，等到了“最佳伏击距离”，这才突然地发出声响。都说“打草惊蛇”，他们却是“打叶惊鸟”。鸟儿扑棱棱地飞出来，四散逃逸，小哥儿几个手里的弹弓就嗖嗖地射击，等到鸟飞光了，他们才开始捡拾、点算战利品。因为鸟多，每次都能打下那么几只。等一会儿，笨鸟们又慢慢聚拢回来，他们再开始下一轮的射击。笨鸟先飞，逆推理看来也完全成立，先飞的果然是些笨鸟，竟然忘却了刚刚的危险，重投罗网。是舍不得熟悉的环境吗？还是贪恋这一方的安逸？因此之故被捕被捉，栽了跟头，它们竟跟当代的许多人有共通之处。

哥哥和小伙伴们眼看着天快黑了，才恋恋不舍，鸣金收兵，几个人找个背风的地方，随便弄点柴禾，燃起熊熊的火焰，将战利品烤熟。

最初是浓浓的焦煳气，不一会就开始有淡淡的肉香弥漫开来，随后香味越来越浓，直到在那一个小空间里再也闻不到其他气味。哥哥颇有长兄风范，每次总把肥厚的鸟腿给我，自己吃剩下的鸟胸。看着我从馋涎欲滴到打着饱嗝说再也吃不下了，他和伙伴们才开心地笑出声来。

故乡的鸟不但数量多，而且种类也多。但是除了麻雀，其他大部分我已经叫不出名字。鸟儿们除了吃虫，也吃粮食，加之那时候麻雀被列为四害之一（后来证明这真是一桩冤假错案，中国历史上冤案层出不穷，连禽类也不能幸免），所以乡亲们对哥哥领头打鸟的行为，都不反对，毕竟那时候能填饱肚子已经是个壮举，别说拿钱给孩子买肉吃了。现在孩子自己想办法打打牙祭，家长怎忍心苛责呢？

天气冷时，哥哥和他的朋友们会聚在一起打扑克。虽是大人们玩剩下的旧牌，却也能玩。扑克适合四个人打，多数时候我属于多出来的那个，只好当看客，偶尔谁家有事，不能玩了，我是最好最方便并且自己极其乐意的替补队员。我也就是从那时候学会了打升级、憋王八、蹲麻子等等名目繁多的扑克牌游戏。

乡下孩子手里没钱，输家也就不付钱，代之以各种各样的惩罚方式，譬如蹲麻子，输了的就要一直蹲着，除非等到赢了才能坐下；憋王八，大家就争着抢着往输家的脸上贴纸条；最特别的是打娘娘，输了的罚得很奇特，要喝凉水。夏天还好，清冽冽的井水喝到肚子里，凉丝丝，甜津津，蛮舒服，可是冬天那滋味真是“点滴在心头”了。记得有一次我就因为打输了牌喝多了凉水，半夜里上吐下泻，天还不亮就跟着妈去看医生，结结实实地挨了两针。

我上了小学，哥哥上了初中，学业渐繁，他们再也无暇顾及我。于是我开始跟同龄的小孩子玩耍。不知是不是我个性太强，争强好胜，不肯屈居人下，无论男孩子喜欢的弹玻璃球、摔纸牌，还是女孩子喜欢的跳皮筋、丢沙包，我总是当仁不让的赢家。直到后来一个没风度的男孩子气得用砖头砸破了我的额头。我用手捂着滴滴答答淌血的头，气定神闲地去了他们家，在他们家长的陪同下去医院，额头上缝了几针，至今还落下个明显的疤。整个过程我都没哭，就好像那不是我的肉。那个男孩子从见血开始，就抽抽搭搭地哭，等到我去了他家，他早躲得人影不见，一直到我从医生那儿回来都没见他。有时我会好笑地想，事隔多年，他还是那么胆儿小吗？

以这一件事为转折，我后来很少与同伴一起玩了，常常跑到离村子不远的小河边，一个人呆呆地坐着。我看清清的河水，看水里的鱼儿，看河对岸近在咫尺却从来没有过桥踏过的青草地。这样一直坐到天黑，仿佛很有趣味。

那条河严格来说不叫河，只是村民们人工开挖的一条引水渠。但对少年的我，俨然成了充满诱惑的天堂。小河在村南，水从东边来，地下的泉水从若干个石头缝里一股一股日日不绝地向外涌着，淌着。很奇怪的，那坑里的水从不干涸，也不见漫溢，一径儿那么碧清碧清地明媚着。

因为这条“河”，我们村平添了几许灵气。其实那是个普通不过的中国旧式小村庄，有一纵一横两条路。横路将小村分成南北两部分，一头连着乡里，一头通往县城，101高地就在通往县城的必经之路上，不过那时交通不便，我没去瞻仰过那个著名的战斗遗址，感受那轰轰烈烈的英雄气概。纵路则在村子中部，将小村分成东西两部分。纵路不同于横路，不通汽车，也不铺柏油，就是那么一条两三米宽的平展展的土径。径旁遍栽成排的杨树，小河在路下穿过，一个横放的石墩就算桥。桥两侧大约二十米以内的范围都是我的天下。

我在那里玩柔柔的水草，捡河底五颜六色的光滑的鹅卵石，偶尔还能捉到小鱼小虾。当然，都是很小的野生的鱼秧子。因为平时很少人来，它们或多或少带着些傻气，我可以毫不费力地将它们连同一抔清水捧在手里。等到水顺着指缝流走，我再将它们放回河中。就这样日复一日年复一年，相同的我和不同的它们做着同一个游戏，这应该算是有史以来最单调而又最不含杀机的“捕鱼”了吧？

夏天，我坐在桥头，把小脚丫伸进清凉的河水，感觉碧波亲吻脚面的舒畅；冬天，我坐在岸边看夕阳，虽然那时还不知道李商隐的名句，但斜阳中那一抹酡红一直都是我记忆中最美的风景之一。某一年，我曾经对着一本比砖头还厚的字典，用韩语写下了关于小河关于夕阳的记忆，让我那位来自韩国某大学的教授当着全班同学的面当作范文朗读了一遍。教授还兴高采烈地说，要把这些文字带到韩国，作为中韩文化交流的优秀作品保留在他所在的学校。同学们用热烈的掌声打断了教授的话。待到掌声平息，教授又用他特有的不太纯正的汉语补充道："常，我也要去你的家乡，看看那里的小河那里的夕阳，是不是真有你说的这么美。"我站起来，笑着对老师也对全班同学说："欢迎老师，也欢迎同学们有机会去我的家乡。那里的村庄，那里的流水，那里的晚霞，都比我能写出来的要美很多很多……"

只是世事难料，我在那年夏天便离开了那所学校，离开了那里的老师和同学，也永远地离开了那个小村。关于小村、河流和夕阳的点点滴滴，便如同那些童年往事，只能成为我心中的花朵，在闲时绽开，在睡前绽放，在梦里璀璨。侯孝贤的《童年往事》让人静静地流泪，因为每个人的故乡都不相同，可每个人的故乡又都是永远难忘。

乡村雨巷

◆文 / 禾下土

轻轻地，走过老家的小巷。轻风细雨，抚慰着脸颊，也抚慰着乡愁。没有油纸伞，也遇不上一位丁香一样结着愁怨的姑娘。但我明白，北方的巷子最能让你走在现实，走回历史，走向未来。有人说，江南的小巷是心灵的圣地，我说，北方的小巷是圣地的心灵。

要想体味到这种境界，还是应该走进乡村，走进带着雨的小巷。在这里，你失去温情的双眸能变得清澈，柔和，善良。在这里，你沾满尘埃的心灵能变得清新，柔软，温暖。

城里，也有小巷，可惜，头上的天是灰的，身边的墙是灰的，脚下的路是灰的，心情自然也是灰的。即使下着雨，也是硬的。乡村的雨巷中，绵绵的细雨在矮的墙头上跳跃，溅开一朵朵小花，跟墙头上的小草嬉闹着。然后，跳到你的脚背上、臂膊上、鼻尖上，你能听到她们的欢快。脚下是软软的沙土，在细雨的滋润下，便有了诗意，“泥融飞燕子，沙暖睡鸳鸯”，便是这时节的事儿吧？

有时候，不必打伞，最好是戴上一顶草帽，那种用麦秸编成的。这种草帽不像竹笠那样坚硬，被雨水滋润后，倒显得柔软。雨水打在上面，噗噗有声，很像跟你窃窃私语。记起哪部电影里有一首《麦秸草帽》:“妈妈，我的那顶草帽怎么样了？在那夏日去客里米兹的路上，落在溪谷里的草帽！”草帽之下，充满了哀怨，我不太喜欢。

在我们的草帽之下，当然也有躲不过去的悲，更多的是捧在手心里的喜。你可以呼吸着漫天的清新，你可以品尝雨丝的甜美，聆听绝伦的天籁。你可以驻足，可以行走，尝一尝岁月落下来的味道，凝视一下祖先离我们远去的背影。

乡村似乎不太在意盛世与繁华，握在手心的是一种宁静与安详。特别是在这有着雨的小巷，铅华尽失，像缥缈而温柔的梦。静谧，从红的房瓦上滴沥着，滴成幽梦一帘。最好是小巷深处那像是幽梦一样的草房上，长出了青青的草，甚至一两棵小树苗，在风雨的抚慰下张望着。雨燕，在空中轻轻掠过。

我的小巷，并不很深，但很幽。轻轻的脚步声，清脆的雨滴声，敲打出一连串的生动。雨巷两边，是暗黄或赭色的石墙，映照着岁月的沧桑。在匠人的手中，石头将时光牢牢凝固，蓄养着一院芳香。这芳香来自那出墙的红杏，那像喇叭的桐花，还有丝丝缕缕的手擀面的味道。老屋子安然矗立，几十年了，或者上百年了。不只是暗绿的青苔是印证，就是那停留过岁月的屋脊也告诉了我，这里是你祖先的圣地，凝聚着浓郁的情愫。

是的，饱受时光侵蚀的，不仅是一幢幢石墙草顶的老屋子，还有屋檐下来来去去的燕子，彰显着一种沧桑积淀后的黯然。斑驳的墙面隐现时光的痕迹，耐不住寂寞，邀了几根闲草在风雨中摇曳。

雨巷的两边，几座憨厚的门楼，在细雨中洗涤着疲惫。门两边没有狮子，倒是有几条狗，蹲在门楼下，盯着走过雨巷的我。想起两句诗，“狗吠深巷中，鸡鸣桑树颠”。这里的狗都是不轻易叫唤的。村里人最讨厌的就是那种有事没事、认识不认识都要乱叫的“咬道狗”。在雨巷中走的次数多了，这些狗跟你也熟悉了。见了你的面，只在喉咙里低鸣，似是在问候。你掏出一块饼子，扔过去，他也只是低鸣，点一下头，继续蹲在那里，一动不动。

在很久以前，门楼之下，还有搓绳的父亲，抽烟的爷爷，做针线活的奶奶，奶孩子的母亲，自然也有在摇篮里做梦的孙女，趴在爷爷脊背上的孙子。所有的，都是那样的静谧，仿佛都不会激起哪怕一丝尘屑的飞扬。现在，有些门楼已经破败，长满了沧桑之后的荒草。院子里不见了人声，斑驳的木门上有一把生了锈的铁锁，锁住了出墙的红杏、飘香的黄桃、仰望蓝天的桐花，也锁住了寂寂寞寞的故事。

透过门缝，一辆独轮车在雨中沉默着，似乎在回忆曾经奔波在田间的辛苦，思念沉重的生活，还有“吱吱呀呀”碾过岁月的声响。曾几何时，村子里的男人，甚至女人，都将两手紧紧握住了车把，将厚实的肩头勒上宽宽的车襻，把遥远的梦想一车车送到田间地头，将甜美的生活运回不算宽的院落。而今，几片飘落的叶子粘在车把上，像极了远方寄来的信笺，问候、关爱、思念……尽在其中。又一阵风吹过，扫落了车把上的树叶。树叶飞过了院墙，将乡愁带给远方的游子吧。留下了空落落的院，空落落的心……

江南的雨巷，经常能遇上丁香一样幽怨的姑娘，在冰冷的青石板上彷徨；北方的雨巷，总能遇上杏花一般明丽的女子，在柔软的沙土路上徜徉。城里的雨巷，雨水存不住时光的抚慰，将脚印打扫得干干净净；乡村的雨巷，雨水滋润着岁月的眼眸，把歌声渲染得丰丰满满。江南的雨巷，茶香缭绕不散，缠住了乡愁；北方的雨巷，饺子的味道是少不了的，同样缠缠绵绵。城里的雨巷，时不时回荡着“酒干倘卖无”的凄惶；乡村的雨巷，那句“刚出锅的豆腐”温暖你微凉的心房。

雨丝暂停，摘下草帽，静听树叶下滴答的水声，蓦然升腾起一种浓浓的落寞。所有的城里人的祖先，都是从这样的雨巷走出去的，而今，“曾经沧海难为水”，早将历史扔进了尘埃，乡村雨巷不再有子孙们的气息与呵护，任凭她在风雨中慢慢销蚀，慢慢老去……

但是，要想滋润你的心灵，还是得回来，还是得走进乡村雨巷。风儿抚过你的脸颊，把雨的温馨驻留在你的眼窝、嘴角，乃至心田。雨巷迷蒙，你的心在此刻却尤为澄净。嗅一嗅墙角的一缕花香，自然、纯真、清爽，不曾被霓虹灯光浸染，不曾被汽车尾气熏染。

就是墙根那一抹青苔，在吸吮着雨露的时候，也会靓丽了你的心灵，让你淡漠了城里的喧嚣，让你淡泊了绵绵的哀愁。几只燕子，在你的目光尽头，轻盈掠过。这并不是“王谢堂前燕”，因为她们在这里来来去去很多年了。这里留下了欢乐，留下了伤怀，更多的是人去楼空的慨叹。“物是人非事事休”，你还能辨识出你的故居吗？

雨巷拐弯处，一盘石磨，通身泛着苍老，如同浑浊了眼神的老人，期待着鲜花的笑声。这是村民们磨豆浆用的，一年也用不了几次，磨道上的野草把脚印全覆盖住了。她的旁边，当年还有一座庞大的石碾子，而今不知去往何处。难道我们都是善于遗忘的？没有这些石磨、石碾子，当年的我们如何满足口腹之欲？

雨巷的尽头，当初是一座小石桥，现在取而代之的是一座水泥桥。灰色的栏杆上，滋润着雨水的温柔。水滴落入河中，荡起层层涟漪。小河里，曾经飞扬着我的童年与少年，现在牵挂着我的迷茫与憔悴。站在雨巷尽头，小河旁边，水泥桥头，就是站在繁华与荒芜之间。桥这头的雨巷里，传来丝竹的缠绵，不知还能有多久；桥的那头，传来车笛的嘶鸣，不知还能有多少。碧波里荡漾的，不是麦秸草帽下的温婉，而是花折伞下的忧伤。

乡村雨巷，幽幽梦幻，似有温情的手在牵动我的衣襟，似有哀怨的歌声敲击着我的心灵。我知道，乡村就是我们的圣地。可惜，圣地变成了胜地，只有偶尔的光顾，拍照，感叹，品鉴，之后，随风飘远。我知道，雨巷就是我们的心灵。遗憾，心灵变成了心事，只是烦躁的时候，才知道用小雨冲洗一番，之后，依然尘垢蒙面。

回望雨巷，平静安宁。寥落水花，冉冉盛开。

背对雨巷，嘈杂躁动。璨烂霓虹，灼灼耀眼。

走过小桥，忍不住又回首，潇潇细雨依然。小巷深处隐隐透出的灯火，像迷离的双眸，明媚着温情，招引着离乡久远的人回家。想起毛阿敏的一首歌：“你从哪里来，我的朋友，好像一只蝴蝶飞进我的窗口，为何你一去便无消息，只把思念积压在我心头。”如果故土已经把你当成了朋友，是不是一种悲情？不久的将来，连朋友都不是，而成了匆匆过客，那会是怎样的一种悲哀？

小桥两端，天地迥然，是无奈的疏离，还是莫名的哀愁？东风不来，乡村雨巷的柳絮不飞；跫音不响，乡村雨巷的门扉不开。是也罢，不是也罢；飞也罢，不开也罢。雨，今年下，明年下，千年后，还要下。小巷今朝在，明朝如何？只有雨，没有巷，怎么办？

乡村雨巷，清香盈鼻，清音爽心，然后，在梦中流下了泪水……

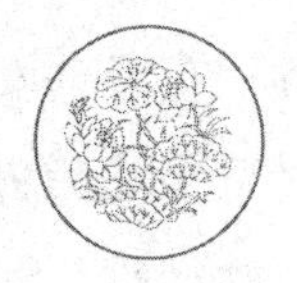

塬上

◆文/瘦马宇龙

冥冥之中落草西部，此生便与西部黄土塬纠缠不清。骑一辆破自行车气喘如牛地沿一道道环山路上坡，脑袋探上塬面的时候，就像一头撞上了天，几缕白云飘坠，缠住了我的脖子，宛如温柔的手臂。更多的是在秋天，秋高气爽，御风而行，那种飘飘欲仙的感觉自不待言。黄土塬旷远，极目处，与天相接，人说天圆地方，我有同感。

我在黄土塬的小村里住过半年，那是我生命当中最洒脱最无羁的日子。那些日子，不用考虑今天该穿什么衣服，不用检查衣袖是否开绽，不用苦恼明天见什么人该用什么表情，也不必担心吃饭时发出很响的声音，更不用怕晚上一碗酒下肚第二天会在会场里大放厥词。每当黎明的薄雾被雄鸡嘹亮的长鸣划破，我便下了炕，披着衣衫，蓬乱着头发，出得门来，站在落了一层早霜的石碾上，和那些习惯了早起的乡亲们极目远眺。

这时候我才知道目光是可以飘的。它就像一条风中的纱巾，遥迢远去，不时挂在树梢，不时绕在屋顶，不时逗留在小丫头的发辫上。就是这样的眺望，给了塬上的男男女女许多安慰。望也望不到尽头的感觉平添许多遐想。我推着自行车进村那天，干瘦，长着一嘴黄牙的队长就说，早就看见你了，从一个黑点看起，一直看到这么大。

我笑，心说，真是笨嘴的队长。随即一双大手拉住了我的胳膊，等你哩，乡里通知了说工作组要来，我天天都在这里望哩。我被他拉着进了屋，脱了鞋，上了炕，心里就格外暖和。望一望远方，似乎就有了希望。后来的许多个早晨，我看到女人们拿着鞋底站在门口的高处，像帧剪纸般抬头眺望。村里精壮劳力都去了城里打工，难得能回一次，于是就有了女人的盼。她们抬头眺望，还不忘手里的活儿，不小心让纳鞋针扎了手，把手指吮在嘴里，眼睛里就有清清的泪……一个小伙子背着挎包远远地走来了，便有羡慕的目光投来。女人抿着嘴，看着男人走近，才用鞋底拍一下男人的肩，死鬼，怎么又回来了？于是羡慕的目光就变得落寞和伤感起来。

高塬的空旷衍生寂寞也衍生安慰，我望远方，会觉得心中有什么东西在肆意地漫出去，就像压抑了太久的洪流，就像围困了太久的雾岚。尤其在秋天，天空特别高远，当太阳出来，照亮秋天的天空，蔚蓝色天空里总会点缀上丝缕白云。这里的白云不是一朵朵，而是一丝一缕，像挣断的丝线、扯开的棉花，何谓“行云”？也许就是这种。

我在塬上度过的那个中秋特别难忘。夜幕降临之后，大而圆的月亮从塬畔一点点升起，皎洁的月光横扫过来，塬上的一切都沾染了它的恩泽，变得若隐若现，像濡了水印的墨画。如此皓月，岂能无酒？对月小酌，诗意盎然。好在黄牙的队长也有此雅兴，在庭院中摆上一张方桌，端出自家为过冬炮制的腌菜，摘了隔壁树上的小枣，拎了一瓶几元钱的扳倒井。斟满酒杯，男女老老少少围坐一院，嘻嘻哈哈，插诨打科，几杯酒下肚，人人仿佛都成了神仙皇帝，豪言壮语，不可一世。

那夜，月亮似乎也受了熏染，一动不动地悬于头顶，仿佛只钟情于这帮真情真性之人。我们没有了时间，没有了过去，没有了琐碎和负荷，只有圆月，只有笑语……次日睡起，竟是日上三竿，院里空荡荡的，没有一个人，连那头响鼻不断的黑驴都悄没声息了。原来人畜都已经去了田间地头，秋天是收获的季节啊！

西部的秋天是雨水相对较多的季节，塬上的雨水让乡亲们欣喜。几场秋雨过后，塬上就会迎来繁忙的秋收。玉米、谷子和大豆成片成片地倒下，被装上拖拉机，装上架子车，装上牛车。在这里，我学会了架车，学会了掰玉米，学会了像谋篇一部作品一样在场院里搭起一个粮垛。粮食运回谷场，路边的老槐树，还要捎上它们落下的几片黄叶，接下来的两三天里，粮食被晒干了，接着是扬场，清除掉尘土和杂物，入库归仓，秸秆则堆成垛留在场院。然后便是各家排队拉水浇地，待地皮儿干了，又耕地，播种小麦，既播种喜悦，也播种希望。

这时候，候鸟已经飞得差不多了，田鼠也在地里搜寻粮食拖回洞里储藏。晚秋的塬，是那样的干净平整。麦田里是招人怜爱的嫩绿色。闲置的田野则是柔和的枯黄，两种互相对立的生命状态在秋天相遇，交织出一种美丽的荒凉，既让人感受着繁华过后的平静，又引出几分遐想。

人生百年，草木一秋。黄土塬沉积在这里不知过了多少世纪，村口的那棵百年老槐不知开了多少回槐花，凋了多少回树叶。倒是有个白发老人叼着一个长烟杆，晃悠着饱满的烟袋告诉我，日本人打进中原那年，河南一个中年男人拖家带口逃亡到甘肃，选中了这块塬。一口破烂的窑洞里就衍生了一代又一代人。一代代人与塬上的土著相融合、相渗透，如今个个脸膛黑红，俨然西部高塬的雄伟汉子。

如果老人此言不虚，这个小小的村庄形成不过百年。我无法想象在此之前村庄的模样，但是偶尔可见到墙上悬挂着不少的狼皮，这证明着从前塬上的蛮荒。进入秋天，随着天气转冷，村落里有故去老人办丧事的唢呐声便多起来……塬上的秋天虽然丰满、高远，乾坤之气清绝，但是秋叶落尽，毕竟萧萧。在塬上，久未回家，怀孕的妻突然搭乘一辆拖拉机出现在塬上。她的出现引起了一群人的尾随和围观。当他们得知是我的妻子时，都啧啧赞叹。我在秋风里注视着妻，就像眼馋地注视街上晃过去的一个不认识的漂亮女人。我这才发现我已经变得和村民们一样好奇和新鲜了。

那个秋天的塬上，妻在乡亲们的关照下，住了一夜。她没有睡好，因为炕上跑来跑去的老鼠老是欺负她。妻的眼泪抛洒在风中，抛洒在那个秋天的塬上。妻的眼睛是一面镜子，不是它我不知道我已经成了这个塬上的人：胡须坚硬，肤色泛红，两条长腿黑毛丛生，走起路来大步流星，说起话来海里海气。妻走时留下的一句话至今让我记忆犹新：我替你瞅个塬上妹子，你去做塬上的上门女婿吧……

向阳花

◆文 / 董斌

一

春天，我和它一起从地里钻出来，嫩绿嫩绿，透着新鲜的味道。那时的阳光还很温煦，暖暖地照着我也照着它。起初，我的个子比它长得快，它却显出几分脆弱，好几次被风吹倒，几乎被泥水呛死。我就在它身边，看它如此不堪，心生爱怜。但我还小，爱莫能助又无能为力，差点急哭了。直到有一次，那个莽撞汉子就要把它碾在脚下，我着急，使劲儿地伸出自己的手臂……奇迹就这样出现了，我揽它入怀，救了它的命。它吻了我，老天，初恋，真的这么好玩吗？随后，我自然攀援上它，我用我渐渐粗壮的手臂维护着它，一起生长。我是藤，它是太阳花。

二

夏天来了，它比以前强壮了许多。我对它充满爱慕，想找个机会向它正式表白，我等，等我长到与它同高，我会！

可是它越来越漂亮了，或者越来越帅气了，有时候真让我有些气馁。

阳光炙热起来，释放出满满的正能量。它也开始把自己开出最惊艳的美，每天天刚蒙蒙亮，就梳洗打扮，只为让阳光看到它一天中最美的容颜，以便第一个给阳光发出爱恋的问候。

也就是这时，它开始对我产生某种反感，有时会很夸张地奚落我的瘦弱和矮小，看着它的美丽和骄傲，我更加自惭形秽，而它早已忘了，它也曾这样猥琐过，而我从没嫌弃过它。于是，我知道了：感恩、感动是一回事，爱情是另一回事。

但现在，我几乎成了它身体的一部分，如何才能摆脱？我可以放弃爱，但却放不下思念。

它的奚落在继续，那些在炎热里都可以令人不寒而栗的语言，似乱箭穿心；它不愿我那身土褐色的衣装影响太阳对它的好感，经常扭动它曼妙的身姿，想甩掉我这个包袱。每扭动一次，它浑身的刺儿都扎在我身上，而我却无法躲避，因为缠在它身上，我早已成了它的一部分。

起初，我还认为这种纠结，只是爱的一部分，还天真地想象：越是相爱的双方，越容易让彼此受伤。但只要是局外人，一眼就会看出，它只是围着太阳转，而我则是它的仰慕者。就像那天一个在树荫下的孩子背诵的那样——You had loved her，but she had loved sun。只是做不了爱人，我们也不是敌人，而它，怎么会忍心折磨我，怎么会舍得我难过。

三

秋天，它更加强壮，只是脸上开始出现这样那样的斑点，它厌恶我到了极点，指责我像个瘟疫，把自己身上的疤传染给了它，我无语，只能在心里哭泣。

阳光没那么热烈了，它有点怕太阳看到脸上的斑点，总是低着头，却沉重地再也抬不起来，阳光也从它容颜前溜走，去关照别的什么花儿去了。它似乎有点后悔了，经常私下抽泣，而每一次的扭动，又让我再次受伤，千疮百孔。

我知道它很难过，就像我承受它给过我的苦痛一样。既然爱它，就不能再让它受伤，我不埋怨它，谁让我宁愿认为：爱它是我自己的事，不管它爱不爱我，以至于它可以完全不顾我的感受。我曾经义无反顾地给自己挖了个坑，忍着苦，也要和它站在一起。

也许，陪伴是接下来的日子里最好的解药。

我很少再和它说话，我知道它不想听我任何安慰，它要自我疗伤，而我安静地聆听就好。

它开始不厌其烦地说着它和太阳的恋爱，开心的、伤感的。它希望我能在它需要回应时，和它一样表现出理解、甜蜜和辛酸，它说它没什么后悔的，天长地久太老套了，在这个世界爱情已经成了稀罕物，然后自嘲地笑了笑，哭了……

除非它询问太阳的轨迹，我一句多余的话都不说，从它祥林嫂似的牢骚里，我知道它嘴硬，还惦记着太阳。我想它是幸福的，它曾经拥有过开心，而我现在连心酸都没有。因为我懂了，在它眼里，其实我始终只是个旁观者、聆听者，所有一切都与我无关，也用不着我来安慰和操心。所以，我释然了，只是更加沉默。

四

深秋，一夜之间，它的全身都与我成了一种颜色，它震惊，心有不甘，大声哭泣。然而，它颤抖地挣扎也没能换来太阳一个眼神的眷顾。后来，它老了，连断断续续的回忆都懒得说了，它说它要被风带走了。

而我早已爬到了它的顶端，伸出了手臂帮它阖上了不甘的眼。空中到处飘着阿桑们的忧郁：你听寂寞在唱歌，轻轻的，狠狠的，悲伤是那么残忍，怎么能让它停呢？

我曾经设想过我会哭来着，可后来觉得似乎这一切已经与我无关了，太阳每天照常升起，我在琢磨我是欲哭无泪了，还是无法悲伤了？

心痛无声。

乡愁是一道风景

◆文 / 梅雪有梦

当我们拖着疲惫的身心走在路上，偶然地抬头，星空一片灿烂，流星划过天际的瞬间，可否会想起那些萦绕在记忆里遥远的事情，而让自己暂时忘记白日的喧嚣，放下心里的杂陈，还自己一段宁静祥和的时光，让心里充满一点氤氲的情愫而温暖？遥远吗？也总是在心里问着自己，其实并不遥远。我的故乡，我的童年，就像一幅幅暖色调的图画，时时在我心里铺开，那是我心中最美的原风景。蓦然间，一个最近常看到的词撞击着我的心扉，真的是“饮尽乡愁”吗？是啊，乡愁的确是一杯浓郁甘醇的美酒，一饮便醉，历久弥香……

井台上的光阴

村里，有两眼老井。

在我的记忆深处，不断响着的辘轳声，以及井台上打水的人们，构成了故乡的一道风景。

记得小的时候，每天的清晨，天刚放亮，便陆续听到各家各户的房门吱吱的响声，男人们的咳嗽声，相互间的招呼声，鸡的鸣叫声，间或还伴有人们踢踏的脚步声、扁担咯吱咯吱的响声。一会儿，井台上便响起了摇辘轳的声音。而这个时候，井台便是村里的一处情味浓浓的人文景观，几乎全村的男人都渐次地聚集在这里，排着队在打水，把那一桶桶清凉的水挑回家。而伴随着那“骨碌碌”的声音，小村张开了惺忪的睡眼，刹那间从睡梦中惊醒了。

此时若是抬头望去，东边的山上，露出了太阳的半边脸。几乎是在同一时间，袅袅的炊烟开始飘荡在家家户户的房顶上，鸡鸭鹅的大合唱让村子里的人开始了新的一天。

村子里的人们都知道，东头这口井水清冽甘甜，水质也好，清澈透明；村西头那口井，水质混浊，水的味道也不佳，有一股苦涩涩的味道。村西的人们不甘心，便把那水淘了一次又一次，但都没有很好的效果，那水的味道，依然那样，泛着苦味。渐渐地，人们便不再理会它了，那口井的水只用作浇菜园饮牲口用，村东的井则成了小村人们的饮用水源，那里真真的是村里一道美丽的景观。

说实话，这两口老井谁也不知道存在多少年了，总之，上一辈人也说不清楚，只知道，很久以前就有了。村子里的老人，以及他们的上一辈人，祖祖辈辈，都是吃着这口井水过来的。村西的那口井，据说很早以前，那水也是清冽甘甜的，水质是后来才变得苦涩涩的。这井水的变质，在传说中，大抵和一个女子有关。传说中的故事，谁都不知道真假，而后人也无从考证，但都在传说，年复一年，日复一日。传说中，那是一个美丽的女子，和村里的一个年轻后生偷偷地好上了，但他的爹娘嫌贫爱富，要把她嫁给村里的大户人家做填房，女子拗不过爹娘，在出嫁这一天，花轿路过那口井的时候，也不知道她是怎么从轿子里出来的，又是怎么跳进去的，总之，大家只看见大红衣裙的女子毫不犹豫地跳了下去，醒过来之后，便已是晚了三春，打捞上来的人早已气绝身亡。此后，虽然村里的人们把这井水淘了一次又一次，然而，这口井里的水终究还是浑浊了，味道也是苦涩涩的了，大家都说是那女子苦涩的泪水汇集而成的。

井水清澈透明，若是趴到井口，井里的水可以把人们酸甜苦辣的一张脸照得清晰可见。井台是用石板铺成的，井口则是用厚厚的木板围起一个方形，长年累月的潮湿致使井台的角落里长满了青苔。而经年不息的辘轳声仿佛成了小村里最古老最动听的音乐，在这支乐曲声中，摇走了村里人的青葱岁月，摇走了人们的美好时光。村子老了，老井老了，而村里的年轻人都走了出去，剩下的只有老人了。后来，各家各户都在自己家的庭院里打了一种方便打水的压力井，再后来，村里也有了自来水，那年年岁岁响着的辘轳声终于听不到了。没人打理的老井终于也完成了它的使命，在一个无人知道的时候，它坍塌了。看着那坍塌的地方，人们似乎觉得有什么宝贵的东西遗失在过往的日子里了，心里空落落的……

家常饭的味道

家乡的小村很小，人口不多，以前民风古朴，从没听说过谁家丢了什么，所以，家家户户几乎都是开放式的院落，大都没有院墙。村中的房子是坐北朝南，一溜向阳，土房居多。后来，那一缕缕南下打工风传到这里，村里人的耳朵里总是听闻外村哪家挣了大钱，哪家盖起了新房。终于，有的人耐不住清贫，耐不住寂寞，出去打工了，挣回来钱，便盖起了红砖到顶的房屋，显得极为壮观。这样的人家，在村里属于有余钱的富裕户，有时不免提防着别人，便砌了院墙，安上了大门，好不气派。于是，村里的其他人家也有学着他们的样儿，有的用柳条编的篱笆把自家的房子圈了起来，有的用石头垒起低低的矮墙，算是象征性的院墙吧，然而大门是没有的。

小时候，我们常吃的是小米捞饭。每到饭时，不用母亲的叫喊声，只要一闻到飘散而来的浓浓的饭香，我们便撒着欢地往家里跑。坐到桌前，眼巴巴地望着仍在忙碌的母亲，直到一盘土豆炖豆角，或是酱茄子摆到了桌上，然后一盆金灿灿的小米饭端上来，大家拿起筷子，开始了狼吞虎咽地吞咽着食物，那大快朵颐的神情仿佛享受着美味般。在母亲做的家常饭中，令我念念不忘的却是一道不起眼的饭菜，那就是小米水饭，伴以几样小菜。这水饭，一定要在炎热的夏季吃起来才够味。

小米水饭说起来很简单，做起来却有点麻烦。母亲先把灶膛里的柴草点燃，大锅里添上水先烧着，然后把小米用清水一遍遍地淘洗，直到那淘米水看着清澈干净了，把米下锅，大火烧着。一会功夫，锅开了，母亲掀开锅盖，用勺子搅着锅里的米。看着锅里泛着滚开的水花，米粒在里边不停地滚动着，便知道那米饭是煮好了。于是，灶下停了火，母亲不慌不忙地取下墙上挂着的笊篱，把米饭捞在了一个大一点的搪瓷盆子里，然后用水缸里的凉水淘上几遍，直到那米饭没有了热气，尝一尝，确实凉了。即使这样，还不够凉。这个时候，恰好父亲刚挑进来的井拔凉水派上了用场，两瓢凉水冲进去，冷冽的香气霎时弥漫开来。我和妹妹已经把饭桌摆在了院中的阴凉地方，菜园子里薅来的香葱、生菜、小白菜、香菜等一应蘸酱菜也摘洗干净，整齐地码放在盘子里，摆到了桌上。母亲又把早已腌制好的蒜茄子、酱豆角、萝卜条、酸黄瓜几样小菜用小碟装好摆了上来。这一顿看似简单的饭菜，却真真让我们享受到了炎热酷暑下的沁人心脾的夏日清凉。而这清凉的感觉，至今让我难忘，时时念起。

黄昏时的风景

黄昏，太阳已经逐渐地坠落下去。远处的天空似乎低垂下来，云朵聚集在一起，在西斜的落日照射下，呈现一片红彤彤的颜色。而这时，四周的山峦和村子很快地便被染红。平原上的风景像一幅浓墨重彩的油画，落日，晚霞，给这里的田野、村庄都涂上了一抹金色的霞光。乡村的黄昏无疑是美丽的，然而，构成这美丽画卷的却是流动着的风景——

从田里归来的农民，吆喝牲口回家的牧童，走在路上的行人，仿佛赏景般，都悠然自得地走着。

升腾在村庄上的袅袅炊烟拉开了黄昏的序幕，锅碗瓢盆的交响曲早就奏响了，鸡鸭鹅的大合唱也开始了又一轮地演练，孩子们欢快的笑闹声响彻在村子的大街小巷。

村外的路上，走回来一对从田间归来的夫妻，看起来，他们是极其幸福的一对。那年轻的丈夫不知道在说着什么，妻子却羞涩地红了脸颊，那红晕，仿佛天边的晚霞般，惹得丈夫心动不已，轻轻地拉起了妻子的手。

忽然，那年轻的妻子“哎呀”一声，猛然站住了，脸上现出异样的表情。

“怎么了？”丈夫急切地问着，眼睛上下打量着妻子的同时，手不自觉地抚在她的小腹上，嗔怪地说着，“是这里不舒服吗？叫你在家休息，你偏不听话，是不是这个淘气包踢你了？”

妻子打掉了他的手：“瞎想什么，脚扎了，好痛。”

他扶她到路边坐下，脱掉了鞋子一看，袜子已被渗出的血染红了，他小心地替她脱掉袜子：“是摁钉。”他心疼地看着她的脸色，见她的头上冒出了细密的汗珠，“你忍着点别动，我给你拔出来。”

她笑了笑：“瞧你，我有多娇贵？没事儿。”

他小心地拔出了扎在她脚上的摁钉，随手扔掉了，接过她递过来的手绢，把她的脚缠好了：“我背你去诊所吧，让李大夫给你上点消炎药。”

“哪里用得着！”她娇嗔地说，然后站了起来，“回家用消毒水好好洗洗就没事了，你把那钉子扔哪儿了？”

“怎么？你还想留着做纪念不成？”他也笑了。

“扔在路上，我怕再扎着别人，快找找，别乱扔。”她认真地说着，眼睛在四下看着。

他答应了一声，低下头也在找着……

而这一幕，恰巧被一个淘气的孩子看到，直到多年以后，她仍然能记起看到的景象和这一对年轻的夫妻那幸福的模样。而这，却成为我心里一道永不褪色的最美风景……

曾经记得有位朋友问过我，在这样现实的社会中，面对着形形色色的人，也遭受过诸多不公的待遇，你为什么不长记性，还是这样天真，这样善良，而且天真得有些傻乎乎？我说，那是因为我的故乡，和我故乡的人们。那里的人是纯朴善良的，那是我的津梁与舟楫，不断地将我引渡，还我以明珠，赐我以良善。说这话的时候，我不自觉地想起我的乡亲，我的父母，还有我看到的那对善良的小夫妻……

第四卷

性情书写

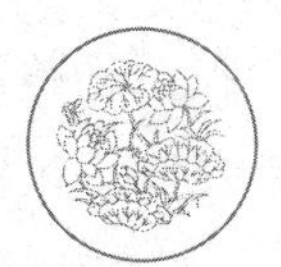

那年春天

◆文 / 于芳

那年春天，我不停地翻着日历，想找一个吉利的日子，给我们的爱情画上一个完美的句号。

二月十六（农历），不错的日子，窗外虽然还是光秃秃的，但是风已经变得柔软了几分。我们拿着婚检单，匆忙地来到了民政局。上午九点，办公区里静悄悄的，只有两个工作人员在聊天，我们递上材料和一份喜糖，站在旁边安静地等着。

“你们想好了，要今天登记？”一位年纪较大的阿姨抬起头，看着我们。

“嗯。”站在我身边的他答应着，我的脸瞬间红了。

贴照片，填表格，盖钢印，十分钟的时间，我和他已经变成一家人了。当我们拿着红色的小本，开口说谢谢的时候，另一个年轻的工作人员笑着说道：“我以为今天不会有人来登记的，你们是第一对儿，估计也是最后一对了。”我们吃惊地看着她，然后又互相看了一眼，我在心里嘀咕了一句：“这可是我千挑万选的日子啊！”小姑娘看着我们吃惊的表情，马上又说了一句：“你们应该知道啊，今天是愚人节。”

我们牵着手走出了民政局，他微笑着在我耳边轻声说：“今天是个好日子，让我做你的愚人，一辈子不会变的。”或许是因为我们相识太久了，他从未说过一句深情的话，那一天，我被这句话感动了。

他，是母亲同事的儿子，我们不算是青梅，但竹马肯定是算的。我们两岁就认识，一直到28岁结婚，虽然相识这么久，但彼此之间并没有什么印象和交流，基本上是两条平行线。

那一年，也是春天，晚饭后，母亲找我说话。这是母亲第一次带着严肃的表情，来跟我说关于我的终身大事的。

“丫头，你都已经26岁了，再不谈恋爱就是大龄青年了。妈妈跟你说一件事，我们单位的那个回叔叔你知道吧？他的儿子不错，工作、人品、长相都可以，你考虑一下。不过，我有个要求，如果同意了，就不要轻易说分手啊！”

我愣愣地看着母亲，我知道，自从我过了25岁，我的个人问题就已经成了母亲的心病了。其实，我想告诉母亲，我还在伤痛里，我还想一个人行走。抬头，看到了母亲鬓上的一缕花白，到了嘴边的话，我又咽了回去。

于是，在一个风和日丽的午后，在一位我比较敬重的姐姐家里，我见到了他。

晚上，我刚走进家门，母亲就迎了上来：“丫头，你看怎么样啊？”看着母亲一脸的着急，我只好老实地回答道：“老妈，我忘记戴眼镜了，只知道他比我高。”说完，我把一张纸条放到了母亲的手里，“老妈，你觉得我们合适吗？”

“哎呀，这孩子字写得不错啊！我还真的没想到呢！”母亲只顾着惊喜，根本没有听到我说的话。我摇摇头，走回了房间。

我一直觉得，这是我们第一次见面，也是最后一次见面了。虽然母亲说我们两岁的时候曾经在一个幼儿园里，可是那么久远的记忆早已经模糊不清了。而且我们的工作有着天壤之别，我相信我们的喜好也应该是有一定的距离的。

半个月后的一个晚上，我在单位一直忙到了晚上8点才下班。当我精疲力尽地走出大门的时候，肚子发出了“咕咕”的声音，对我一天没有进食表示抗议。就在这时，一个黑影忽然挡在了我的面前，一股浓郁的烟味直冲过来，我皱了一下眉，抬起手迅速地捂住了口鼻，这才缓缓地抬起头，借着医院门口昏暗的灯光向黑影看去，感觉这人有点陌生，我的心跳开始加速。

“真悲催，你是不是没记住我啊？我刚给赵姨打了电话，知道你在单位帮同学的忙还有没下班，我就直接过来了。”黑影一说赵姨，我就突然想起来他是谁了。

“你是——对不起，名字我忘了。”我赶紧低下了头。

“没事没事，重要的是今天你戴眼镜了，这回一定要看清楚哦。来，你仔细看看，不帅吗？我觉得自己蛮帅的呀！”他又一次从兜里掏出了香烟。

“还是别抽烟了，味道不好闻。”不知道是不是我在心里就不喜欢他的职业，所以就不客气地说他了。

“嗯，我也是累了一星期了，有案子，没回家。对了，你吃饭没有？”我刚想要撒个谎，可是肚子却不争气地又叫了起来。他笑了，“走吧，我请你吃饭，然后送你回去。”

我们第一次见面时很拘谨，再加上我的400度近视，他在我的心里并没有留下什么印象。但是，这次出去吃饭时我们却很随意，我是不顾形象地狼吞虎咽，他也是打着哈欠，强忍着烟瘾，快速地灌进去两瓶啤酒。等我吃饱了才想起来仔细看看坐在我对面的这个人，只见他高高的鼻梁，浓重的眉毛，大大的眼睛。说实话，他长得算是帅气的，至少比我要好看。

“你要来一杯啤酒吗？解乏——”他一边说着，一边给我倒上了一杯。我在医院连续值了两个夜班，真是累了，也没多想，拿起酒杯一口干掉了。“别说，你还真有侠女风范，我家老爷子没说错，呵呵。”某人已经有了几分醉态，还没忘了他家老爷子的教诲。

或许，就是因为这种相见的坦诚，感觉我们之间的距离一下拉近了许多。

其实，我始终没有读懂爱情。我们交往两年，没看过一场电影，更没有什么共同的爱好。两家老人比我们还积极，一直想着怎么操办我们的婚礼。就是因为他们的着急，我们才在一种茫然中走进了婚姻的殿堂。

不过，让我没想到的是，一向胆大心细的我，得了婚前紧张综合症。

婚姻最初，我只感到了一种平实，没有丝毫的浪漫，一如我们的爱情。

女儿的降生充实了我的生活，母亲的病逝又把生活打回了原样。可能是因为两年的苦痛生活让我真正地看到了他身上的淳朴情感，就像母亲说的，我和他生活，她是安心的，再无牵挂了。

他，虽然是70年代的人，脾气禀性却像我的父辈们一样，每天就是三点一线，单位、家、孩子的幼儿园。他会定点起床，婆婆娇惯给他的任性，他也一直没有放弃；他会背着母亲奔走在医院里，从不说累；他更会在我流泪之前，早已经是泪流满面了……我想了很多词，一直找不到一个很准确的能和他匹配得上的。他总是那么特殊地立在我与现实之间，二十年如一日。

曾经，我拖着病弱的身体跑出去做兼职工作，他不会说心疼我的话，只会说："那么累干什么啊？人家那些就靠工资生活的人，不是也很幸福嘛。"我看到过很多和他一样职业的人，利用工作的便利条件，改变了家庭的生活状态，可是，这事儿对他来说是毫不相干的事情，他绝对不会去做的。有时候，我也会暗暗庆幸，我们不用提心吊胆地过日子，还是比较幸福的。

不知道从什么时候开始，大家的生活都有了翻天覆地的变化，购房、买车成了一种生活的时尚。我转过头看着跟在我身后的他一如既往，波澜不惊，有的时候心里会有委屈，我带着疼痛奔跑着，他依旧在优雅地行走，从不会让周围的状态影响自己。我只好自己对自己说：为了孩子，拼了！

又一年春天，我们搬离了老宅，开始了独立的生活。

他是婆婆的幼子，对妈妈很有依赖性，每次，我把菜倒在锅里，闻着烹饪的味道时，他就会说上一句，“不是我妈做的味儿，你还需要锤炼。”于是，因为一句话引发了战争——我们开始了争吵。从桌子上的菜，吵到家里的每一个物件；从孩子的教育吵到生活的追求；再从工作的时间吵到休息日，争吵无休无止。直到有一天，长大了的女儿说了一句：你们有那么多分歧，为什么当初要结婚呢？那一刻，我茫然了。

婚姻是围城，走进去的想出来，可是在外面的又迫切地想冲进去。

我属于哪一种？我不停地在问自己。外面的世界在不停地变化着，渐渐地我把这个问题遗忘了，我开始把精力放到了孩子身上，还有那些能够让我挣钱的工作上。我们再一次调换了房子，换了一套让我比较满意的住宅。我没有在他脸上看到惊喜，他——更让我失望了。当我行走在这座城市的大街小巷时，我居然没有一丝一毫的骄傲，我还是我，没有什么变化；他还是跟在我的身后，始终没有改变自己的步调。我们依旧是一前一后地往前走着……

转身，岁月远了，健康也在悄悄地远离。

当我拿起笔，把一种遗憾落于笔下时，那个春天在下着一场又一场的春雪。

终于，手术让我停了下来，我原本想，生活应该再继续走下去。那一段时间，可以说，我情绪很是低落。他居然很乐观，告诉我，我们终于可以并肩走了，真好！我的两次手术都在脚上。第一次，放置了一块钢板，把病灶去除；第二次，取出钢板，让脚部的功能恢复。他不离我左右，背着我楼上楼下，豆大的汗珠顺着他带着微笑的面颊上滑落下来。

病中的我，脾气暴躁，总是感觉委屈，感觉难受，总会在夜里一个人偷偷地落泪。

不惑，是女人的转折点，而我却在这个时候倒下了。在家里休假的日子是漫长的，尤其在轮椅上的三个月。窗外花开得正艳，我却不敢出门，只是躲在窗帘的后面偷偷地看着窗外的夏天。“来，我推你出去走走，散散心。别难过哦，你只是病了，又不是残疾了。再说了，就算残疾了，生活也要继续下去啊，而且，你还有我呢！”他在那时却有了满腹的豪情。第一次出行，我感到了阳光是那么的刺眼，眼睛都是痛痛的。在他的鼓励下，我一个人开着车去江边看风景。打开车门，拄着拐，前面就是宽阔的松花江，风景秀丽，令人心旷神怡……那一刻，我却不知道，我早已成了别人眼中的风景了。

我身体愈发地差了，他学会了很多家务活，饭前饭后都在厨房里跟着我忙乎着，切菜、切肉、递调料，休息日也是左手抹布、右手笤帚，把房间打扫得干干净净。本来就好客的我，现在依旧是隔三岔五地在家里招待朋友，而且他和我的朋友们都很熟稔，总是打电话喊大家来聚会，让他们陪着我一起疯，一起笑……

女儿和他的关系一直有距离，他曾经跟我说过，我给女儿下了蛊，不管我对与错，女儿都站在我这边。可是，在我看来，不是这样的，在他的眼里，女儿永远是第二位的。“玥玥，这个你妈爱吃，给她留点儿。”“玥玥，你多干点儿活，你看你妈的身体，她只能休息。”“玥玥，你扶着你妈点儿，别溜号。”女儿总会在那一刻噘起小嘴，气哼哼地抗议：“你还说我是你的宝贝？骗人，我不和你好了。”从此，父女成“仇”，两两相望了。

我开始捡拾文字，用它来记录我的生活轨迹，每次让他看我发表的文章，他都会抬起手，推开我手里的手机，“快拿走，我一粗人，见不得这些。”听他这么说，我是愈发地生气。

看到我整天在电脑上忙碌着，他会大声喝斥：“别写了，没事多活动活动！再说了，那文字里怎么一直没有提到我呢？”他看着我，眼里有了那么点点的愤怒。

我一直都在困惑，如此不同的我们，居然相伴着走过了二十年。

窗外又下起了雪，我们围坐在火炉旁。他坐在我对面，一片一片地往火锅里放着羊肉，淡淡的肉香飘起。女儿偷偷地把一片片菜叶放进锅里，抬起头正好对上他瞪起的眼睛，“老妈，你赶紧说一句啊，‘我想吃青菜’。”今天，他的心情不错，抬手用筷子又帮女儿放上了几片菜叶……

记得有人说过，冬天来了，春天也就不远了。

又是一个周末，大雪过后的寒冷并没有阻碍穿过云层的阳光，它慢慢地爬上了窗棂。女儿扶着梯子，他站在梯子上面，举着手在挂清洗后的窗帘，阳光晃着明媚落在他略驼的脊背上，还有一缕花白在玻璃窗的倒影里闪耀……我轻轻地敲打着键盘，把这一刻定格在春天到来之前的画面里……

冬天里的怀念

◆文／雨墨

母亲去世后，我一直很自责，如果不是自己与母亲发生争执离家出走，母亲为此难受一夜，就不会病倒，更不会突发心梗，来不及抢救便决绝地离开了我。自责让我变得更加孤僻与敏感，开始活在自己的世界里，不喜欢和任何人交流。最初父亲一直以为是母亲去世给我带来的打击，我只是痛苦与难过，所以才会出现这种状况。直到后来，我的种种行为让父亲开始有些担忧，便带我去看医生，才知道我已经患上了抑郁症。听到医生的话，父亲当时就瘫坐在地上……

北京的冬天很冷，在北京治疗的那段日子里，一直没有住院，而是选择了离医院不远的一处宾馆。母亲去世后我对医院充满了恐惧与排斥，特别是医院里来苏水的味道，我只要闻到就开始恶心，感觉那是死亡散发出的味道，无论何时何地，只要闻到来苏水的味道我就会莫名地大哭。静下来的时候，自己感觉到一种恐惧与绝望，总会觉得整个世界漆黑一片，仿佛自己的一个不小心就会立刻坠入万丈深渊。

我能读懂父亲眼中的那份焦虑，而那种焦虑与无奈更增添了我的无助与绝望。走在德胜门西大街，街道两旁的房屋树木仿佛在那一刻早已失去了生命的色彩。灰色的天空如同一头凶猛的怪兽，吞噬着这个世界上的所有美好，凶狠的目光与张牙舞爪的神态让自己觉得走到了生命的尽头。坐在街道旁冰冷的石阶上，开始流泪，耳边不时地传来稚嫩而清脆的声音："妈，我真的是来报恩的，真的不是要账的……"

坐了多久自己也不清楚，父亲最后是在警察的帮助下找到了我。那天晚上北京下了那个冬天里的第一场雪，而我也因为高烧不得不住进了医院。父亲坐在床边，有些自责，在他看来，是自己的疏忽才让我走失的。闭着眼睛不想睁开，即使父亲一直轻声叫着他的"丫头"，我也无力回应，渐渐地感觉到父亲的声音越来越小，越来越远……

睁开眼睛的时候已经是三天后，雪白的床单、雪白的窗帘、雪白的衣服在我眼前晃过。白色应该是天堂的色彩，我的目光在这个雪白的世界里搜寻着。空气中依旧流动着来苏水的味道，让我感觉到有些窒息。一只大手放在我的额头，遮住了我寻找的目光，我想用手去推开那只大手，我却无法掀动裹在我身上的被子。

当父亲看到我睁开眼睛的那一刻，他哭了，哭得很委屈。在我的印象里，父亲是一个典型的刚强汉子，具有北方男人的那种刚毅与果敢。一直觉得父亲穿军装的样子，绝对是世界上最帅的男人，曾经很骄傲地和同学炫耀，父亲是我的偶像，即使是缺点，我都会觉得他那么酷、那么帅。

在父亲寸步不离的呵护下，我又一次在死亡的边缘轻轻走过。后来听医生说，当一个人要放弃自己生命的时候，任何一个医生都无法将她带回，能带回她的往往会是那份血浓于水的亲情。原来在我昏迷的三天三夜里，父亲一直没有休息，他一直坐在我的床边，拉着我的手给我讲与我有关的故事。

那天，父亲哭了很久。看着父亲红红的眼睛，轻声告诉父亲，我真的不是来要账的。父亲听了我的话，愣了一下，把我的手放在他的嘴边说："当然，我知道，我知道我的丫头是来报恩的。快快好起来，老爸还等着我的丫头报恩呐！"

父亲整个冬天往返于301医院与德胜门中医院，一直用"你要知恩图报，要早点好起来"来鼓励我，让我坚强，而时好时坏的病却一直纠缠着我。我依旧喜欢在某一段时间里把自己封闭在一个很小的世界里，不想让任何人打扰。我的意识里很清楚地知道，我的人格在不断地分裂，那两种截然不同的性格让我清醒的时候更加害怕。靠在墙角望着窗外，灰色的天空没有一丝缝隙，恐惧紧紧地将我罩住。

看着父亲消瘦的面庞和那已经爬满双鬓的白发，我又一次感觉到了委屈，于是，再次抱着枕头大哭，哭声惊动了医生。父亲无助又无奈地在病床前走来走去，他失去了以往的那份理性与谦逊，愤怒地指责医生都是干什么吃的，没道德，没爱心。最后是父亲的战友冯叔来了，才把愤怒的父亲按到椅子上坐下。父亲难过地用大手抚摸我的头发，柔声细语地问道："丫头，怎么了？别哭了，有啥委屈和老爸说好吗？"

父亲的话再次刺痛了我，那份无助与委屈掺杂着泪水喷涌而出。那天，父亲是被冯叔连拖带拽拉出病房的，他不肯离开。我看到父亲眼里的泪水，那难过的神情如今想起依旧历历在目。父亲离开病房后，我更加绝望了，哭得撕心裂肺。直至后来，父亲回忆起那次在医院的情景，都会难过地说，那一次我把他的心哭碎了。

父亲用他的十三斤肉、两鬓的白发换取了我的康复出院。出院那天，父亲很高兴，我也一样，因为我终于可以回家过年了。临走的时候冯叔一再叮嘱父亲，注意自己的情绪，别让我受到父亲情绪的影响。父亲带我从北京回到家里，那天是母亲去世后的五个月零十三天。

回家以后的日子里，偶尔的一声咳嗽，都会引起父亲极其夸张的表情，在父亲的呵护下我更加任性与娇气。我的委屈一直存在，无论父亲用何种方法来化解，那自责的根源早已经被自己深埋在心底。父亲工作很忙，但给我预约医生，陪我去做康复训练，从来未曾忘记过。如今回头去想，我很后悔，是我用自己的任性透支了父亲太多的爱。

2012 年的冬天，父亲病倒了。三年前自从阿姨走进我和父亲的生活，对于父亲的饮食起居，阿姨都照顾得无微不至。而在我的记忆里，父亲很少生病，即使偶尔的发烧感冒，他也不会吃药。用父亲自己的话说，自己的身体是铁打的，感冒了多喝点水，然后多跑两圈出些汗就什么事情都没有了。

那年的情人节，父亲请我和阿姨吃饭。对于我的种种恶习，父亲一直都用最宽容的心包容着我。而那天，父亲似乎有些反常，说了些在我看来似乎有些严厉的话语，动情处我能看到父亲眼里的泪光。我用疑惑的眼神审视着父亲，自作聪明地以为，在这样一个日子里，父亲是想母亲了。

那天，阿姨哭得很凶，我觉得有些夸张。不就是父亲说，和前世的情人今生的情人一起过情人节是他今生最幸福的事情嘛，也不至于感动得哭成那样吧？回到家里想着阿姨的种种表现感觉有些不对，于是，在父亲出门的时候开始问阿姨。看着阿姨眼里的泪水，我慌了，我知道阿姨一定有事瞒着我。

看着我有些生气的样子，阿姨流着眼泪告诉我，父亲在年初就检查出来肺癌晚期，而检查出来的时候已经扩散了。因为扩散到肝部，很长时间疼得夜里睡不着觉。听到阿姨的话，我有些懵了，这怎么可能？我一直没有觉察到父亲的反常举动。我无法相信这是事实，再次和阿姨确认后，我开始大哭起来，我无法原谅我自己，自责与难过再次让我陷入痛苦之中。

我在阿姨的央求下，答应阿姨不会在父亲面前表现出我已经知道父亲得了癌症。我不动声色地陪着父亲下棋，监督着父亲吃药，我怕夜的来临，我怕趁着夜色父亲就会离我而去。我每天下班回到家里，都会偷偷地上网查询治疗肺癌的偏方，和做医生的舅舅通电话的时候，经常咨询关于肺癌的一些知识，我一直期许着奇迹的出现！其实，那时候舅舅早已经知道父亲得了癌症，而且严重到无法控制的地步，但是当时舅舅却没有告诉我。看着每天父亲依旧上班，下班，和阿姨一起做饭，渐渐地感觉父亲的病并没有想象中那么严重，这让我产生了一种错觉，一定是医院检查的结果出现了问题。

腊月二十四，我在单位接到阿姨的电话，让我赶紧回家陪父亲回老家。当时脑子一片混乱，竟然想会不会是老家的伯父出了什么问题？

直到回到家里，看到父亲脸色苍白，我慌了，脑子里一片空白。

我在老屋的火炕上陪父亲度过了他一生中最后的三天。三天里，时而清醒、时而糊涂的父亲一直拉着我的手。我知道他心里对我放心不下，而我在那三天里，除了哭，似乎已经丧失了所有的能力。父亲眼神里的那份无奈，如今再去想，依旧很痛，那是父亲对我的担心和不舍。

“不哭了，丫头。听话，要改改你的脾气，爸爸走了，没有人能像爸爸一样包容你。你要学会坚强，学会照顾自己，爸爸知道我的丫头没问题……”

父亲走了，带着他的牵挂与不舍，在 2012 年的腊月二十七，他决绝地离开了我。

我看着父亲被人往外抬的那一刻，彻底疯了，我不知道哭，更不知道难过，只是觉得父亲在睡觉，我不许任何人动我的父亲。

冬天被赋予了宽厚与包容的品格，所以，我一直都很喜欢冬天。直到 2012 年的冬天无情地带走了父亲，我才真真切切地感受到冬天的残忍与无情。

又逢冬季，那些远去的痛楚随一场雪的到来飘忽而至。望着雪色中的房屋与街道，再次被那句“树欲静而风不止，子欲养而亲不待”所刺痛，本已结痂的伤口又一次被撕裂，泪水再次悄然滑落。望着灰蒙蒙的天际，双手合十，闭上眼睛，轻声地告诉父亲，我会如他所愿幸福快乐地生活，为自己，也为了在另一个世界里的父亲了无牵挂……

粽叶飘香

◆文 / 凫水晔

飘散在窗台上的温暖，就在夜幕降临的时刻，总是那么深长地叮咛着静寂。又是一个粽叶油绿、糯米飘香的时节，站在幽静的窗前，总有种感叹岁月的情怀无法释然。这样的时光，穿梭在心情的彼岸，走得那么深远，却还是那么匆匆，不曾停歇！

——题记

入夜的清风撩起了窗纱，它摩挲在我的身上，一整天的忙碌总是会在这样安逸的夜晚变得那么清幽、那么柔暖。每到这个时刻，我的内心总会不由地升起些许快意。想起小时候与玩伴们一同追逐着涓涓细流，流淌着童真的乐趣，我的嘴角总会不经意地翘起。那是一份会心的笑意，就在不由自主的思绪里，点燃了快乐的心情，随着淡淡的回忆，钻进内心里，没有任何防备，被一种莫名的幸福紧紧包围着，仿佛坠入百花丛林，闻着芬芳，听着细雨。

思绪随夜的深邃而游走。当手触碰到手机的刹那才发现，这一天，我竟一直没有时间关注到它。心中瞬间泛起了浓浓的惦念，淡淡的思念在此刻冉冉纷飞在思绪里。又是一个粽子飘香的季节，又是一个亲人团聚时，而我却独自在忙碌中度过。父亲一大早就给我拨了电话，可因为忙碌，直到此刻才发现了这个未接来电，一缕落寞的心情油然而生。拉开窗纱，窗外悄然一片，灯火早已星星点点，我竟不知不觉忙碌到深夜。

摩挲着心中强烈的思绪，一次又一次按下号码却又删除。父亲是一个比我还要忙碌的人，他的一天近乎我的三天来用，单薄瘦弱的身体扛下了所有的孤寂和责任。自从母亲离开我们以后，父亲变得更加沉默了，尽管如此，他却从来不会吝啬给予我细心的呵护。每到端午节，他总会早早打电话给我，告诉我早点回去，因为已经给我准备好了我最爱吃的粽子。

然而，今天我没有回去，没有按时和父亲一起过端午。父亲一定又为我准备好了很多我爱吃的东西，然后抓着手机，看着晌午的太阳一点一点将热情融化，再渐渐冷却、凝固。父亲并没有一遍一遍给我打电话，因为他知道，我不接电话，一定是很忙；我没有回去，一定是来不及告诉他。窗外的夜色更加浓重，我不想打扰忙碌一整天的父亲，不想他被我吵醒。

站起身，拉上窗帘。风，还是有些不甘心地挤进我的小屋。该睡了，夜好静，月亮都睡着了，我透过窗子向着黑色的夜悄悄地笑了。就在我转身准备关灯睡觉的时候，手机却急切地振动起来，赶紧去看，是父亲，是父亲的电话！手心中一股暖泉像清幽的粽叶吐着沁心的芳香，将暖暖的温馨传入我的心房，那是夜晚深空中一弯皎洁的明月，照亮了我心底最深处的惆怅。

我有些激动，接起电话急忙问父亲，这么晚了咋还没睡？手机中传来了父亲有些急促的呼吸声，而接下来的话让我半天没有缓过神来。父亲告诉我说，他已经到了楼下，让我马上开门。正在我傻傻发愣的时候，电话里又传来父亲的催促声："快呀，爸手里拿着东西呢。"我突然缓过神来，奔到窗前，拉开窗帘，向楼下张望。我看到路灯下的父亲那清瘦的身影，不时地抬头向我的窗子张望。

我奔到门口，穿上拖鞋冲向一楼。我的一声"爸"，惊亮了楼道里所有的感应灯。父亲看了看我，有些生气地数落我说，干嘛跑下来啊？

在楼上开下门就行了。我接过父亲手里的袋子，那袋子热乎乎的，让我顿觉温暖，那一刻眼泪差一点掉下来。我有些心疼地对父亲说，不是看你手里提的东西多嘛！我能感觉到那袋子里一定是煮好的粽子和鸡蛋。父亲的另一只手上提着几盒菜还有一瓶饮料。

跟在父亲身后往楼上走。我看着父亲瘦弱的背影，心里很难过，有些哽咽地问父亲，这么晚了，怎么还赶过来？父亲喘着粗气头也没回地说了一句："先别问了，进屋再说。"于是我们爷儿俩，深更半夜提着大袋小袋回到了我的小屋。进屋后我迫不及待地打开袋子，有鱼，有烧鹅，还有蘑菇汤，这些都是我平时最爱吃的。将它们捧在手里，那热乎乎散发着香气的味道，直钻我的鼻孔。那一刻，我的眼泪再也不受我的控制，滴落在我手中的袋子上。父亲则在一旁催促着我说，趁热快点吃，我怕凉了，才裹着过来的。知道你今天忙，但是节还是要过的。爸的丫头回不去，那只好爸来这儿了。父亲自顾自地唠叨着，帮我把所有好吃的东西装盘，然后又倒了杯饮料放在我面前。

望着父亲忙碌的身影和自顾自的唠叨，我又一次哽咽了。父亲似乎感觉到了我的异常，停下来走到我身边，一边帮我擦眼泪，一边说道，傻丫头，哭啥，爸爸不累，爸爸喜欢看我的丫头把爸爸带来的所有东西都吃光。爸爸的这句话把我逗乐了。爸爸怎么会不累呢？他为了这个家，每天早出晚归，虽然没有一句怨言，但我心里却非常清楚，父亲很累。过节了，他跑了这么远的路程，只是为了不让他的丫头孤单，只是希望他的丫头能拥有最温馨的味道。

我微微拉开窗，又为父亲斟满一杯酒。这是母亲走后，我们父女俩第一次这样清静、安闲地在一起畅饮。我把饮料也换成了酒，父亲想要夺过我的酒杯，却被我含着晶莹的微笑劝住了。我们爷俩儿吹着窗外温婉的风，举着温馨的酒杯，在夜幕沉沉的深夜里，怀念着从前一家人其乐融融的快乐时光。

不知不觉中，我和父亲一瓶酒已经见底。父亲说得最多的就是我小时候的趣事，我能读懂父亲眼里的那份慈爱与幸福。看看时间已经凌晨，我急忙收拾碗筷，想帮疲惫的父亲铺床垫，却听到父亲慈爱地说，丫头，别弄了，我得走了。听到父亲说要走，我有些着急了，急忙对他说，这都几点了，干嘛非要走？我有些不解地看着父亲。父亲鬓边的白发，与脸上新添的几条皱纹，在灯光下格外显眼。

父亲笑了笑告诉我，他六点就要收拾东西出去，早上回去的话怕来不及。父亲一边说，一边起身用粗糙的大手搓了一下脸。我有些不高兴，什么生意这么重要，今天不去又能怎么样？看到我的这个样子，父亲慢慢地走过来，坐在我的身边，搂着我的肩膀轻声对我说，丫头，你老爸不能闲着，为你，也为这个家，还有那颗星星啊！

我有些委屈，其实更多的是心疼。看着父亲那决绝的态度，我没有再说什么，开始帮父亲收拾东西，把父亲送下楼。一路上和父亲并没有说话，走到小区门口拦了辆出租车。在要上车的时候，父亲转过身来掐了掐我的脸嘱咐道，无论多忙，都要记得按时吃饭，身体最重要，知道吗？我一边点头，一边抹着不知不觉流下来的泪水。

我站在街灯下，看着父亲坐进车子里。他没有抬头，只是对着窗外的我挥挥手，车子很快消失在夜幕中。望着静默昏暗的街道，我的心里有种说不出来的落寞与难过，于是拿出手机，拨通了父亲的电话。电话里父亲那熟悉的声音在空旷的夜色中传来："回去吧，注意安全，别担心爸爸。"我握着手机，听着父亲那柔柔的声音，那一刻我不知道说什么才好。耳边又传来了父亲的督促声，回吧，我挂了。听到父亲要挂电话，我急忙拦住了他，告诉父亲，今天是父亲节，祝他节日快乐。并且说出了这么多年来一直想说却没有说出口的一句话："爸，我爱你！"说完，我的眼泪已经模糊了我的视线。电话那端沉默了片刻，我听到父亲轻声地说道："哎，知道了，知道了，快点回去休息吧。听爸爸的话，别太累了，记得按时吃饭，爸爸挂了啊。"我能清楚地感觉到电话那端的父亲早已经是泪如雨下了。

回到房间里，解开父亲带来的袋子，一股清新的粽香飘满我的小屋。从捧在手心的粽子上，闻到了多年前那个温暖的家的味道，仿佛看见了父亲和母亲一起包粽子的忙碌身影，听见了欢乐而幸福的笑声。轻轻解开粽叶，淡淡的幽香飘散在空气中。窗外的风又挤进了我的小屋，而今晚，我竟在匆忙中连一个粽子也没能剥给父亲吃一口，这让我有些难过。

父亲是一个不会把心事放在脸上的人，可是每一次佳节团聚的时候，他却会潸然落泪。这些年，不管再忙、再累，他都会想方设法和我一起度过每一个节日。这些年的奔波忙碌，让我渐渐忽视了父亲的心情与感受，而更多的时候，都是他用那份沉默的慈爱安慰着、呵护着我。粽子吐着幽幽的清香，对于我来说，这是父亲和母亲独有的味道。我咬了一口飘香的粽子，幸福随着唇齿延伸到心里，那些曾经的美好沉淀在心底，那份柔柔的情愫在这样一个夏夜里，如一朵茉莉静静地绽放在我的心里。

天空泛着微澜，我呆呆地看着手机，弱弱地期盼着。突然，手机振动了起来，我没等铃声响起便抓起手机："爸，到家了？"电话那头父亲深沉的声音响起："到家了，放心吧。赶紧睡吧，记得关门、关窗子。"这些年来，听得最多的就是这句"记得关门、关窗子"。父亲从来没有过多的言语，却总在我最需要他的时候出现在我的面前。

趴在窗前，看着窗外绵绵细雨，闻着满屋粽子吐出的幽香，父亲的身影在细雨中绵绵而冗长，我微笑了，想要告诉父亲，女儿真的长大了，从今后，让我来照顾、呵护你吧！就像这粽子吐出的幽香，让她包裹你孤独的心房，让这份相依为命的幸福延绵而悠长。关好窗子，躺在床上，准备美美地睡上一觉，醒来后，我要为父亲亲手包一打粽子，让粽幽吐香，飘向父亲的窗。

石头也能开花

◆文/月桂疏桐

我确实见到石头开花了。

小区内有处景致很清幽，茂林修竹，曲径通幽，小桥流水，亭台楼阁。潺潺的溪流慢悠悠地汇入池塘，四角翘起的湖心亭将池子分成两部分。一个池塘在竹林掩映之中，静静的，不大引人注意；另一个池塘稍宽，荷叶亭亭如盖，老人小孩儿都喜欢坐于湖心亭赏荷休憩。

我喜欢那条卵石小径，早晚漫步其中，是一种心灵的回归。

枝头鸟儿、草间虫子自在地鸣唱。池中荷叶以不同的姿态展示生命，极少有耷拉着脑袋的。褐绿的睡莲叶在池边随意地漂浮着，一朵朵睡莲从叶间冒出来，停歇在水面，白的，素雅洁净，红的，深沉内敛。夜幕降临，它们轻轻关上窗儿，当第一缕曙光温柔地停歇在它那褐绿的花骨朵上时，花瓣便徐徐绽开，一张张红扑扑的笑脸在晨光映照下显得更加娇柔可爱。

小径尽头，一片修竹掩映着不大的圆池，中央立着一堵形状怪异的太湖石。池水清幽幽的，这儿是那群锦鲤的乐园。它们有的喜欢群戏，头攒在一处，说悄悄话般，静静地聚拢来，小嘴儿一开一合，双腮轻轻翕动，鳍和尾柔和地漂摇着，见有人来，即刻散了，不一会儿又聚拢来；池边沿漂浮着一层枯叶，还有小句号一样大小的绿色叶片儿密密地浮着，清澈的地方就是锦鲤的运动场。几朵红莲从褐绿的叶间冒了出来，倚在太湖石脚下。那太湖石近水的地方总有一抹抹粉红。起初，我以为是有人将烛泪淋到石上，没大注意，甚至埋怨那人太刁，怎么玩到池心去了，破坏了这份和谐。

有一天，我发现那些烛泪会移动，前一段时间看到的，突然就没了，又出现在另一处。我开始细心观察它们，那粉红的痕迹不像淋洒的烛泪，因为它们总那么规则，两指宽，最长的也有中指长，有的直，有的弯，而且像花朵一般从石头上凸出来——石头开花！我被惊住了，千年的石头也能开花？

我沿着池边探着身子，想以离它最近的距离看清。那花朵真鲜艳，不断地开着谢着，以前开过的地方没有了，应是谢了，另一处又绽开了。我再细细看周围，发现不仅是太湖石上开花了，水泥小桥的边沿也有一抹粉红，水中一株菖蒲上也开了花。这应该不是花，我拉过一枝菖蒲细细看，原来这粉红的“花”是一粒粒圆溜溜的颗粒群，饱满晶莹，七八颗一排，二十来颗一列，大小均匀，规律地挤在一处，表面还泛着葡萄和李子表皮那种薄薄的灰，轻轻一触，似乎有弹性。我猜这一定是水里或者草间某种虫子的杰作，太精致、太鲜艳了。想去问问度娘那是什么，没找到答案，以浪漫情怀来想象，我更愿意相信那是石头在开花。

石头开花，不是不可能，2008年，广西就曾有网友拍到一组石头开花的照片，一块块斑驳的石上真开出一朵朵花，有的花瓣自由舒张，像一朵朵栩栩如生的玫瑰；有的还是团得很紧的花骨朵，石头材质，姿态逼真。也有很多宝石原石，色彩绚丽，姿态万千，美轮美奂，一块石头就是一朵瑰丽的花儿。人类总是被大自然所震撼，总在不断地研究和探索它的奥秘，也在不断地创造奇迹。

镇上有两个石材加工厂，一个磨碑，打造出一件件石材组合的花式墓碑，平整的石板上雕刻着人物、花鸟，两根圆石柱上各缠绕着两条龙，龙须飘飘，龙眼圆睁，龙身盘曲，龙鳞清晰可辨，大气磅礴的；

一家磨石栏板，为桥梁、亭台提供货品，磨得发光的石栏板上图案精美，栩栩如生，有衣袂翩翩的仙子，有笑容可掬的寿星，均来自名著、神话、民间的故事，还有花鸟虫鱼、山水云雾等等。经过人的一双巧手，一块块普通的石头成了艺术品，养眼养心，如朵朵绚烂的花朵。

当我经过工厂门口时，被那一件件精美的作品吸引了，拿出手机准备取几个镜头，见一个师傅正全神贯注地工作，他面前的石板上，描着一枝梅的轮廓，只见师傅全副武装，右手握一小锤，左手捏一银錾子在一朵梅花的边沿小心翼翼地錾着。每錾一下便用银錾用力地来回磨，如此机械地重复着动作。只见他的左手拇指和食指被胶布裹着，褐色的血迹混了灰色的粉尘，其余手指头上都有一层厚茧，手背的皮肤粗糙得像皲裂的老树皮。在他的妙手下花朵越来越清晰，不一会儿，一朵栩栩如生的梅花便绽放在我眼前，那五瓣花瓣轻轻地张开，中心的花蕊也生动地向四面伸展着。我情不自禁地拍手称赞，师傅抬起头朝我笑笑，又继续埋头工作了。

无数石头雕刻者们都能将一块块石头变成一件件精美绝伦的艺术品，是他们的心灵手巧让石头开出了花。

我确信石头能开花，只要你用爱心浇灌，用耐心呵护。

不知为什么，每带一个班都会有那么一两个顽劣的孩子，班主任头疼、科任教师怨声载道，因为那些孩童们总在不断地创造“奇迹”。

2009年秋，我刚接一个班，发现一个小男孩经常蓬头垢面、衣着不整，脸蛋总是土灰色。与前任班主任交流才知道他从小患有癫痫，父母离异，爷孙俩相依为命。母亲抛弃了他，父亲迁就他，爷爷管不了放任他。上课开小差，作业也不交，家庭作业不完成，甚至每周周一都背着书包躲进山里爬树摸鸟窝，下河抓蝌蚪。家庭不幸，让孩子身心都罹患疾病。作为他的新班主任，我很痛心，没有理由迁就、放任，更不能抛弃他，走进他的心里，才能找回他的信心，重新点燃他的希望。于是，他成了我周末的特邀嘉宾，带他理发洗澡，帮他洗换衣服，让他重拾家的温暖。我还召开了主题班会——《我们都是好兄妹》，发动孩子们关心、帮帮那些最需要帮助的同学。班里的孩子跟我心有灵犀，懂得我的良苦用心，有的敦促他养成爱卫生的习惯，有的辅导他完成各科作业，有的陪他阅读、玩耍。渐渐的，那土灰色的面庞上有了灿烂的笑容，他不再逃学了，按时上交作业，尽管正确率不高。他也懂得帮助别人了，尤其是班上学校的体力活，他总冲在最前面。现在中学也快毕业了，据说成绩也突飞猛进了，偶尔还回学校来看看我，我能从他澄澈的眼神中读到他的自信和阳光，或许这朵狗尾巴花将来能开出更美的花。

五年级有个 11 岁的小姑娘，脑瘫，智商不及三岁的孩子，身子肥嘟嘟的，走路从来都是一跳一跳的，圆盘大脸，红似关公，看人时总先将下巴抬起，脑袋向左歪，不住地摆动着，一双眼睛似两条细线，总对你翻白眼儿。班上的孩子不待见她，她也不愿意和同学待在一起，是班主任赵老师的跟屁虫儿。赵老师一旦不在学校，她不是跟人打架，就是把同学的东西偷偷拿出了藏在别处，或者满校园见人就问："赵老师哪？"从三年级开始接任这个班，一年四季，赵老师在哪，她就在哪。赵老师如带亲闺女般小心翼翼地呵护着，教她梳头、收拾课桌，教她学习简单的自理技能。

春风潜入夜、润物细无声。这颗"小顽石"终于被赵老师母亲般的爱暖融了。无论天晴下雨，每天早上她都会在校门口翘盼着赵老师，直到看见赵老师的脚踏车飞来的影子，她才笑呵呵地一跳一跳地朝校园跑去。妈妈给她准备的水果、牛奶、糕点之类，她总不忘留一份儿给赵老师。课余时间，你会看到她不是在倒垃圾，就是满操场捡垃圾、洗拖把，甚至擦洗幼儿园孩子的滑滑梯。一个智商只停留在三岁、有着强烈依赖思想的孩子渐渐走上独立，也在逐渐学会认知。

给燕子留个门

◆文 / 梧桐夜语

蝴蝶的翅膀还没有张开，春风的脚步还不太轻盈，燕子已乘一叶云舟，急急地从南方赶来。那黑色的羽翼，像闪电，映亮了天空的眸子；那温柔的呢喃，像情话，温暖了大地的心房。

“几处早莺争暖树，谁家新燕啄春泥。”燕子回来了，在草浅花艳的春天里，在柔柳曼舞的春天里，在蛙声乍起的春天里，在烟雨朦胧的春天里。

燕子斜飞，河面衔水；燕子低飞，塘边衔泥；燕子横飞，田间衔草……

这熟悉的身影，带着我儿时的记忆，穿过如烟的岁月，飞向遥远的童年……

乡村的孩子，野得出奇。赤脚医生注射青霉素扔下的小瓶子，也能变成手中的宝物。土蜂子贴着墙根嗡嗡嘤嘤而来，我早已尾随其后。瞅准它钻进土墙洞，立马用小瓶罩住洞口，将事先准备的扫帚签探进洞穴里一搅，那土蜂子仓皇外逃，便成了我瓶中之物。“黑头蜂”腰身细，像会飞的大蚂蚁，专钻门板上的虫眼，最好捕捉。两只蜂子装进一个瓶里，打起架来真有趣！

愚蠢的青蛙一定是把棉球当飞蛾了，竹竿上细线系着的棉球在它眼前一晃，保准一口吞下。竹竿一拉，“啪”的一声重重地摔在地上，顿时晕头转向。迅疾地抓起来塞进塑料袋，那蛙就成了我们的玩物。

皂角树上的八哥刚孵出来，我们就盘算着什么时候爬上去捉。草垛里的麻雀窝，被我们掏了无数次。谁叫麻雀偷吃地里的庄稼？那我们就掏它们的蛋烧熟了吃。梁上的燕子窝是不能捅的，听老人们说，捅了燕子窝，头上长瘌痢。想想塆里诨名叫“瘌痢”的那个人，心里就怕了。

燕子实在是太漂亮了——黑亮的羽毛，剪刀似的长尾，雪白的肚皮，灵活的小脑瓜，轻盈地飞翔着。多么机灵，多么可爱的小燕子啊！那些斑鸠、八哥、麻雀岂能跟燕子相比？

燕子衔泥，擦着我的头皮轻巧地飞过；燕子绕梁，在褐色的横梁上细心地做窝；燕子歇脚，在堂屋的木板上欢乐地唱歌。自从燕子进了家门，我就眼里看着燕子，心里想着燕子，梦里唤着燕子……

终于没能忍住亲手摸一摸燕子的冲动。趁着家里人下地干活，瞅准一只燕子飞进堂屋，赶紧把门关上。竹竿乱舞，受惊的燕子在堂屋里仓皇飞逃。刚要歇脚，竹竿飞来。燕子一声惊叫，赶紧又飞。这样来来回回，燕子终于精疲力竭，扑腾着坠落下来。我一把抓在手里，心满意足地轻轻抚摸这受惊的燕子。燕子并不理会，愤怒地啄着我的小手。门外传来另一只燕子的尖叫，大有破门而入的意思。

门突然大开，进来的不是燕子，是一脸怒气的父亲。父亲劈手夺过我手中的燕子，把它放了，“栗子”凿在我头上，痛得我抱头逃窜，嚎啕大哭。父亲仍不依不饶，蒲扇似的巴掌向我扇来。幸亏母亲及时庇护，我才躲过父亲的巴掌。

母亲将我揽进怀里，一边轻抚我头上的大包，一边给我讲着燕子的故事。

从前，有个穷人家屋梁上的燕子窝遭蛇偷袭，一只小燕子从窝里掉下来，摔断了一条腿。那个穷人赶紧找来布条替小燕子包扎，每天捉虫子给小燕子吃，一直到小燕子长大，腿伤完全痊愈，才让小燕子飞走。小燕子记着穷人家的这份恩德，从外面衔回许多金子来报恩。

村里有户富人知道这事后，每天望着家里的燕子窝，只等蛇来偷袭，好捡到衔金报恩的燕子。富人左等右等，就是不见蛇来燕落。富人急了，拿起竹竿自己将燕窝捅落下来。可怜几只小燕子，有的摔死，有的摔伤。这时老燕子觅食回屋，发现燕窝没了，受伤的小燕子在地上哀叫，它马上明白了一切。老燕子愤怒地尖叫着，一阵阵向富人袭来。富人赶紧用竹竿将老燕子撵走，捡起地上一只腿上受伤的小燕子，让下人将小燕子的腿绑好，每天给它喂食。小燕子伤好会飞了，富人一边放飞燕子一边对燕子说："燕子燕子要报恩，快点衔回满堂金！"

不久，燕子真的回来了，嘴里还衔着金光闪闪的东西！富人喜出望外，赶紧牵起衣襟来接。燕子张开嘴，那些金光闪闪的东西变成石头纷纷落下，砸在富人头上。富人痛得嗷嗷直叫，头上起了一个个血包，头发脱落，变成了丑陋的"瘌痢头"！

母亲的故事让我破涕为笑，幸亏没有捅燕子窝！

母亲还告诉我，燕子是吉祥的鸟儿。燕子在谁家做窝，谁家就会得到幸福；燕子离开哪家，哪家就会倒霉。难怪一向疼爱我的父亲，见我捉燕子会毫不留情地打我！

那一年，燕子从我家搬走了，我最喜爱的黄狗也死了。从春天到夏天，我一直郁闷着。父亲告诫我，以后长点记性，好好善待燕子！我连连点头。

冬去春来，我眼巴巴地盼着燕子归来。看着燕子向我家飞来，又从我家门前飞过，心里特别着急。父亲说："你给燕子留个门，燕子会回来的！"

父亲在堂屋的墙壁上钉了许多小木板，说让燕子歇脚用。我每天早早地将门打开，等着燕子回来。

"唧唧"——燕子！那天，我们全家正吃午饭，两只燕子飞进来绕了两圈，接着又飞走了。我正失望，燕子又飞了进来。这次，它们在堂屋墙上的木板上歇下来，嘴里婉转地唱着歌儿。父亲露出久违的笑脸，高兴地问我知不知道燕子在唱什么？我哪里知道！父亲说："它们在唱‘不吃你的米，不吃你的谷，只在你梁上做个窝，你同意吗？’”

细细一听，还真是！“当然同意！”我高兴地对燕子说。

从此，燕子成了我家的贵宾。每天，我早早地将门打开，让燕子好出去觅食；晚上，等天全黑了，燕子不再出去我才关门。燕子在堂屋里，我不敢拿篙子，生怕吓着燕子；晚上，燕子归巢，我不敢大声说话，怕惊扰了燕子的好梦。

夏初，四张鹅黄的小嘴齐刷刷地从燕窝里伸出来。满屋子的欢乐！

老燕子更加忙碌，飞进来，喂食，飞出去；飞进来，喂食，又飞出去。我数不清老燕子一天要进进出出多少回。晨雾里，烈日下，暮色中，总有老燕子忙碌的身影！

有时，我会一个人静静地看着燕窝里四张嗷嗷待哺的小黄嘴，呆呆地听小燕子“唧唧”的叫声。看着、看着，就想到了我们兄弟姐妹四个，想到整天忙碌的父母，他们多像两只辛勤的老燕子啊！

小燕子终于长大了，它们在电线上站成一排欢乐的音符！

秋风起，燕子被吹到了南方。望着空空的燕巢，我的心，也空落落的。

于是，又开始盼着冬天过去，盼着春天来临，盼着燕子归来。

每年春暖花开，我都记着给燕子留个门。年复一年，燕子去了又回，回了又去。童年，在等待中一天天长大……

如今，农村的孩子住进了城里；村里的房子剩下空巢的老人。只有旧时的燕子，依然不离不弃，年年岁岁，去了又回。

燕子在杨柳依依的淡影里轻飞，燕子在波光粼粼的小河上饮水，燕子在嫩绿荡漾的禾苗上摇曳……

请给燕子留个门！

父亲的荷塘

◆文 / 云静水闲

六月，正是一年中最丰腴的月份。那些树、那些草、那些庄稼，都把枝叶舒展到了极限。叶子是翠绿的，绿得耀眼，绿得让人心醉，只要抬起头，映入眼帘的就是一片翡翠。野外，更是一片绿色的海洋，随便吸一口气，那绿仿佛就进入了五脏六腑，就会觉得全身舒坦，心旷神怡。别人说，秀色可餐，我深以为然。

在六月里，我总会牵挂着一件事，牵挂着老家屋前池塘里的荷花。正是绿肥花艳的日子，想必那荷花也穿着碧绿的裙子，在引颈盼望，盼望故人。

老屋前的池子不大，水却出奇地绿，和岸上的颜色浑然一体。驻足岸边，可以看到几尾红色的鲤鱼悠闲地游过，接着一只拳头大的团鱼，划着短小的四肢，笨拙地游一会，然后浮在水面，伸出小脑袋，享受着阳光、蓝天白云。这时一只调皮的青蛙“扑嗵”一声跳进水里，像是回应，池塘四周草丛里的青蛙纷纷跃起，“啪啪啪”落入水中。浮在水面的团鱼悄无声息地沉了下去，水面上留下一串串细小的水泡。

几点浮萍、数片落叶漂在碧绿的水面，平添了几许宁静和苍凉。

荷花只有稀稀拉拉的几枝，红艳艳地笑着，并不显得孤单；荷叶却有一大片，绿油油地泛着一点点黄，这使我想起了营养不良的孩子。就是这么几株“残花败荷”，却让我魂牵梦萦，每年六月我都要来看它们一次。

与荷结缘，始于童年时一次父母因莲蓬而起的争执。

小时候家里穷，饭都吃不饱，能尝到一颗新鲜的莲子，那简直是老天垂怜；想吃莲藕，那就是奢望了。那时乡下荷花并不多见，在我的记忆中，只有大队园艺场有一个荷塘，但有专人看守，可望而不可及。那一次，父母从外面回来，带了一个新鲜的莲蓬，说是大队园艺场的玉德大伯给的。我们兄妹四人如获至宝。可一个莲蓬四个人怎么分呢？母亲说，让弟弟和妹妹吃吧。于是弟弟和两个妹妹，你一颗我一颗地吃起了莲子，我就躲在屋后哭。吃中饭时，父亲在屋后寻见了我，问清楚我是因为没吃着莲蓬哭，当时火冒三丈，进屋责怪母亲，说母亲偏心。母亲当然不服，结果两人就大吵了一架。

父亲是个很聪明的人，虽然没读多少书，却似乎样样都懂，当时村里人都叫他“百事通”。那次和母亲因莲蓬吵架后，父亲就提出，要在屋前挖一个池塘，种上荷花。我们兄妹几个一听，个个欢呼雀跃。我们并没见过荷花，但我们却在心里幻想着那一片美丽的景象，更让我们向往的还是那诱人的莲藕和莲蓬。

那时父母都在生产队劳动，挖池塘得等到傍晚以后。吃过晚饭，母亲开始干家务，父亲就开始挖池塘。我们几个也不闲着。我提着一盏烧煤油的马灯，形影不离地跟着父亲，为他照明。弟妹们则帮着搬泥巴。其实他们哪是搬泥巴，玩泥巴还差不多，泥巴没搬出去多少，衣服上、脸上却沾满了泥巴。父亲就喝斥他们：“外面蚊子咬人，快回屋里待着，不然莲蓬长出来了，不给你们吃。”兴许是怕以后吃不到莲蓬，弟弟和妹妹乖乖地回了屋。

夏夜，微风习习，父亲光着膀子干活，我看见父亲没干多久，脸上就开始淌汗，干到最后，他就像刚从水里捞出来一样。

两个月过去了，屋前的池塘挖好了，几场大雨让池塘里蓄了半池水。父亲不知从哪里弄来了一些莲子，用刀把莲子顶部削去一点，然后用湿泥把莲子包裹好丢进了池塘里。第二年春天，水面上浮起了一些铜钱大小的绿叶。父亲高兴地告诉我们，那就是荷叶，要不了多久，它们就会长大，就会开花结果，你们就能吃到自家种的莲蓬了。那一刻，我看见父亲的眼里泛着得意的光。于是，我们天天在池塘边看荷叶，希望它们快点长大。可我们没能盼到莲蓬，却盼来了一场灾难。

父亲那时在队上劳动，农闲时就偷偷出去做一些小生意。那时做生意是不允许的，队长听到了风声，就暗暗盯着父亲。可父亲很机灵，总是没有尾巴让队长揪住。队长对父亲是又妒又恨。这一次看到父亲在屋前挖池种荷花，他就报告了大队革委会，说父亲私自挖池塘种经济作物。于是，我家的荷花池就大难临头。塘水被水车车干了，那些娇嫩的荷花也被连根拔起。

那天晚上，父亲蔫头蔫脑，像那些被拔掉丢在岸上晒了一天太阳的荷叶一样。“原本想今年就能让你们吃上莲蓬，现在……唉，没想到那些人做得这么绝……以后，以后一定让你们能吃着莲蓬。”父亲脸上带着哭一样的笑容安慰着我们。

小妹妹第一个忍不住，“哇”的一声大哭起来，我们几个也眼泛泪光。

父亲低下头，默默吸起了旱烟。父亲大口地吸着烟，浓浓的烟雾把父亲包裹起来，我们看不清父亲的脸，只听到父亲的咳嗽声，一声接一声，一声比一声高。

大概是一个多月后，那天晚上，父亲背回了一个纤维袋。我们打开袋子，里面是半袋新鲜的莲蓬。我们欢呼雀跃，每个人分了三个莲蓬，吃得不亦乐乎。父亲在旁边看着，脸上的笑容竟和我们差不多。

第二天，大队来了几个人，在我们家里找到了吃剩下的莲蓬壳。父亲被捉了去，罪名是偷大队园艺场的莲蓬。于是，批斗、游街、写检讨、悔过……

父亲从此背上了“小偷”的名。父亲是个要强、好面子的人，小偷的名声让他很苦恼，他变得沉默寡言，基本上不和人来往，低着头做人，弯着腰做事。一段时间后，他原本乌黑的头发竟掺杂了不少白发。

我那时还小，并不太明白小偷的含义。但几年后，我在学校里和人争吵时，偶尔有同学骂我父亲是小偷。当时，我并不觉得父亲坏，只是心里有点不舒服，那心情就像新衣服上被沾了一滴墨水一样。后来随着年龄的增大，自尊心强了，父亲小偷的名声让我在同学和伙伴们之间抬不起头，我竟有点怨恨起父亲来。

那一段时期，是我人生中最灰暗的时候，我们生活得非常沉闷，没有一点乐趣。

时光流转，光阴荏苒。十几年后，农村实现了承包责任制，父亲的聪明才智得到了充分的发挥。他一边做些小生意，一边承包了一个橘园。可就在这时，父亲病了。父亲自己去医院检查了病情，回家后，什么也没说，只是比以前更加不要命地劳作。他本来就瘦弱，这样一来，瘦得成了皮包骨头。让人不能理解的是，父亲还念念不忘荷花，又重新提出要在屋前的池塘里种上荷花。当时，我们的生活条件提高了，莲藕和干莲子也成了餐桌上的常菜；我们年龄也大了些，对吃莲蓬和莲藕已没有多大的兴趣。为什么还要种荷花呢？提起荷花，我就想起同学们瞧不起我的眼神，我就想起“小偷”这个词。于是从没顶撞过父亲的我脱口说了一句：“还种什么荷花，我听到荷花两字就害羞！”

“什么？你这个忤逆子，你给我滚出去！”从没骂过我重话的父亲此时圆睁双眼，气得暴跳如雷。

第二天，我背起简单的行李离开了家乡。走的那一刻，父亲正坐在桌旁吃饭。其实他面前的饭始终都没有动过。我看到了父亲的眼神，那眼神令我这一辈子都不能忘怀。那是怎样的眼神啊！直勾勾的、绝望的、哀求的……我真的无法用语言描述。我头也不回地走了。我不敢回头，我怕我回头再看一眼父亲的眼神，我就再也没有力量走出村子。

那一眼，竟是父亲这辈子留给我的最后一眼。

那一别，竟成永诀。

第二年，父亲的荷塘里长满了亭亭玉立的荷花。可没等到莲蓬成熟，父亲就走了。

那一天，父亲倒在荷花池边。母亲说，父亲当天冒着烈日，在田里除草，忽然感到不舒服，就提前回了家，在荷花池边洗脚时，倒在池塘边，便再也没有醒来。一个庄稼汉子，就这么无声无息地走了，或许还带着遗憾、带着许多未了的心愿、带着许多无奈。那一池荷花成了父亲眼里最后的风景。也许父亲和荷花是有缘无分，他一生都没能看到自己亲手种的荷花成熟。

那年，父亲四十九岁。

我后来才知道，父亲早就知道自己患了绝症，他不分昼夜地劳作，是想给我们多留一点米面。

我自从离开家乡，一直没有回去。父亲去世时，族人为我家考虑，没有通知我。没能见着父亲最后一面，成了我终身的遗憾，一直到现在，我还耿耿于怀，我还不能原谅自己。

我回家的时候已是秋天。父亲，已静静地睡在后山坡。父亲的坟上，覆盖着薄薄的青草，荆棘沿着山坡蔓延，我的泪无声地滴落。

屋前的池塘里，莲蓬已经成熟，初秋的阳光下，它们静静地垂着头，像是在默哀。

玉德伯交给我一张发黄的纸条，未曾说话，已泪流满面。这是一张借条，上面写着简单的几个字：今借到玉德莲蓬十二个。十二个莲蓬，让父亲牵挂了十几年；十二个莲蓬，让父亲背负了十几年的耻辱；十二个莲蓬，也将让我背负起自责、忏悔。

“你父亲说你们兄妹想吃莲蓬，尤其是你，尝都没尝过莲蓬，围着我说了半天好话，让我借几个莲蓬给他，他写了借条，说以后一定还……唉，只怪我当初怕受连累，让你父亲蒙受了不白之冤……”玉德伯的话没说完，我已是泪如雨下。

微风吹来，满池的荷叶纷纷点头，仿佛在证实玉德伯的话。

这时，我才明白，原来父亲当初背回的莲蓬不是偷的，是借的。他后来念念不忘地种荷花，是为了还当年借玉德伯的莲蓬，解开那个心结。感谢玉德伯一直没有丢掉这张借条，不然，我将误会父亲一辈子。

为了实现父亲的夙愿，我让玉德伯自己去池塘里摘些莲蓬回去。

玉德伯摘了些莲蓬，又特意从池塘里挖了一节莲藕。玉德伯把莲藕上的污泥洗尽，举着洁白的莲藕对我说：“你要相信你父亲，你父亲这一生清清白白，就像这一节埋在烂泥里的藕一样。”

二十多年过去了，父亲的荷塘还在，虽然没人管理，荷花却倔强地活着，年年绽放，仿佛在等待故人。每年荷花盛开的时候，我就会回家来看池塘里的荷花，看着它们，我就仿佛看见了父亲，看见了那些逝去的岁月。

春去春又回

◆文／董斌

就在小鸟的一声欢叫里，在欢叫的歌声乘着的翅膀里，在你的风里，水“哗”一声开了，树“唰”一下绿了，花“啪”地冒出了花朵，小孩子咿咿呀呀地说起话来，蹒跚地走在路上，摇摇摆摆。新鲜的空气像是刚刚被冲洗过的味道，夹杂着些绿草的清香。天上，白鸽子在蓝天下飞翔；地上，有情人携手走过。有些像二十几年前的感觉，而二十几年前，我说，像小时候的味道。忽而就春天，忽而就怀旧，那时候的人和事，总有些物是人非。那年的桃花魅惑了谁的眼，流过的小溪带走了谁的心；谁把槐花做了书签送了谁，谁在花下徘徊至今想念谁。

年龄增长，便有一丝怅惘，不断地怀恋，喜欢听《往事如昨》、《爱的代价》里的“年华已逝温馨如昨”和“还记得年少时的梦吗，像朵永远不凋零的花”。更喜欢罗大佑用沙哑的嗓音唱着《光阴的故事里》里的“春天的花开秋天的风以及冬天的落阳”。

我们曾经在这样的歌声里成长成熟，在这样的歌声里感伤快乐，在这样的歌声里无悔和无奈。经历了少年到中年，才会感知，人从激情而愤青，从成熟而麻木，从奋发而成功，甜酸苦辣咸尽在其中。于是，总会感慨，年轻真好，太阳特别高，天特别蓝，空气弥漫着甜甜的柠檬味道，只有征服不了的年轻，没有什么困难不可以征服。于是，也开始明白，年轻最大的优势是它可以犯错误，经得起锤炼，错了再改，即使跌倒，也有体力有时间有精神振作起来，爬起来再干。

只是当我们明白这一切的时候，都已经晚了。很多人甚至怀疑原来美好的青春，其实是敲碎我们美好梦想的第一颗子弹。他们变得世故老成，一辈子，连一次犯错误的机会都不给自己，连一次冲动的机会都被自己压抑，连一次尝试的机会都没勇气实施，人生从此变得毫无生气，了无新意，如此不堪。等到了老年，我们又发现，原来中年也可以有激情，也可以有尝试，还可以去冲动，只是明白得实在是太晚太晚了。

小鸟总是喜欢在低处给自己搭一个安逸的窝儿，雄鹰总是喜欢在高处凌空而行，刘雨潼的一首《等风来》也在这个春天里唱响：

漫山遍野的花
曾经为谁而开
谁的眼神把春天留下来
我在纸上留白
只等风吹来
……

只等风吹来！你懂的，我会意地笑了。

坐在椅上小憩，抽一支烟，喝一杯茶，看一本书，顿觉疲劳一扫，无比轻松，神仙也没这么好。回头看见小狗在脚下摇头摆尾地晃，他管我要女贞果吃，我说你谢谢我就给你，他一个转身对着女贞果一通作揖膜拜，把我笑得前仰后合，那场景，像温情撩拨着我的神经，心，一下子温暖成笑意。

舌尖是甜滋滋的茶香，润得你畅快，母亲的身体都在春节前转好，她依旧在，就是晴天。

书里写着历史，有人说历史是人创造的，也是人书写的，其实还是人编撰的，写写删删，焚烧美化又是一部新的历史。我们看着历史，历史也看着我们，那些遥远的亲和，其实也是一场相遇、一次穿越。时空中的碰撞，或许问候，或许擦肩而过。

屏幕对面的女子叫“最后一支舞”，名字里尽显的是特立独行，或许还有一丝孤独和自爱自怜，对，独舞的骄傲。我和她相逢在网络里，偶然打开漂流瓶，一次“海滩”上的邂逅，也会叫作萍（瓶）水相逢吧。

在此之前，她不知道我，我不知道她，今后或许相知相识，或许只是那么多QQ名称里的无语者。人生总是奇妙，它常常把这样和那样看似不相关的人联系在一起，让他们成为友人爱人敌人，然后作壁上观，笑看人生游戏。而台上的戏子们总以为自己是主角，拼命表演，其为名，其为利，大幕落下，若干年后的若干，还有几人能识得？谁人名垂青史，谁人永垂千古，落花流水的尽头，无非几抔薊土。

人生得意须尽欢处尽欢颜，人生失意该放手时需放手，没了昔日的繁华多了现实的平安，淡淡的忘怀，偶尔的怀念，还有一丝希冀，在年年的烛光里点燃。

是该请你跳支舞，还是唱首歌，在激情并未散尽的时候，咖啡还是茶？红酒还是白兰地？轻歌曼舞还是爵士探戈？一个选择或许就是一个新的四季，在春暖花开里绽放，开着些望眼欲穿的欲望。

窗外的烟花明了灭了，喧哗过后，究竟是落寞还是重生？花谢了开了，那一场风花雪月，是不是等待后的繁华。

那么好，就让我们静静地，等待，又一季的春暖花开……

曾经，渐行渐远

◆文 / 董斌

让我们敲希望的钟

我在医院等着给老爸办理病床周转，同时，也等待着老妈检查结果。那时候雨还没下，我心里默默地祈祷会听到一个好消息。庭院里有一棵权且叫作秋海棠的树，树上挂满了红红的小果子，摘一颗放在嘴里，刚吃下去还很甜。电话来时，一阵风猛烈地袭来，惊飞了一树的鸟儿，飞舞了漫天的叶子，我惊恐地望着天，阴，愁雨绵绵。那颗含在嘴里的果子变得又苦又涩。

叶儿在半空中落下，心也随着啪嗒一声，碎裂。一阵雨，一阵风，一阵冷，一个如孩子般的我，在空荡荡的庭院里无助而凄凉。

想那叶儿，吐芽而新绿，浓荫而泛黄，坠下而腐朽，人生大体也是如此，客观规律，无人能敌。只是谁都希望生命健康长寿，情越切，思越伤。

就在昨天，也是满天晴翠，也有红花绿草，鸟儿鸣唱，甚至还有一只蝴蝶在枫叶舞蹈栖息。天空是蓝蓝的色彩，有白鸽唱着飞翔，一切还那么可心，还那么暖。只是一天，短短一天，老天，却割裂了阴晴，一场雨，一天一夜，一夜无眠……

心烦，便乱七八糟地听着一首首新歌老歌，闭着眼，时空在脑中穿越横行。那些哭的笑的，开心的，感动的，种种画面，随之而来。我看见那个圆滚滚的胖小子一路踉跄地跑来；我看到将倒未倒的嗔呼中总有四双手的接应；我看到我的手在你们的手心里挠着痒；我看到我的个子快追上你们时，你们却已佝偻的身躯……

我看到你们的提携变成了我的搀扶，我看到了我的依靠却攀上了我的肩头，我看到一双轮椅里紧锁的愁眉，借着秋风渐行渐远，无奈而茫然。

这一夜，我的心，像惊飞的鸟，惶恐而焦急，我不敢睡去，怕一闭眼，你们会突然离去；这一夜，浑浑噩噩地听着悲伤欢喜的歌，趴在微机旁，总在悲凉的歌里惊颤……

蓝天是欢快的色彩，阴云是悲伤的颜色，在蓝天里把快乐放飞，也在阴云里沉淀着忧伤。任谁无法隐藏忧伤而独享快乐，世上也没有只管欣喜的开心丸，有些事，有些风雨，躲不过，只管来吧，忧伤既然不是我的菜，哭哭啼啼更不是我的风格。

我想说，让暴风雨来得更猛烈些吧，但我真的没那么勇敢，我只是希冀明天是个好天气，把阴霾一扫而光。我只是虔诚地祈祷，为二老的健康，哪怕多一天也好，而那个随着深秋而来的寒冬，你快点来，也好，早点走也好，最好滚吧！你这无情无义的家伙，别让我再看到你！

歌依然在唱：让我们敲希望的钟啊……

想您了……

万家灯火，月光初上的时候，想着去年过世的父亲、现在病重的母亲，在孤单中孑然远望的自己，心，重重地疼了一下。

“老爸我想你了！”这句话在脑子里一出现，瞬间，泪眼迷离。

老人家走的时候很安详，自己没遭罪，也没让子女遭罪，这也非常符合老人家的性格。临走前我还帮他搓搓手，搓搓脚，我感觉他的手抓了我一下，眼睛有点湿润。也就是几分钟之后，老人家便再也不会麻烦我们了。

当年老爸还有些意识的时候，不愿意在屋子里待着，坐着轮椅，多出去溜达溜达是他余生中最大的快乐和满足。有时候他想出去，家里人懒了想休息，或是正好有什么事脱不开，不能马上出去，老人家就不停地对你笑，然后给你点头作揖；如果还是不行，就很失落，把帽子或手套重新整齐地摆在床或桌子上，坐在沙发上静静地等着，时而从沙发上站起来或者从自己的屋子伸出头来，看看家里人手头的活是不是做完了？是不是睡醒了？一旦家人表示可以领他出去了，他便像孩子似的开心，迈着并不灵便的步子，伴着身后“别着急走，小心！”的牵挂，先行下楼，把存在楼道里的轮椅推出楼外，猛地一屁股坐在轮椅上，然后惬意地一笑，阳光都溢满着温暖和幸福。

如今每每想起我们并不是每次都能满足老爸这点点要求，回忆起老爸每次期盼、祈求的目光，就深感愧疚和不安，真想再推您老人家哪怕一次，只是斯人已不在……

我的世界有你才好

前一秒血压 180，后一秒血压 120；前一秒心率 180，后一秒心率 120；前一秒体温 38.5，后一秒体温 37；前一秒门关上了，后一秒门被医护人员打开，我说是托她们的福。

整个白天心烦意乱，心慌成几分休克的感觉，从杨姐那儿要了粒药，服后稍感平息。下午四点赶到医院，依然是医护忙碌，细心的医嘱，包括生与死的交代。也许是医生的尽责，也许是儿女的付出，也许是陪护的精心，让老天感到些许慰藉，生命的过山车开始出现平稳状态，生死毫厘，老妈使劲地一声咳都那么带劲，竟咳出我开心的泪。

晚十一时，一切更加平稳，我一边注意观察，一边回着网友同事同学的问候。有人说：人在无助无奈的时候最感孤独恐惧，恰有人问要不要去帮忙？只有一句，只是瞬间，便为之动容。

医院里，老太太还是像往常一样熟睡，身体恢复稳定许多。已经没有多少意识的老人家，对于儿女来说，精神上的支撑远大于生命的意义，有了这束光，心中总是充满希望。虽然没有了交流，但我依然握着她的手，我想着那血脉是沟通着的，就这么陪着她睡，看着她被阳光晒着略微发红的脸庞。

就在三年前也是这样的一个下午，已经出现脑萎缩症状的她说要回家取东西，好说歹说不回去了，但命令我立刻把这些东西送到她面前。我急三火四地去她家取东西再回我家，累得一身臭汗，换来的是她说“我让你去取的吗？我忘了。”然后歉意地笑笑。妈，说真的，那一阵儿你那么折腾，我都有点受不了了。可是你这么一笑，我的心乍都化了呢？累了，我躺在沙发上就睡了，恍惚间，你给我盖了条被子，像我小时候一样、坐在我身边给唱《小燕子》，我扭过头，哭了……

我要离开医院的时候，你还没醒，我想抽出的手，却被你死死地攥着，我盯着你看，眼前一片模糊，不知是谁的眼泪，朦胧着谁的双眼。

抽支烟缓解着紧张，高楼外云开月朗，几点星辰，入冬的天也没太冷的感觉，正清爽，有清风拂面。姐说，老妈是“于坚强”，我便把手握成加油的样子，心，有激动、有感恩、有温暖在恣意流淌。加油！老于太太，我的世界有你才好！

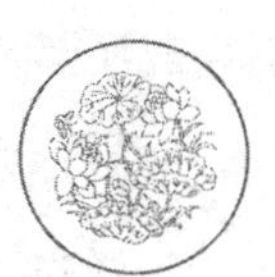

槐花香里亲情浓

◆文 / 阳媚

我眼中的槐树，质朴得就像家乡的人，只要有土，就能生长，屋前、屋后、田埂、山野、河边……随处可见。它没有太高的奢求，只需一方属于自己的泥土，就能快乐、平静地生活。在那个物质匮乏的年月，每到槐花飘香的日子，家家户户都在忙碌着采槐花，以食为天的乡亲对槐花有着特殊的爱。

记忆中，姥姥家屋后长着几棵碗口粗的槐树，槐花飘香的季节，茂盛的枝头缀满了雪白的花儿，一串串在空中摇曳，素雅、清香，沁人心脾，贫穷的日子顷刻间有了些许颜色。姥姥一手拿着舅舅做好的铁钩子，一手拉着我，乐哈哈颠着她的小脚儿，穿梭在家、院子、屋后。

姥姥从高空一片绿色中用铁钩子折断下细小的枝条，那上面的一串串槐花被姥姥撸下，看着撸下的白色花朵，我就嚷：姥姥，要。姥姥呵呵笑出了声：小馋猫，就知道吃，给你。姥姥摘下一小朵塞进我急巴巴的嘴里，我咂吧着小嘴吃着、看着，忍不住也伸出了手。这可吓坏了姥姥：小祖宗，让刺扎着怎么办？给你，一边吃去。姥姥夺过我手里缀满槐花的绿色枝条，顺手递给我一串她撸下的槐花。丝丝甜味勾着我的欲望，一朵一朵小花成了我舌尖上的美味。小小的我便与槐花结下不解之缘。每年槐花盛开时，也是我最快乐幸福的一段时光。

那时，姥姥家与大多数农家一样过着清贫的日子，而姥姥总能把清汤寡水的生活调剂得有滋有味。姥姥会把择好的槐花用开水浸泡一下，打上鸡蛋，热油爆炒，黄黄的鸡蛋拌着槐花吃起来有着别样滋味，尤其难忘的还是姥姥做的槐花饼，堪称一绝。

长大的我去过不少地方，也吃过各种各样的野菜饼，但，都没有姥姥做的槐花饼好吃。当时太小，不知道姥姥在槐花里放进什么东西，只知道那金黄色的槐花饼，香甜可口。大了才知道，原来姥姥在槐花里放进了玉米面和大豆面，还有金贵的鸡蛋和糖，再就是盐和水。我不知道“阴阴夏木啭黄鹂”说的是什么菜，也不知道“燕草如碧丝”由何而作，更不知道“漠漠水田飞白鹭”是一道什么佳肴，可我知道这些都是由诗人思念春天而来的菜名。这些菜一定美味可口，可我想一定无法与姥姥做的槐花饼相提并论。在我的念想里，无论走到哪里，无论岁月多么久远，姥姥做的槐花饼永远是我心中最香甜的美食。

几年后的春天，我回到了爸妈身边。看我围着屋前屋后转，爸问我找什么？我说，花花树。舅舅告诉爸说，这孩子可能在找槐树。爸嗯了一声走了出去。不久，老屋院墙外多了两棵小槐树，妈说那是爸从山上偷偷移来的。

每天我都会拉着妹妹去看槐树，看那嫩绿的枝丫何时能吐出花蕾，遥想那一串串洁白的风铃在风中摇曳，于喧嚣中宁静而淡定。终于有一天窥视到那绿色葱郁的叶子中渐渐长出的几串米粒样的小花，我和妹围着小树转开了圈。转着转着，花开了。我和妹硬拽着爸摘下来，一会工夫几串槐花就到了我和妹妹肚子里。

那个年代，人们没有环境污染的概念，天空是干净的，因此很多人从树枝上撸下就填到嘴里，淡淡的甜味充斥了整个嗅觉，仅此一回，再也无法忘却，就像无法忘却家乡那些淳朴的乡亲。即使现在人到中年，面对一朵朵槐花瓣干枯凋谢，像雪花一样飘落于地，我都不忍心去踩那一片洁白。

不知是妈对槐花情有独钟，还是遗传了姥姥对槐花的喜爱，或是看我们都喜欢吃？只要妈出工，不管多累，总能在胳膊肘处挎回一篮子洁白的槐花来。我和妹兴高采烈地帮着撸花、洗花……

妈爱做槐花包子。在我的印象里，那时妈做的包子永远是两种颜色，白色和黑色。我知道，白色的白面，黑色的是地瓜面。从此，我走进妈做的槐花香里。

看着香喷喷的包子出锅，我和妹妹急不可耐。这时妈的脸儿一沉，弟弟呢？把白色的留给弟弟，你们两个吃黑色的。黑色的就黑色的呗，我和妹妹看了妈一眼，伸手就从锅里拿出来，边两手交换着拿，一边吹气，一边迫不及待地咬上一口，槐花的香气在老屋里弥漫开来。其实，这个时候的小村庄，几乎家家炊烟里飘着槐花的味道。直到槐花落完前，整个村子都是在槐花的香气里包裹着，常常引得那些采蜜的蜂儿四处乱窜。

一个包子下肚，我小声对妹妹说，没姥姥做的槐花饼好吃。妹说，姥姥没给我吃过。妹妹从小在奶奶家长大，她没有去过姥姥家，怎么能吃到姥姥做的香喷喷的槐花饼呢？我说，等我去姥姥家给你拿回些。妹笑得很灿烂。只是，我长大能自己去姥姥家的时候，姥姥家屋后的大槐树没有了。姥姥说卖了，给舅舅置办了结婚用品。

“槐花新雨后，柳影欲秋天。”这时的槐花已经过了旺季，但，妈还是变着法把槐花做成好吃的给我们解馋。槐花丸子、槐花豆渣、槐花饺子……最喜欢妈做的槐花饺子。那是我们姊妹最爱吃的饺子。只有在八月节时才能吃上。

记忆中妈包的槐花饺子也是两种颜色。看着锅里翻滚的胖乎乎的白色饺子，我和妹妹只有流口水的份儿，妈不会多做，永远就是两碗，一碗给爸，一碗给弟弟，妈和我们一样吃的永远是黑色的。可我们一样吃得肚子滚圆，要知道黑色的饺子也只有这一天才能吃到，而且是槐花馅的，我们很知足。

多少年后的今天，到处寻找地瓜面来包槐花饺子，却已经很难找到。地瓜在老家已经绝产，一个个大棚里栽种着四季蔬菜，田野里很难找到地瓜的模样，偶尔在地头能看到几棵，也是人家为打牙祭所栽。因此，想吃地瓜面包的槐花包子与饺子只有到大饭店买，可饭店的槐花包子与槐花饺子已经没有了原生态的味道，也少了原始的淳朴，更少了妈妈的味道。

花开花落中，爸退休回到了老家，我们一个个结婚生子。每年槐花盛开时，爸就会把香喷喷的槐花包子挨家给我们送来，而且每次都会带上几个槐花团，让我们放进冰箱，什么时间想吃就拿出来做。一年四季我家的冰箱里都能觅到槐花的影子。

我尝试着将记忆中姥姥的槐花饼改良，掺入了饭店里的做法，没想到，对槐花不感兴趣的老公和儿子吃了也是赞不绝口。回老家做给爸和妈吃，爸妈一个劲说好吃。但是，我心里明镜一样，无论我如何努力，都复原不了姥姥做的槐花饼那独有的味道，如同我做的槐花包子和槐花饺子，永远少了妈妈的味道。

今年槐花飘香时，妈患脑血栓刚出院。爸要照顾妈，没有时间出去摘槐花，我们心里清楚，能够自理的妈妈再也没有能力给我们做槐花包子和槐花饺子了。所以，我们把对槐花味道的念想压在心底。没想到的是，星期天回家，爸变戏法似的从冰箱里拿出了槐花包子，笑呵呵说，今天尝尝我包的槐花包子吧，别看模样不好看，味道还不错。妈说，看，院墙外的那棵老槐树，都被你爸摘光了。还别说，爸做的槐花包子的确好吃。或许是好久没吃到槐花味道了，那天，我一口气吃了整整四个包子，老公说我都成猪了。

年年岁岁，把日子走成了过往。许多的陈年旧事搁浅在经年里，但，舌尖上的槐花香依然如故，如生命的原生态、生活的朴拙美，始终萦绕在我的生活里。再次回老家，窗外已经飘起了雪花。临走时，爸从冰箱里拿出的一袋鲜嫩的槐花，他说道，给你收藏的。这花可入药、可做菜、可泡茶，拿回家就这样放在冰柜里就行，吃的时候像新的一样。

打开袋子，扑鼻的清香渗进心扉，眼睛瞬间湿润……

第五卷

纸上云烟

陈悦的箫声笛语

◆文/软浪细沙

关于陈悦，我素昧平生，从未谋面，最近的距离就是曾经在荧屏前凝视过她几眼，但她那传神的箫声笛语，却时常会萦绕在我的陋室，我的脑海……

——前言

追风的女儿

一位女友最近向我推荐了著名箫笛演奏家陈悦的《追风的女儿》。她说，几乎每次听这个曲子都要落泪。我，也会落泪吗？

周末的晚上，一个人在家，闲。从网上寻了陈悦的曲子来听。想不到，在钢琴那淙淙流水般的底子上，箫，只用了短短的几秒，便摄走了我的魂魄——我甚至不敢动，怕一动，那仙乐便飘然云天之外，再也找不回来。

我的灵魂去了哪里？

月光浓酽，让我不由自主地沦陷。原野明亮得如同白昼，薰衣草和迷迭香在清辉下浅笑低吟。灵魂，小蛇般从箫孔中游离出来，撑一叶绿色的竹筏，在蜿蜒的江水中滑翔。两岸，点点青山葱茏叠翠；水中，无数鱼儿在白浪中逐浪相戏。月亮在浮云中穿行，透过翠岭，月光如同白羽毛一样落下来，漫江碧透。莲花灯载着隔世的梦幻，一盏盏顺江漂流，萤火虫样的光亮，连缀成一条曲曲弯弯的铂金链子。

婉转的旋律，忧伤地一路流淌，牵引着我梦游向远方：一只美丽的白狐灵动地从雪地里奔跑过来，轻盈得无声无息。在我惊艳的一瞬间，白狐变成了一位婀娜的女子，原野同时幻化为陡峭的峻岭。那女子一袭白衣，裙裾翩翩，长发飘飘，在高山之巅，手执一管玉色的箫，孤独地，吹。似月下一朵幽幽绽放的百合花啊！看不清她的眉目，然，箫声却溪水般流淌开来，洇湿了月夜。风，不知从哪个方向吹了过来，沁凉如水。只见那女子伸出一只玉腕，想捉住那缕风，风却眨眼之间就没了踪影。于是，那女子不顾一切地追风而去，狐般敏捷。那风是什么？是女子放不下的爱情吗？

应该有这样的一场艳遇：冰雪皑皑的山谷，杳无人烟。万丈沟壑里，千年的朔风猎猎地吹。一位猎人背着沉沉的猎物，回家。脚下的每一条山径他原来都了如指掌，但，不知为何，他今天却奇怪地迷了路。夜幕下，焦躁中，忽然一道白光闪过，一位女子亭立在他的眼前，他惊愕得说不出话——这深山老林，冰天雪地，哪来的女子？而且如此美艳，不可方物？那女子不容置疑地说："跟我来！"他立刻中了魔一样，不由自主地跟着女子游走。到家，回首，女子芳踪了无。

后来，那男子害了相思病，天天到山谷里等，终于等到了那位女子。这一次，是女子惊奇了：阳光下，男子健壮如孔武，英俊得逼人眼目。在相互凝眸的那一瞬间，爱情便在两人的心头开出了一支并蒂莲，如此地直接、强烈。两人日日相见，缱绻缠绵，憧憬着未来能够如同神仙眷侣般的好日子，难分难舍。

春来了，天暖了，花开了，男子在一个暗香浮动的月夜向女子求婚。女子媚媚地望了一眼那男子，一字一顿地说：我是一尾狐！所有的谜底洞开。男子惊骇地退缩了：千百年来，哪见狐仙有真感情？女子却急切地保证，愿意放弃千年的道行，做他布衣荆钗的妻，为他，洗手做羹汤。然而，男子终究仓皇地逃离了，像一阵风。女子是狐精啊，已修炼到可以放下一切，可此时却放不下她的爱。她要追，追她那刻骨铭心的爱情！

原来，女子都是这样的，一旦倾心爱了，便再难放弃。纵使让她头破血流，伤痕累累，也要苦苦追随。千百年来，女人追风的脚步从没有停止，她们追过森林山川，追过江河湖海，追过日月星辰，孤独地撑起木兰舟，漂过千万个春秋。

箫声，继续忧郁，呜咽，演绎着情到深处人孤独的凄凉。

想起三毛，那个性情独特、才华横溢的女子，一生都在追风——追逐自己的梦想，追寻自己的爱情。她追到残阳如血的撒哈拉沙漠，看着炎炎的烈日化转为诗意的苍凉。在沙漠美丽的星空下，她成了快乐的家庭主妇，与荷西过着柴米油盐的居家日子。然而，爱，忽然就逝去了。聪明如三毛，再不知何处去追风。终飘离滚滚红尘和荷西团聚，留给世人不尽的哀惋。

想起我的一位女友，爱上了一个有妇之夫。抱定男人是她今生的宿命，守着男人的一句承诺，把青青的日子守成暮色。无数个孤寂的长夜搁浅了她的泪，曾经的桃花面，如今，憔悴现，黄花败，却矢志不渝。我说，别再傻等了，转身，去寻觅自己的真爱吧。她说，等了这么久，我还有选择吗？

唉！追风的女儿啊，你怎么就如此执迷不悟呢？风，永远都比人跑得快，并且变幻多端。当你追她的时候，她会变成隐身的月影、悲凉的鹤鸣和远去的白帆。纵使追上了，你，把握得住吗？

心底荡漾起同名歌曲《追风的女儿》：“风来云也到，雨也落了。云一被风拥抱，就哭了。再也忘不了，你对我的好。被你骗到连天荒地也老……”

我的泪，落下来。

乱红

听陈悦的《乱红》时，我刚从艰涩的《诗经》里抽身而出，又投入宋词。“生死契阔，与子成说。执子之手，与子偕老”，这千古传诵的爱情盟誓犹然在耳。欧阳修那“泪眼问花花不语，乱红飞过秋千去”的凄惋，霎时撩拨得我心神纷乱，恍恍惚惚的，有点缓不过神来。

笛声顺着乐管，袅袅而出，缠绵得生出了万千藤蔓，我禁不住被牵引着，一直往音乐的纵深处蜿蜒。心仿佛被揉碎成了无数叶瓣，无处安放。婆娑的枝叶却不断地生长，缠绕复缠绕，那叫一个乱啊！想理一理吧，却怎么也找不到头绪——这哪是乱红啊，端端的是乱心呢！

一个“乱”字，多少女儿家的私密心绪，生生世世都沉迷于其中了。

在所有的乐器中，笛子是我最偏爱的，总觉得她无论什么时候开嗓，唱出的都是尘世里的最纯真、最闪亮的温暖，是晨光里的清风流云，像人家屋檐下那稚鸟清亮的初啼，又像是原野上活泼泼扑棱翅膀的小粉蝶，鲜活、缥缈、灵动。然而，这一曲《乱红》却让我明白了，其实，不管什么样的乐器都是既能喜悦又能忧伤的，只是，要看哪方面更为擅长。

此时，幽怨的笛声吹得花落成河，柔肠寸断。循着笛声，走进了一段九曲回肠般的长廊，再往前是一处花园，花园深处有一座幽深的庭院。一个孤独的女子，正登楼远眺，云鬓上的银钗闪闪发亮，墨墨的长发飞起，粉色的衣袂飘飘欲仙，那不变的姿势让人想到了千年的望夫岩。

然而，年年枯守天天望，章台路茫茫。满眼只是杨柳如烟，帘幕重重。泪眼问花：“夫君啊，几度春光已经催老了我的芳华，你何时才能回转，和我一起折柳赏花？”花却不语。黄昏里，风起了，雨来了，缤纷的花儿落了，纷纷飞过秋千去，仿佛飘零一地心事。女子满心的惆怅：这遍地的残花啊，如何收拾？

哦，不用担心啊，自有人惦念着那些落花呢。你看，多愁善感的黛玉袅袅婷婷、悲悲戚戚地来了。她，细眉轻蹙，纤腰羸弱，瘦瘦的削肩上荷着花锄，锄上挂着绣花布囊，手中拿着花帚。原来，昨日风乍起，一夜，黛玉的心都揪揪地担心风吹花落。她不想落花撂在水里，与脏的臭的东西混到一起，糟蹋了花魂，今晨便来葬花了。她小心翼翼地把花扫了，装在自己得绣囊里，在花园的畸角立一花冢，葬了，日久随土化了，多干净啊！所谓“质本洁来还洁去，一抔净土掩风流。”只是，风雨如晦，疏枝下形单影只，乱红纷落，她禁不住掩泣：“花谢花飞飞满天，红消香断有谁怜？”“尔今死去侬收葬，未卜侬身何日丧？天尽头，何处有香丘？”

笛声是忧郁的、惆怅的，但仔细凝听，其骨子里的轻灵和流畅终是掩盖不住的。因而，整首曲子便哀而不伤，是落寞中的淡定，是清冷中对温暖的期盼。这样的笛声，应属于前尘一代词人纳兰容若吧——在容若的一生中，笛子与他形影不离。他总是一袭月白色长袍，脖子上挂着一管通体翠绿的笛子，一派款款儒雅之风。在晚风悄至的黄昏，在兰花掩映的窗前，容若无心练剑，无心作诗，无心弹琴，无心绘画。如水的月光渐渐地铺满庭院，花影随风摇曳，笛声在茫茫月色中轻灵地飘动，有山的厚重和水的玲珑，是云水飞渡，乱红如雨，忘却了来时路。

一曲《乱红》将尽，笛声缓缓低落。是谁说的来着，生命是场华丽的错觉。人生路漫漫，笙歌繁华只是一捧沙，终将从岁月的沙漏里滑落。黛玉花冢上盛开的花儿，将千古明媚。而水面上的点点落红，也只是生命长河里泛起的潋滟水波，久了，会化作心口上的朱砂痣。只要爱的心芽恒久新绿，不管生命何时盛开与落幕，我们都将义无反顾前行。等白发苍颜时再回眸思量，所有的过往都将是难以释怀的甜美眷恋。

包括，一地乱红。

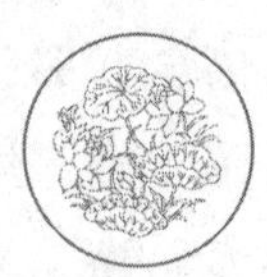

开在葫芦架上的黄瓜花

◆文 / 桑干河

清晨是有声有色的，光与影是太阳升起的时候，透过院里那株老杏树的枝叶映在窗玻璃上。

清晨的第一缕阳光穿过薄凉的晨雾，在老院里闪烁着金色的光芒，“咯吱咯吱”的辘轳声在我的晨梦中摇响。这记忆深处的光影与声音，使我从不曾贪睡过，从迷茫的少年时代一直到现在。许多人说，这是习惯，我也对许多人说，就是习惯了，习惯了这种自然反应，习惯了对昨天的反复。

在我还是一个孩童的时候，我就发现，有阳光的地方就有色彩。

春天的老院光影陆离，老杏树苍劲的枝干伸展出一片淡淡的新绿，前些日子那满眼素雅莹白的杏花已随春风而去，枝叶间毛茸茸的小杏子探头探脑地挨挤着。我从这个时候就站在树下，渴盼着它们红了脸蛋，早点成熟。树下的老井也在这个时候开始忙碌了，爷爷“咯吱咯吱”地摇着辘轳，一桶桶清凉凉的井水顺着垄道浸入一畦畦菜地里，滋养着娇嫩碧绿的菜苗。我跟着水流在菜畦间跳跃，一排排、一行行的绿，在冒着泡泡的水流中舒展着。我喜欢这春天的色彩，喜欢这生命的色彩，这可爱的绿在我的眼前招摇，我对绿色的喜爱大概就是从这时开始的。

阳光最慷慨，光和热洒落在菜园的每一个角落。树木的枝叶因阳光而伸展着，绿着；菜苗们也因阳光而灿烂着，绿着。满园的阳光，满园的绿，在爷爷的肩头、身边跳动着。辘轳的“咯吱”声停了下来，爷爷活动着腰身，汗珠在他满脸的皱褶上闪耀着太阳的光辉。辘轳又响起来了，爷爷坐在菜园边的青石上，慢悠悠地点起了一锅烟，目光慈爱地落在我摇起来的一桶水上。记忆有时候奇妙得不可思议，时间久了，有许多人和事早已想不起当初的模样，但一些微小的细节却在脑海里刻印得无比真切，时间愈久愈清晰。

黄瓜苗已长出了大叶子，黄瓜架早搭好了，爷爷平素精干，黄瓜架绑得横平竖直，像一条条笔直的走廊。夏天黄瓜上架的时候，我在烈日下的黄瓜叶子间钻进钻出，一条条尺把长的黄瓜垂在藤叶间，青涩的毛刺擦着我晒得油亮的臂膀，小葫芦碰撞着我汗津津的脑门儿，在眼前摇摆。葫芦不是爷爷种的，爷爷不会在黄瓜地里种葫芦或者其他植物，爷爷对菜园是有规划的，各种蔬菜都是按成熟的迟早、生长的高低快慢布局种植的，偶尔冒上来的蔬菜以外的植物，会在每一个清晨被早起的爷爷清理掉。葫芦籽是我偷偷地摁进菜畦里的，每一株黄瓜苗的旁边我都摁两粒。我选择把葫芦籽摁进土里，并不是懒得不想挖土，而是为了不被爷爷发觉土地有动过的痕迹，我自认为很聪明，为自己的秘密行动还沾沾自喜了好几天。可得意了没几天，葫芦苗便把我出卖了，那小小的叶片挣扎着冒出了头。爷爷的目光在黄瓜架下来回扫视着，我的心底突然忐忑起来，生怕爷爷把它们当杂草清理掉，那一把葫芦籽可是我用一本小人书的代价跟同学换来的。于是，我天天趴在黄瓜架旁查看我的葫芦苗，看它们是否还在。奇怪的是，葫芦苗长到纤细的触手攀住了黄瓜架的时候，爷爷都没有清除它们的意思，并且还另外插了一些木棍和黄瓜架整齐地绑扎在一起，任由它们旺盛地攀爬生长。爷爷一定是没分得清葫芦苗和黄瓜苗，我那时就是这样认为的，因为在我的眼里，它们没什么区别。

葫芦花开的季节是梦开始的季节，星星点点的盈白缀在片片绿叶中，就像我年少的梦想一样，朵朵绽放。从种下葫芦籽的那一天起，我的一个小小的梦想便随着那饱满的种籽一起发芽，一起成长。我只希望我能拥有许多小巧光滑的小葫芦，来实现我的另一个梦想，我想给我的鸽子做最好看最好听的鸽哨，让我的鸽子带着我的梦想飞向那梦幻的天空。

我终于明白我为什么喜欢绿色和白色，生命的绿，希望的绿，这绿是成长的色彩；纯净的白，圣洁的白，若一朵素雅的花，绽放在我的梦中。

童年是梦想发芽的时候，少年是梦想开放的时候，我每每忆及年少时的事，都感觉是梦幻般的美好，包括胡思乱想和顽皮捣蛋。

小葫芦像小铃铛似的在黄瓜架上晃荡，黄瓜有些长有些多，老遮挡着小葫芦，为了能趴在窗口也看得清小葫芦的样子，我把吊在黄瓜架外面的黄瓜摘了吃，一个人吃不完，就分给小伙伴们吃。我只想把那些装着我梦想的小葫芦展现在外面，好让我随时随地都能看得到。摘去外层黄瓜的黄瓜架，看上去就像变成了葫芦架，对于我的这种“自私行为”，爷爷似乎从来没当回事，他不曾责怪过我，他甚至把爬得最高的葫芦藤用细绳扎在架顶，让葫芦们不必担心被风儿摇下来。奶奶说爷爷太纵容我了，要是黄瓜折腾没了，就让我们爷儿俩天天吃葫芦。爷爷笑奶奶说话太矛盾，说我摘黄瓜给那些孩子们分着吃的时候怎么不管，我在一旁看他们拌嘴乐得满菜园蹦跶。

爷爷奶奶不会教我写字，做题，也不曾给过我优越的生活，却给了我一片自由的天地。他们小心翼翼地呵护着我、纵容着我，让我小小的梦想像葫芦花一样在童年开放，唤醒我对自然，对生活的热爱。

爷爷年轻时是个习武之人，按奶奶说是英武果敢。我如今回想起来，他在我的少年时代，却没有对我发过脾气，我不清楚是他年岁大了，还是我太小的缘故。我从他看我的目光里读不出一个武者曾经应有的霸气，他至离开这个世界，在我的面前永远都是一个温和寡言的老人。

“咯吱咯吱”的辘轳声在我少年时的耳边响起，沉默的爷爷把日子从老井里一圈一圈地摇了上来，又一桶一桶地倾倒在了菜畦里，那些鲜活的日子便浸入了菜苗中，钻进了黄瓜和葫芦中，让它们长大，再长大，直到成熟。

我把装满日子的葫芦摘下来，摆在窗前的台阶上，个大的给奶奶做面瓢和水瓢，个小的给我的鸽子们做哨子，个头不大不小的我要做一个酒葫芦，给爷爷打酒。

爷爷笑眯眯地看着我捧着酒葫芦走到他面前，接过来对着葫芦嘴喝了一大口，眉毛和皱纹一下子全挤到了一起。我趴在爷爷腿上天真地问他是不是很好喝，爷爷顿了一下，点点头说好喝，好喝。那天爷爷找到了他的酒壶，却倒不出一滴酒来，酒全被我灌进了葫芦里。爷爷重新打了一壶酒，我问爷爷怎么不喝葫芦里的酒呢！爷爷说先放着，慢慢喝。后来我学会了喝酒才知道，酒装在刚掏去了籽的葫芦里有多么难喝。爷爷知道我那点小小的心思，他不会让我的善良之心受到一点点打击。

老院在十几年前被我翻新了，有许多东西丢弃遗失了，现在想起来，那每一件都是一段故事，都在我的记忆深处隐藏着，等待着我多年以后去重新捡拾它们，挖掘它们，感悟它们。

如今每逢清明，我都会满满地斟一杯酒，坐在爷爷的坟前，劝爷爷慢慢喝，细细品味。我说这不是葫芦里倒出来的，好喝！

冬巢

◆文 / 诗心静美

冬日，去看鸟巢。在郊外的旷野。

离城区很远的乡间。一条干净狭窄的柏油公路。到处是树，公路两侧，田野里。

冬日的阳光洒下来，滴在树上。球般的鸟巢，高高地挂在树冠深处，稳稳地，像个蜷缩在那里的刺猬。

车一路行走，树们匆匆地倒退。小小的鸟巢一个个掠进我的眼里，闪了一下，退去。车子越往南，树越多，鸟巢也多。没有见过这么多的鸟巢。却见，一只鸟儿从树上飞出来。它是从巢里钻出来的么？那么大的一只鸟，灰灰的，扑棱着翅膀。我分明听到它翻动翅膀的啪嗒啪嗒声。那是鸟儿的妈妈么？傍晚飞出舒适的巢，为它的孩子们觅食？

再也看不见一只鸟。唯有鸟巢静静地沐浴在日光里。

这是一条寂静乡间小路。与京开高速几乎平行，隔田相望的柏油公路。为躲避高速飞驶的车流，拥堵不堪的路面，不得不选择这样一条小路出行。

误入桃源深处。一见钟情。初见的喜。

去年九月，秋季，太阳的炙热还未散去。相识，痴爱。

那是逃离喧嚣，远离川流不息车辆行驶的公路。不宽阔，两辆车子刚好错过。我没有见过这么安静、干净、美丽的柏油马路。公路两边整齐地种植着一棵棵树。葱郁繁茂。叶子相握，自然搭成绿色隧道，幽深静谧。“根，紧握在地下，叶，相触在云里。每一阵风过，我们都互相致意”。车子钻进绿里，我突然想起舒婷《致橡树》的诗句。不过，那不是橡树。是柳，北方常见耐旱的柳。

秋去，冬来。茂盛的枝叶，叶子一片片钻进泥土。一排排的枯枝，整齐排在两边，如风韵犹存的少妇，优雅至极。

爱上枯枝。枯枝，不萧瑟。

春，绿如烟；夏，树墨绿。蓝天下，干枯的枝，独有清寂之美。那日，却见鸟巢，端居在冰冷的树枝上，如老者，安详，那是鸟儿的家。它们选择合适的枝，树上树下奔波，用娇嫩的喙，衔几百次，编织而成。

从此，即使京开公路一路畅通，我还是一如既往与它相见。为了那成片的树么？对。不！也为了鸟巢。

郊外的树，最多。公路两边有树，整整齐齐。田野有树，一片片，横着竖着斜着。规则，似有似无。瘦高的干，嶙峋的枝。树是高山，田野为平原。高低起伏错落成景致。随处可见，美丽如画的风景。

特别是阳光上好的冬景。

下午三点多出行，太阳光芒四射，大，亮。阳光喷洒，穿越树枝，反射到玻璃窗里，晃了眼。时间渐行渐远，天色渐暗，蹿出红日。我在车里，日光在外，追着车子奔跑。红日在一杆杆枯枝间，欢快跳跃。瞬间，夕阳染红天空，也染红成片树梢。余晖，一滴一滴掉落。冰凉苍白的树枝，瞬间染上红晕，远看，成排的小树林，宛若燃烧的火焰。

田野极美，美在枯枝，红日。

车子沿公路行驶，红太阳挂在树梢上。苗条俊美的树，被涂了红，像出嫁着红衣的女子，披着红盖头。

乡间晚照。

又见鸟巢，在田野间，挺拔俏丽的树上，它像个小灯笼，躲在枝头。

接二连三出现，一个个，一球球，玲珑精致。令人欣喜至极。

鸟巢寻美而来，寻静而来，寻清新空气而来，寻树而来？为何，在这没有霓虹闪烁的乡野，到处是鸟巢呢？

城市，极少见到鸟巢。

田野安静。

黄色枯干的玉米秸，或一根根挺立于田野里，或一堆堆捆绑矗立。

蔬菜大棚，一排紧挨一排。

还有那成片的树。果树？叫不出名的树。

低矮的树，绛紫色。冬日里，一抹亮色。它们伸展枝条，像梅花的枝。弯曲，自然伸展。

那高高的树，顶尖，像极时尚的男孩子头顶金黄的发。

有落叶躺在土地上。

牧羊人赶着几十只羊，在公路旁缓慢行走。田野里偶见羊群。天上的白云坠落在地上，你摸得到流动的白云。

冬天不寂寞。地上羊群闲散，树上鸟巢高居。旷野里处处是不息的生命。还有生命隐匿在土壤中的孕育。等待春天。冬来，春天不会远。春来，又有鸟儿飞出巢，唱一曲欢歌。

鸟栖息田野，一棵棵树上。喜静。它们安于旷野，枝上，安于内心寂静里。如我，厌倦尘世喧嚣纷杂，独喜静处。

我停下车子，走进田野，走进静谧，仰望鸟巢。

轻轻拍打树干，那鸟巢，稳稳栖居树枝上，一动不动。巧喙编织的巢，大自然的杰作，煞是好看。并不密实，阳光射进来，依稀可见缝隙。

途中，偶有村落。或临街，或于田野深处。

门前，朴实农民在门口交谈。有黄色玉米堆积成山，不见农户家的树上，鸟儿栖居。

鸟儿，隐者也，淡泊宁静。

在旷野，在风萧萧的夜，在白雪皑皑的冬，鸟巢睡在寒风中，睡在凄凉的星夜下，睡在苦雨里。在无限孤单中，岿然不动，汇成一股坚不可摧的力量。

那花

◆文／诗心静美

注意那些花很久，我却叫不出花儿的名字，像唢呐，像喇叭，我唤作喇叭花。误以为芙蓉的，其实不是。友是花痴，懂花的。她认识许多花儿，远在郊外的房子，有一个小院。她在院中种了许多的花。那日，和友在街边行走，偶遇那花，她告诉我，那是秫秸花。生僻、绕舌的名字。我念了几遍，终于记住了它。

秫秸花，乡土气息浓郁的名字。也是我的童年，经常遇见的花。

北京西站出发的火车途经的地方，有一间宽大灰色瓦房。房子处于低洼处。房后的坡上，是一条狭窄柏油马路。房子西面与铁路离得很近。我不知道，人为什么会把房子建在那里。是喜欢嘈杂的声音？是喜欢火车的轰鸣？不过，那时，北京西站未建。铁轨上行走一辆辆货车，车里装着黑得不能再黑的煤炭。究竟送到哪里，不得而知。

印象中，房子后身，一条狭窄柏油小路边坐落着一间小站，五、六平方米的样子。火车通过时，从小站走出穿着制服的老年男子，站在小站的前面，吹响口哨。然后，黑白相间的两根木制木杆降落。东西行驶的车子、人流顿时停下，等候火车通过。没有人交谈。人们不约而同注视火车，从眼前咣当咣当驶过。偶尔，火车不驶向远方，通过路口向南行驶几百米，然后倒车。木杆提起，两边行人蜂拥而过。一个沉积岁月的小站，小站旁的铁轨被磨得锃亮，石板坑坑洼洼。自行车、三轮车从路口通过，不停发出咯噔咯噔的声响。

这是怎样一户人家，孤零零寄居于此？许是太孤单寂寞吧。我从未看见从门内出来晃动的人影。

房屋东面墙根下，一个供人休憩的深灰色石墩，平整光滑。石墩一米多处，生长着几棵秫秸花。不过，那时，我还叫它喇叭花。粉的花，寂寞地开着。

田间玩耍，我总是望向那花。硕大，孤单，不好看。毕竟是花，乡村田野，被着了色，不美，也没有人在花下驻足。这些花们，像涂了厚厚大红唇膏的媒婆，擦了粉红脸蛋，站在自家门前，美美地咧着嘴笑着。

瓦房前面，是一片绿油油的田野，广阔的田野。田野间坐落几户坐西朝东的人家。我儿时的玩伴——东的家就在那里。

田野西面十几米就是铁路。

那时还小。

田野，铁轨，火车，站台，人家，池塘，还有那花，一股脑装进儿时记忆。

不知那几株花，是特意种植的，还是风吹来的种子，生根、发芽、长花。花，面朝南，朝花夕落。

田野种植红色萝卜，绿油油的叶子，讨人喜爱。夏日，萝卜丰收季节。下午三四点钟光景，母亲和其他农人下地收萝卜。

心疼母亲。放学，写完作业，帮助母亲做农活，农活干完，和母亲好早些回家。

途径那户人家，少有人影，像一个人烟荒芜的小岛。却见那花，安静伫立。犹记得，房前有水塘。水塘极大。夏日，零星的荷花，开在水面。那花不发一言，守护池塘。在素洁的荷花面前，不卑微，你开你的，我开我的。

夕阳下，农人在田野忙碌的身影，被朝霞染红。偶尔，火车轰鸣而过。我帮助母亲拔萝卜。土地潮湿，泥巴沾了鞋子。母亲蹲在一旁麻利地扯上几根稻草，把几根萝卜放在上面，迅速打个结，插进草里。我学着母亲的样子捆萝卜，可怎么也绑不好。累了，拔一根萝卜，跑到水沟边，洗净，剥皮，咬一口，清爽甘甜。

今夏，留意那花，误以为被历代诗人歌之咏之的芙蓉。不是芙蓉，而是秫秸花。

秫秸花，秫秸花。我轻轻唤它。

难怪！极像。同属锦葵科。

人到中年，方才知道它的名字。

想起那灰墙灰瓦寂寞人家。那开在他家池塘畔的“喇叭花”，那远离喧嚣的花。

还是不起眼，然，依然开着自己的花。

没人认识它。

我生活的园子，上了年纪的老妇人，如我，据形，称它喇叭花。年轻的朋友从没留意过它，即使从它身边走过。的确是丑，吸引不了过客的目光。

我开始注意那花。

京开高速路边是它。居住的园子楼角是它，单位附近花园里是它。

花儿不美，名字不少。一丈红、斗篷花、吴葵、蜀葵、大麦熟花……

丑陋的花。花瓣不多，纹路不少，粗糙得不行。再看那叶，纹路深，页面凹凸不平，像老人皲裂的手。无论是叶还是花，要多粗糙有多粗糙。

秫秸花，不像玉兰高贵素洁。花谢了，连叶子也好看，好花有好叶。不像牡丹雍容华贵，圆明园单设牡丹园供它风光。不像油菜花，人们赶赴远方，专程看它。

再看秫秸花，谁注意它？疯长的枝干，丑陋的叶，丑陋的花。儿时，我为什么会注意那几株花呢？路边的野花，虽小却美，而这花，傻乎乎戳在那里，哪会有人采？

友说，秫秸花太张扬，一点儿也不内敛。

你瞧！

像个村姑，叉着腰，阳光下，无所畏惧地开。笨笨的，傻傻的，又憨厚，又热情。

真敢开，不是大红，大粉，就是大白，大紫。不艺术，不浪漫。香么，一点点。花蕊不含蓄，颜色不协调。

它不在乎别人评价，不爱慕那些虚荣。你爱，或者不爱我，我就在那里，不悲不喜。

是一种怎样的坚持?

上帝为你关上一扇门，就会为你打开一扇窗。不是么？牡丹、玉兰、桃花、海棠……那些漂亮的花儿们，开得美，凋落得也快。它呢，从六月开始，灿烂地开啊开，一直开到八月。不讨喜。越开，开得越欢，开得越长。我思故我在。

高贵是活，卑微也是活。人生一世，最幸福的，是活着，为自己活着。

别小看那花。

根：清热，解毒，排脓，利尿。

子：利尿通淋。

花：解毒散结。

花、叶：外用治烧、烫伤。

秫秸花低贱么？不！它凝聚生命中所有华美，全部装饰了内心。捧出一身的宝。

以貌取人，我看轻了那花。

秫秸花，坚持着，生存着。

2009年，秫秸花当选山西省朔州市市花。

秫秸花，终于，迎来自己的春天。

被埋没的花。

晏殊有词，黄蜀葵花开应候。李弥逊有词，为君小摘蜀葵黄。包恢有诗，暮开红菡萏，朝发白蜀葵……

今夏，我摘取其花，插进青花瓷瓶里……

街如风

◆文／田间布衣

古桥，是一座小镇的名字。

小镇很小，小到只有一条南北大街。街两边零星散落着几间低矮的店铺，铺里有洋货，也有土产。街上平时行人稀少，显得有些冷清。在这冷清中，偶尔会传来几缕小贩叫卖的吆喝声，和在呼儿唤女声中升起的袅袅炊烟。声音和炊烟笼罩在街面上，断断续续，经久不散。

大街中央的西边，有一个露天舞台，说是舞台，其实就是一个高出街面许多的大土包，上面被整得平平坦坦，就像打麦场。偶尔来那么一两场单调的演出，也需要人们伸长脖子无休无止耐心地等呀等呀才能等来。没有演出，舞台就空着，等着震耳欲聋的雷鸣闪电风霜雨雪降临；等着来往的鸿雁或飞倦的鸟雀光顾；等着野猫野狗什么的在上面撒泼；等着放学的孩子在上面玩耍嬉闹……

大街的两边有两三条东西小胡同。胡同很窄，很深，里面挤挤挨挨塞满了老实憨厚的农户。他们，日出而作，日落而息，生儿育女，为柴米油盐的日子过着一成不变的简单生活。他们在贫瘠的土地里种大豆高粱，种红薯南瓜，这些东西虽然不值钱可他们又离不开。他们整日和土地打交道，没什么文化，见人就一句：“吃过啦？弄啥去？”即使看到盛开的桃花、兰花、栀子花什么的，也只会憨憨地笑着说好闻好闻或好看好看，别的就不会了，更甭提用“氤氲”一词来形容了。

平时，他们都忙于农事，忙于养家糊口。闲了，老爷们儿便会扎堆儿聚在街边，卷一根儿喇叭筒旱烟“吧嗒吧嗒”抽着开始胡侃。他们侃的话题似乎永远离不开女人。其实，每个人内心都有他自己的美人。老家伙心中有他老了的美人，小家伙心中有他正在成长的美人。如果某个女人被他们经常挂在嘴边，那么一定是美得不得了，但她也一定会被女人妒忌并被泼上名声不好的脏水。其实不光是老爷们儿侃，小媳妇儿老娘们儿手里拿着针线活也是扎堆儿侃得热火朝天。她们侃谁谁家的男人多么多么有能耐，侃谁谁家的孩子多么多么争气多么多么有出息，侃家长里短；侃柴米油盐……

一晃，三十多年就这么过去了。

当我的跫跫乡音，再次滴落到这小镇唯一的大街上时，沉重的脚步却怎么也踩不住它三十多年前的影子。我的记忆，就像那时这街上唯一一家小酒馆儿门前挂的杏黄酒旗，在风中摇摆不定。旗子的梦以及梦里的呓语被来往的风吹落在了这街上，像稗草一样绿了又黄，黄了又绿……

我一个人，默默的在这街上踯躅，徘徊。

三十多年前，我曾在这条街上的某一盏清油灯或煤油灯暖暖的光芒里嬉戏。在以野菜粗粮充饥的日子里，曾为拥有一个白面馒头而欣喜很久很久……那时，当凛冽的北风吹得窗户纸“哗哗”作响，尽管每家每户都穷得家徒四壁，但大家的心却一直都是热的，像被三月的骄阳晒着，暖烘烘的。那时，孩子们能为穿上一件被母亲缝了又补，补了又缝的棉衣而备感幸福。三十多年了，那时的人们，而今老的老，走的走，在各自的生活轨迹上越走越远，直至不知所踪。

正午的太阳，依旧在我头顶摇摆不定。那些已经破落得不成样子的店铺门紧锁着，谁知晓当时的店家如今去了哪里？街两边那些低矮的老房子，有的已经坍塌，黑黑的洞如骷髅的眼。那些残垣断壁之间已生满岁月墨绿的苔藓。谁知晓这些老屋当年的主人，如今是否还健在？心情是否清冷，灵魂是否薄凉？抑或已经成为空巢的老人？谁知晓这些老屋里当年的孩子，如今童心是否已经被岁月蚀空？这一切的一切，谁知晓？

这条当年用煤渣铺成的大街，此时已经被岁月的脚印磨蚀得看不出原形。这条街上，来来往往走过多少人，有人知晓吗？也许，街如风，人如风。街随风而来，又乘风而去。人随风而来，又随风而去。一条街的兴衰过程，就这么简单！一个人来往的踪迹，就这么暂短！

行走在这条既熟悉又陌生的街上，我扪心自问：这条街，在我心中，是轻是重？在历史的岁月中，是轻是重？我毫不犹豫地回答，在我心中，它为重。在历史的岁月中，它为轻。它曾经是那时小镇的血脉和神经枢纽，是那个时代的缩影！可现在它什么都不是了，成了一片被时代遗弃的废墟，就像一个被丢弃在寒风中行将就木的老人在瑟瑟发抖，显得那么孤独，那么无助，那么虚弱，那么哀伤！它双眼微闭，任太阳越过头顶，把当时的辉煌染成无尽的苍白。那一处处的苍白，就像一把把拔地而起的利剑，穿过我的眼眸，流淌成另一条河。但它永远是我的根！是稗草的魂！

其实，所有的事物，我们都是在陌生中熟悉，又在熟悉中陌生。一条街，在我们眼里很简单……就是一条行走的路。但是，关键是我们的心是否就能准确地寻找到与路结合的那个支点？这世上根本就没有两条完全相同的街或路。每一条街或路，都想在时代中站起来，站成自己应有的某种高度。但是，这条街没有在时代中站起来。它躺着，贴在时代的肌肤上，犹如一块结痂的伤疤，那么刺眼，那么醒目。然而，它上面留下的脚印，昨天的、今天的、熟悉的、陌生的、深的、浅的……这些密密麻麻的脚印串起来，就是它的历史，记载着小镇喜怒哀乐悲欢离合的故事。这故事，就像戴望舒《雨巷》中丁香女子一样忧伤，刺痛着我记忆的魂魄。

在外奔波的这些年，我差点儿就要坚守不住自己的灵魂。在远离小镇的日子里，我在他乡打滑的街上踉跄，在雪地里跪拜。我找一处背风的墙角蜷缩着蹲下来，眼眸里却没有一片可以远眺的青青田野，没有一处可以倾诉的潺潺流水，满眼都是浓重的灰白。所幸的是，这条街给了我一个虚拟的拥抱，至此它便成了我宿命里心跳加速的那一部分。如这街一样裸露在尘世中，不怕被误解，被讶异，被边缘化。仿佛我的生命就是为了走进这条街，除了拥有像它一样足够仁慈的胸怀，像它一样淳朴的魂魄之外，我一无所有！

压制住内心之风的吹袭，我觉得我的生命也正在这条街上缓缓变老，老得犹如街边这些孤寂的老槐树，干裂着嘴唇，把自己的枯枝在寂寥的空间里摊开，把内心淤积多年的风雨和锈迹晾晒。小镇老了！街老了！像一株随风摇摆的稗草，随时都有被风折断的危机。

小时候，总觉得这镇子好大好大，随便我找个地儿一藏，小伙伴们就是找得精疲力尽也找不着。总觉得这条街好长好长，长得我怎么也走不出去。直到如今，我走过很多很多的路，去过很多很多的地方，才知道这镇子真的很小很小，小到在中国地图上都看不到它。这条街真的很短很短，短的就像人生，一眨眼就走到了尽头。可我怎么也看不透这条街百年的行程，而街却似乎能看穿千年的岁月与历史。

命若琴弦

◆文／柳约

往事如烟，旋律如梦。

第一次听到莫扎特这个名字，还是在漩涡中学的一堂音乐课上。

当时教我们音乐的老师是个年轻温柔的女孩，刚从音乐学院里毕业。她腼腆，知性，特别喜欢古典音乐，就是从这位老师的口中，我们知道了乐器之王是管风琴，音乐之神是莫扎特。在那些日子里，她根本管不住我们脱缰野马一般的心，很多时候，原本文雅的音乐课堂就让我们自动演绎为肢体竞赛的战场。在一个阴雨天，恰好有一堂音乐课，我们照例又从后门偷偷溜了出去，在细雨霏霏的操场上忘乎所以地打篮球。时隔经年，这过程仍是如此令人怀念，后来动静闹得实在太大，一向温婉的女老师终于发怒了，她先是将我们一一揪了回来，然后打开教室里的多媒体设备，将前后两个门都反锁住，“都老实坐好，这节课好好听听莫扎特，人家跟你们一样大的时候，都去宫廷演奏了……”

她用恨铁不成钢的眼神，看着台下这些顽劣的猴儿们，并扬言：不乖乖听完，就别想放学回家。说完，丢下我们，径自回办公室了。

那时刻，我们都抵触莫扎特，因为这个莫名其妙的名字，让我们身陷囹圄，不得脱身。眼看放学时间到了，其他班级的同学趴在窗户玻璃上，向我们做着鬼脸。我们却只能待在冰冷的教室里，像等待候审的囚犯一样。我们以为老师一定是气糊涂了，所以才会把我们给落下，各自耷拉着脑袋，心神沉浸在莫扎特制造的旋律中。

窗外的雨声，渐渐淹没在激昂的交响乐里。

从来没有听见过这样的声音，时而是温婉的摇篮曲调，时而是命途多舛的黑天鹅，时而是柔丽的钢琴独奏……那是我人生第一次聚精会神地聆听一个人的音乐，尽管根本听不懂其中想要表达的情感，尽管过程只是短短的四十多分钟，那独特的旋律却一直根植在内心，从此再也无法抹去。

私自占用多媒体教室，是违反校长规定的，仍然记得老师最后来给我们开门时，那一脸委屈的样子。说起来，真要感谢漩涡中学那位年轻的音乐老师，用这种被动的方式，煞费苦心地给我们进行音乐上的洗礼和启蒙。

转眼之间，喜欢莫扎特已有十年之久。不同的是，现在更喜欢一个人静静地听。

在那些失意的晚上、焦灼的晚上、寂寞的晚上……我曾以为最爱的是民乐，我曾以为只有民乐才能带给我感知、触动、赏析，乃至感慨，到后来我才明白，原来引人唏嘘的音乐，从来不分国界，如同世界上那些写出伟大的文学作品的作家们，不分肤色，不分语种，一样能够令人陶醉。

一把金黄色的小提琴，一架乌黑锃亮的钢琴，时而是轻盈澄澈的溪水，时而是浩瀚的星空，时而是无垠的荒原，时而是蓊郁的森林，时而是苍茫的群山……

音乐所过之处，如同有一双无形的手，在抚慰内心深处那颗惴惴不安的灵魂。

莫扎特，是萨尔兹堡人的奇迹，更是十八世纪的奇迹。当眼前的世界越来越大之时，我们的心灵却越来越小，当置身于这个遍布荆棘的人间，需要有不同的智者与先知，去为我们抵挡不同的危险和苦难。

插上耳机，《魔笛》的声音像一轮月亮冉冉升上夜空。在我的面前，忽然浮现出那抹顽童般戏谑的笑容。

他，是莫扎特。人们可以将柴可夫斯基亲切地称之为老柴，却没有人将莫扎特称之为老莫。

喜欢他声音的人一定不会否认，在莫扎特的脸上，永远带有一抹孩子式的童贞。

歌德曾经说过，莫扎特是一个无法解释的奇迹。就是这个金发碧眼的小个子，在最后的弥留之际，创造出了无比忧郁的、令人心碎的《魔笛》与《安魂曲》。

无法想象，在一个孩童的内心里驻扎着什么，而那些月光般的声音，仿佛是远古的灵魂在低声向他倾诉。

跨过音乐之河，唯有他一人立于巅峰。

在那些一度曾将月光引为知己的晚上，在他六岁创作出《第一钢琴协奏曲》之时，一定不会想到就此奠定了一生的伟业。也许，世之所谓天才者，总是横空出世的。我不由地将目光放到附近一些大师的身上——普希金在二十四岁的时候，创作了传世之作《叶甫盖尼·奥涅金》；诺贝尔在二十四岁的时候，首次取得了气体计量仪发表专利；达尔文在二十二岁的时候，开始构思巨著《物种起源》……然而，这些数据在一个四岁就涉足乐坛，六岁已闻名欧洲的音乐神童面前，似乎都稍微有些逊色。

莫扎特果然是少年得志，他小小年纪，便可以出入宫廷，行径便如同当初大唐帝国的诗仙李白一般。是昔，唐玄宗命李白写诗，醉意醺醺的李白还要贵妃研磨、力士脱靴才肯落笔；宫廷里的莫扎特弹奏到兴起时，竟然叫国王走开，让知名音乐家瓦根西尔坐在一旁，专门为他翻乐谱。

两人毕竟还是有所不同的。李白自然是酒后的狂放不羁，而莫扎特，想来更多的是一种顽童心理。莫扎特的音乐里永远有一种莫可名状的魔力，让人不自觉地陷入其中，如同春天的花朵，如同夏天的凉风，如同秋天的明月，如同冬天的白雪……沉浸在他的音乐里，能让我激发出创作的灵感，如同那些被酒精刺激过的夜晚，一样的热烈，一样的敏感。

作为奥地利作曲家，维也纳古典派的杰出代表，莫扎特的全部作品洋溢着追求民主的思想，呈现出在巨大社会压力的明快、乐观情怀。他广泛采用各种乐曲形式，成功地把德、奥、意等国家的民族音乐和欧洲的传统音乐有机地联系在一起，赋予了它们深刻的思想内容和完美的形式。

在我的眼里，莫扎特有时候就像降临凡间的上帝，更像是音乐之神的宠儿。他童年的大部分时光，都跟随着父亲，在无休止的奔波与动荡中被消耗一空，被封锁在音乐筑起的围城里，默默地幻想尘世间的那些光明与黑暗，那些欢乐与痛苦。

出名要趁早的背后，其实还应该加上一句话——他们也要为此而付出代价。张爱玲为此付出的代价，是在美国的寓所里孤独终老，而莫扎特的下场似乎更为凄凉，最后连埋骨之处都成为了一个谜团。

拣尽寒枝不肯栖，寂寞沙洲冷。亲爱的小孩，今夜你有没有哭？亲爱的小孩，今夜在闪烁的梦境里，请允许我用音乐的鳞片，切割你头顶那片星空。

尽管越来越多的人不愿意聆听古典音乐，我还是乐此不疲地欣赏莫扎特，这种感觉无法用语言解释，这种习惯更加无法摆脱。也许，作为现代人而言，听古典音乐，仿佛是一件毫无激情可言的事情。在我经过的大小城市里，他们早已习惯用劣质唱片播放着臭了街的通俗歌曲；他们跟随着金属质感的音箱一起摇摆起舞；他们的嘴里哼唱着最洗脑也最发烧的歌词；他们在异样的眼神里哈哈大笑，如同猴子一般，享受着来自陌生人群关注所带来的心理快感。

他们的生活看上去永远那么精彩，永远充满了味道。也许，他们并没有察觉到，没有古典的根基，我们的城市是如此浅薄而又轻浮。

安·德·圣·埃克絮佩里在他的名著《人的大地》中，曾写到过的一句名言——被扼杀的莫扎特。这位大名鼎鼎的童话作家，只有他在为莫扎特苦难的童年鸣不平。在他看来，每个人都有灵性，若在童年时代得到正常的教育和熏陶，日后都可被抚育成一位莫扎特。可是现实社会往往不能使这份潜在的才能有所发挥，绝大多数人一辈子庸庸碌碌，犹如莫扎特遭到了扼杀。

狂热的人啊，远离那些发烧的神曲吧，我们的城市，其实更需要莫扎特的声音。

我将目光放回到维也纳，任凭多瑙河的流水一路潺潺向西。就在这块大师曾经魂牵梦绕过的故土上，那里的人们起初用母亲般的双臂拥抱过他，其后又如敝履一般地残忍地放弃了他。莫扎特因此成为了音乐史上首位为了追求思想及创作上的自由而不愿去依附权势和权力的人，他因此丢掉了在萨尔茨堡大主教的宫廷里专职乐师的铁饭碗，他也正因此听从了内心的召唤，走上了一条必须依靠自己的创作和演奏为生的自由职业者道路。

很久以后，我们东方同样有位伟大的作家，他说人生最要紧的路，往往就只有几步。

莫扎特后来穷困潦倒，一度中断了歌剧《魔笛》的创作，也曾经为了钱而写了样板歌剧《狄托》。也许，每个听众对于莫扎特音乐的感受体会是不同的，从某个角度来说，莫扎特这个名字，和巴赫、贝多芬、海顿、帕格尼尼等名字一样，早已成为了一个独一无二的形象，一个不可置换的形象。

没有丝毫歧视，没有丝毫愤怒，当莫扎特的音乐如水一般轻轻流过心田时，你想到的是什么？可是，在莫扎特写给友人的信件里，我们却看到了一个长期忧虑、焦灼不安的男人。

——当他在长长的白昼里审视自己越来越无望的青春时；当他满怀希望的热血却惨遭社会抛弃之时；当他日甚一日因为贫穷而被孤立之时；当他在夜深人静的晚上，不得不放下音乐来面对这一切之时……这位时代造就的天纵之才，在他生命最后的几年里，必定也感受到了他与环境之间的格格不入，音乐引领着他越走越远，就像与时代拉开了一道不能逾越的鸿沟。莫扎特怀揣着心中极度的悲悯和对自由无比的渴望，坚守住一个艺术家的情操和立场。我极其欣赏维克多·雨果说过的话——极度的悲悯是非凡而令人敬畏的光辉，将不幸者照得面貌一新。雨果的这句话，多么像是在评价莫扎特的音乐啊！

在这世上，唯有音乐能抚慰他晦暗的内心。一代天才终于在三十五岁之时陨落，就像泰戈尔曾在诗中所写的那样，生如夏花般绚烂。

莫扎特早年生活的那种严厉，其后果既不为父亲所预见，也不为儿子所感受，他一场接着一场的拼命演出，他一部接着一部的拼命创作，一共写出了二十二部歌剧、四十一部交响乐、四十二部协奏曲、一部安魂曲以及奏鸣曲。正是这些流传后世的作品，严重透支了他的生命与才华。

也许，一个为艺术而生的人，必要的时刻，也会为了艺术而献身。为了追求艺术的永恒，为了让世界在一望无际的坍塌之中重新建立起一个新的起点，他挺身而出，以人性的音乐，终于抵达了天国的圣殿。

其实，抹去了莫扎特身后的种种光环，我只看到了一个孤独的背影。他腰佩短剑，风度翩翩地站在金色大厅里，永不休止地演奏着。为了那一双双等待临幸的耳朵，把半生系在一根琴弦上，发出魔鬼般的颤音。

从来不提沧桑，从来不提罪恶。

也许，人们聆听莫扎特，并非为了了解他的情感世界和音乐观念，而仅仅只是为了听到莫扎特的声音。这种声音如同兴安岭上的绿浪，如同珠穆朗玛峰的风雪，如同钱塘江的潮汐……这种声音，已经成为了大自然的一部分。

我不禁想起了帕尔曼在北京的一次音乐会上说过的话，“假如地球和宇宙注定有一天会毁灭，那么最后消失的一定是莫扎特的声音……”

莫扎特的音乐永远平易近人，柔软，和煦，就像雨后的那抹阳光。

他的声音，注定是尘世的声音。

莫扎特往往会在小提琴协奏曲第一乐章的尾声部分，故意空出一段时间，让演绎者自己即兴发挥。尽管疾病、颠沛流离和贫穷伴随了莫扎特的一生，但莫扎特很少在作品中直接表现苦难，即便是偶尔流露的忧伤也往往与他擦肩而过。天空倘若是上帝的双眼，莫扎特的魔笛之音，就是上帝眼中那一颗永不干涸的泪珠。

命运的主题，就这样在莫扎特手上，在一根根琴弦上得以释放，激越之后，是漫长的平静和忍耐。

当秋叶飘零、蒹葭苍苍之时，我走在护城河的两岸，望着天空中那群南归的雁阵，忽然听到了莫扎特的声音——并没有哀鸿遍野的感觉，相反是一种删繁就简的轻松和安宁。我清楚地知道，莫扎特将一直漂浮在我的生命之河里，以风声，以水响，陪着我拥抱无与伦比的自由与淳厚深沉的欢乐，在荒原之上纵情地歌唱。

1791 年 12 月 5 日，莫扎特于凌晨一点逝世。我们永远接近不了莫扎特的音乐思维过程，他给我们留下了一个最大的谜。其实他已经在内容上对这个时代有所暗示，然而人们对于一件解释不清的事，往往宁愿把他说得神乎其神。其实回过头来细看，揭下音乐之神的面具，莫扎特只是那个“卷发佩剑，小大人模样”周游了欧洲数十个国家，在无数座城市巡回演出过的男孩。

然而，维也纳的人们也一定清楚地知道，其后数百年乃至更为久远的时间里，再无人能像沃尔夫冈·阿玛多伊斯·莫扎特一样，以一双安魂的手，把悲伤演绎得逆流成河；用一根柔韧的弦，把人间撩拨得泪如雨下。

就在那样一个风雨交加的晚上，所有的乐谱，所有的华章，所有的漂泊，所有的苦难，所有的青春，所有的灵魂，所有的赞叹，所有的悲伤，所有的火焰……为了一个伟大天才的离开，高声唱起那曲浸泡过汗水和血泪的祷歌，以此来告慰他命若琴弦的一生，来告慰那些无处安放的欢笑与悲哀。

春日絮语

◆文 / 于芳

一

落雨了，这是春天第一场酣畅淋漓的雨。

每次走到五号楼的拐角处，我都要看看那两棵桃树。它们依旧是光秃秃的，这场春雨过后，它干脆的枝条变得细软，枝干泛起了一层红褐色。桃花就要开了……

北方的春天很短，短得就像这两棵桃树的花期，花开花落不过是一周的时间。如果遇见一场雨，花落的速度会更快。很喜欢瓣瓣桃花静落的瞬间，那一刻，草地蒙羞，变得娇艳欲滴，淡淡的粉色总能让我记住春天的娇媚。

每一次花开时节，女儿都会去捡拾花瓣，一片、一片地把它放进手帕里。而我会站在树下和它对望，它给我了春天特有的韵致，让我记住了它。它会不会记住我？记住我这个徘徊在它的花影下，回味花开的美丽。

一场落雨之后，我开始想念那两棵桃花盛开的美景，这让午后的茶都变得丝丝的恬淡。一株桃粉让我对枯燥的春天有了点点期盼，一株桃粉，让我和春天没有了距离。

前几天，远方的友告诉我，桃花落了，一地嫣红。

我禁不住跑出去，站在那两株桃树下，抬手触摸着它已经润软了的枝条，这里，很快会缀满盛开的花朵，一瓣瓣的，把它的脊背压弯。

你会记得我吧！站在树下的我用心地问着那棵树。

突然想起了三毛的那棵树，“如果有来生，要做一棵树，站成永恒。没有悲欢的姿势，一半在尘土里安详，一半在风里飞扬；一半洒落荫凉，一半沐浴阳光。非常沉默、非常骄傲。从不依靠、从不寻找。”来生我也要做一棵树，一棵开花的树，不谈悲喜，只想你能记住我。

二

进山的路总是弯弯曲曲，偶尔颠簸不定。

清晨的万寿山立于薄雾中，犹抱琵琶半遮面。山顶上还能看到点点的白雪，半山云雾里是不老的青松。

通往万寿山的路总是静的，即使偶尔有飞驰而过的车辆，依然会感觉到那份禅静。青松翠柏间是一处安放灵魂的墓园，每年的春天，我会来这里看望我的母亲。

园口的人工湖里的冰还未融化，上面还覆盖着一层尘封着开始变成灰色的雪。

拾级而上，总会踏上一块块冰，这里的春天比城里来得晚一些。

6 排 19，是母亲的房间号码，我早已经把它刻进了心底。白色的花岗岩墓碑坚硬如冰，寒凉亦如冰。

我手里的白色毛巾瞬间沾满了灰尘，黑色的大理石台面变得光洁如镜。燃起一炷香，放上一簇鲜花。我总是选择五颜六色的康乃馨送给母亲，因为它象征着母爱，它能代表母亲那颗爱花的心。

这次没有买上几株黄菊，也就少了几分悲凉。习惯了坐在石台前与母亲聊天，告诉母亲，我在变老，可是她在我的心里还是老样子，依旧是那么年轻。

抬起手，把风吹落的松枝扫掉。伸手去触摸着雕刻在墓碑上的名字，寒凉，一种入心的颤抖袭上了我的心头。

总在这一刻落泪，眼泪成了我对母亲最深的祭奠。

入夜，熟睡中的我见到了微笑地看着我的母亲。

“丫头，你是我永远的宝贝，妈妈的小棉袄。”我在睡梦里，紧紧地抱着母亲的手臂，把头深深地埋进她温暖的怀里……

三

这个城市春天最美的景色莫过于跑冰排了，噼噼啪啪，哗哗啦啦，在剧烈的碰撞声中，拉响了春天的号角。

清晨去接父亲，我们约好了去江边。四月的清晨，阳光虽暖，风还是很凉，让人不由得瑟缩地抱起双肩。

看着父亲足足用了三分钟来上我的车，我的心痛了。父亲更老了，老得像江边的那棵老榆树，皱裂着厚厚的树皮，在风中战栗着。

“丫头，我们还是晚了，没有冰排了。”父亲看着缓缓流过的江水，噘起了嘴，看上去有几分滑稽。

“老爸，你快看，那里有江鸥！”我指着江桥下的飞鸟，兴奋地喊。

“是，是江鸥。好多年未见，现在它们又飞回来了。”父亲脸上挂上了笑，瞬间忘记了刚才的不愉快。

数十只江鸥在低飞，在江桥下盘旋，唧唧啾啾地叫着，那是春天里最欢乐的歌。

父亲茫然地看着江对岸，目光没了刚才的笑意。我拉着父亲的手，宽厚而又温暖。我们在江岸边慢慢地走，父亲步履蹒跚，偶尔还会打个趔趄。我紧紧地攥着他，脚步尽量放慢，再慢一些。

想着儿时坐在父亲的肩膀上看跑冰排的情景，恍若昨日。父亲总是高高地举起我，即使前面没有几个人。他总是在说，这样看，看得更远，更真切。

父亲老了，老得这么快，让我措手不及。

去年夏天，我们还在江边垂钓，到了春天，一夜之间，他的记忆开始变得模糊不清。父亲总会忘记对方的名字，总是抬起手指着熟悉的面孔发着呆，然后手臂软软地落下，脸上挂上失落。幸好，父亲一直记得我。

“丫头，你带我出去走走吧，给我买一块肉吃。”电话里传来父亲带着撒娇的祈求声，让我无法拒绝。

父亲就站在我的前面，一米之遥。可是他老得那么快，我用力地在拽着他，他还是挣脱了我的手，独自老去。

“老爸，你要每天和我通话，每天喊我十句丫头。”每次见到父亲，我就不停地嘱咐他。

“知道，我知道的，你是我的小丫头，最听话的那个丫头，给我买肉吃的丫头，我不会忘了的。”父亲叨念着，一边走一边说着，声音越来越低，最后我只听到了那句“给我买肉吃”，“丫头”却不见了，我的心紧紧地，发出了震撼性的呐喊，“不要忘记，你要记得我……”

四

窗外的草儿开始绿了，一颗颗晶莹的晨露挂在上面，让枯燥的春天有了几分灵动的细腻。

女儿迈着轻快的步伐走在我的身侧，嘴里不停地叨念着，“老妈，风还是很凉的，听我的对了吧！再说，这件翠绿的羊绒大衣很适合你，跟小草一个颜色，嘻嘻。”

小丫头长大了，在这个春天成了管我的“管家婆”。爱人接到任务，要出差数日，小丫头开始在我耳边碎碎念了。从衣服到鞋子，从早上吃的稀饭到晚餐后的水果，她事无巨细，写了一个小计划给我。她比她的爸爸还要细致上几分。

仿佛在一瞬间，我就感觉到她真的是个大人了。

从爱人出差的第一天开始，她便不再懒床，总是和我一个时间起床。我在厨房忙着做早餐，她先是开窗试试外面的温度，然后会坐在窗前大声朗读着我听不懂的英语。

我们总是提前 10 分钟出门，她总是牵着我的手走路。“老妈，我们不急，早点出门，听风，看风景。”

其实，北方的春天基本没有风景可欣赏的，只是我的伤脚让我走起路来要慢上几分。“老妈，注意点儿，前面有冰。”听着女儿的声音，我总是有一种感动，那应该叫作幸福吧……

这个春天，我最喜欢做的事情就是晚餐后和丫头一起聊天。

她把 30 分钟的运动时间留给了我。

“老妈，我写了一篇千字的讲演稿，我念，你听听……”

“老妈，今天我的同桌继续叫我‘妈’了，因为我再次帮他整理了课桌和整理箱，呵呵……”

“老妈，学校里的丁香花要开了，昨天我看到了枝丫上的花骨朵……”

平时不喜欢言语的女儿，在这个我们相伴的春日里，变得健谈了。

“女儿好，是一辈子的小棉袄，贴心。”这是母亲在我做妈妈时，对我说的第一句话。

看着我眼前的小丫头，秀发披肩，白皙的皮肤，翘起的小鼻子，微笑的大眼睛……我的心里有了一种甜甜的感觉，它就像窗外那缕阳光，瞬间驱走了雨后的寒凉，还春日以温暖。

茶味道

◆文 / 开心

静谧

桌上的那杯正山小种，味道刚好。金黄色的茶汤，心醉的颜色。不太浓烈的香味，悠悠地在唇齿间回旋，渐渐回甘。舌尖微涩，喉底升韵。

微笑着，抬头看你的脸，只是一个眼神，你笑着回我："看来喜欢……"

忽然想起了白天，阳光明媚，仰卧在吊床上，眯了眼睛，去看树叶间的阳光。天气稍热，杨树树干直直，叶子茂密，清风习习。吊床晃动时，刺眼的阳光，直射在脸上，我半闭了眼睛，胡思乱想。

安静着，几乎是半睡，合眸。家中两个帅哥，一直在"小吵"，我不去管，因为习惯了他们相似的眼神，和讲道理时的神态。这样眯着，半眯着眼睛，风吹过时，舒服。

阳光微斜时，我打开了书。吊床微微荡着，风悠悠吹着，树荫下，一份柔软的心境。某些冲动，心头轻漾。时光如水，往事如烟。那些曾经的梦想，曾经的疼爱，渐渐远去。泪水悄然滑过，我侧过脸去，安静……

相忆

一把小壶，泡了刚买的黑茶。只有在周末回到自己的家，待五岁的儿子开心睡了，我独自浅斟静思。

略微熟悉的感觉，没有普洱的浓厚，却醇香流连，唇舌眷顾。不知不觉里，温馨的感觉缠绕，柔柔的心境包围。

想起，去年父亲尚在，坐我面前，冲我微笑。想念，刻骨的思念。父亲走后，一直在想念中。泪流满面时，那些幸福的片段，让思念又阵阵心痛。

想起，今天倚在门口，看母亲在厨房忙碌，她抬头微笑。我的眸子里潮湿，我说:“妈妈，你瘦了太多。”她抬眼看我:“能不瘦吗？我一直以为，你爸没走远……”这一句，说得我泪涟涟的。

我知我本性拙极，执着地让人说傻，也知这种执念是一种苦。

一人坐在桌前，静静喝茶，点点滴滴，涌上心头。安静的夜里，窗外花香阵阵，阳台上风铃轻鸣，那些遥远的往事，父亲在世时的故事，悄然回放。当默默地低下头去，任泪水滑落，我终于明白，从前的时光，早已握不住……

时光

坐在这张旧桌前，我有些恍惚，仿佛回到那年，围在爷爷奶奶身边，一起喝茶的情形。

瓷白的旧茶壶，深褐色的茶汤，热气氤氲。第一杯倒出，复入壶中，稍闷一下，然后倒入桌上白茶碗里。香气四溢，满屋热气。我静静看着，眼睛点点润湿。

小时候，总在冬天回故乡。旧院子，老井，梧桐树，还有院角的大公鸡……都是最深的记忆。正屋中间，火炉上滚开着水，旁边是张陈旧的小桌，擦得干干净净。桌上摆了一把白瓷的旧茶壶。奶奶抓一把当地的老茶叶放入壶中，灌进热水，满屋的热气腾起，香气弥漫。

四个白瓷的大茶碗，一字摆开，奶奶将壶中的茶倒入。我馋馋地伸手去拿，奶奶轻推开我的小手，说：“小心烫着。”我笑嘻嘻地捧起一碗，学着大人，去啜。

此刻，我仿佛回到了童年。捧着这茶，微苦的味道，焦香的感觉，在口中久久回荡。熟悉的热气，全身腾起，温暖紧紧包围。

这么多年来，喜欢喝茶。童年的味道，一直眷恋。幼时长辈们的疼爱，融入茶中，回味一生。点点滴滴的茶香，如同体会这人生百味，细品慢啜，心底升华。

静捧这茶，我不声不响，眼底湿润。此时我不想抬头，那些久远的感动，忽然变得深刻，遥远的记忆慢慢变得疼惜。手捧这茶的暖，心中充满着暖意。看着这茶汤的颜色，忽然发现，时光就在这茶汤中，慢慢经过。

微醺

悠悠的茶香，环绕着我。一小杯凤凰单枞，面前袅袅。浓醇的滋味，清澈的茶汤，微微散发出香气。窗外细雨霏霏，屋内安静，无人打扰。

某些心绪无计消除，远远近近浮身畔。一人倚窗看雨，看那阴郁的天空，看那梧桐听雨。

生活中，太多的不懂，让我思考，这样的思考是父亲走后才有的。什么是真实的？真情又有多少？心之依靠，又是什么？自己的路是否正确呢？而我的坚持是否又是正确呢？能否抛却一些记忆，抛却一些心痛的东西，余一丝欢欣？

其实，越来越懂得，痛大于快乐，才叫人生。多少年后，或许正是困扰自己的，让自己心痛的东西，才是最为怀念的东西。

默默沉思，抬眼时微笑。呵，且饮这一杯，多少疑问，不想探究，不想追寻。就这样，微醺。谁说茶不醉人？只此一杯，足矣。

一程暖

伸手，接过一杯红色的茶汤，那是某友去云南，给我捎回的茶砖。轻轻地捧过，轻轻地嗅那味道，久久看那茶汤，又笑着浅饮。熟悉的味道，唇舌流醉，微有津生。接着，爽滑入喉，略带涩感，悄然回甘。

微笑着，仍然轻啜，只是低了眉，敛了心性，默然无声。多少滋味，心底涌起，不由合眸，思绪凝然。

时光于身上滑过，而我一直不言不语，安静。抬头，却看到关注的目光。

这一路走来，曾有多少人陪，只不过人生聚散，难以预料。那些留给我的温暖，心底轻荡，回忆中慢慢散开，回甘，如这茶香，如这茶滋味。

抬头时，笑着说，好喜欢这茶的暖，这茶的味道，这茶的回香，还有回甘时的芬芳，让我难以释怀。

是的，这一路走来，谢谢陪我走过，谢谢陪我的暖，送我的感动。张开双臂时，不曾明白，拥抱终会松开。那一程的暖，让我不能忘却，深烙心中。

不知回首时，能否再回“你”曾经的微笑，那些笑容变得湿润，变得无声。某天，我懂得了感恩，笑容里再也不会是无忧无虑，驻步“你”面前，或是从“你”身边悄然走过，心中的感动一直没有停止。“你”送我的暖，送我的幸福，我一生记得。

我的世界里，曾有过“你”的阳光。其实，幸福一直藏在记忆深处。

第六卷

岁月静美

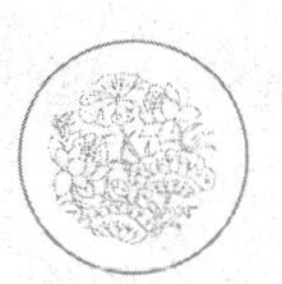

给心灵留白

◆文/潇湘竹雨

留白是一种心境，留白是一份遐想，留白是广袤邈远的意境，是心灵深处的安宁与闲逸。

留白是一种用想象力填充的空间，它不是实体，是精神感观。留白这个词对于画者是最清楚不过的，它是国画的一种布局与智慧，画如果过满过实，构图上就是去了灵动与飘逸。显得呆板没有灵性，让观赏者失去了遐想的空间。一张画，不管是一杆杆翠竹，还是一大朵晕开的牡丹，都需要留白，流出水墨呼吸的空间，亦是留出其真正的意蕴。画的留白，是计白当黑，无画皆成妙境。

人生恰如这幅长长的画卷，生命诞生时，心灵只是一块洁白无瑕的画布，洁白，是生命的原色。他给你无限临摹的空间。可以在上面执笔山水，亭台水榭，江南烟雨，塞北雪原，大漠烽烟，你途经的每一处风景都在画中。四季皆可为背景，灵为墨心执笔清灵飘逸的水墨，与洁白上洇出你尘世游历的故事。故事情节亦是充满了戏剧色彩，悲欢离合，得失皆有。奔波于尘世，烟火中游历沉浮，不遗余力地拼尽所有，追逐繁华盛景。搏击中亦是会有收获，同时错过了与之相约的风景，到头来做了辜负之人。

得失一向是纵横交错地缠绕着，人间世事终难两全。收获的喜悦如清风欢乐地拂过心海，一时间荡起欢喜的涟漪，如春花绽放在眉宇间，却短暂的只一个转身的光阴，就已是落花成泥。纷繁中云水禅心消繁成简，用简洁的笔触勾勒出多彩的人生，亦是水墨简约的韵致。

年华叠加延伸他的长度，生命的色彩是画的图案，不要满眼满实，绚烂到鼎沸的花，不如那满树含苞的蕊，每一个骨朵儿里都携着寒冬里酝酿的心事，有些欲说还休的嫣然，最美不过花未开月未满时，这也许是一树花的留白。旅途中留一处洁白，亦会是自己心海一角的桃花源，那里没有尘世浊浪，亦是一方纤尘不染的春江花月夜。轻盈回眸，拾捡岁月深处过往的零零碎碎，于缄默的安静里拼凑，还原那些回不去的日子。

世俗的况味喧嚣繁杂，生活节奏催逼着脚步，心被挤压的狂跳，烦乱得使人有了窒息的感觉。人生需要奔跑，也需要闲庭信步。身在俗世，谁也摆脱不了凡俗，为名利奔波，追赶着繁芜的脚步终是会感到疲倦。这时需要停下来休憩，放慢脚步，用一阵清扬与淡泊的清风，摆渡利欲熏心的阴霾，风过云雾散尽，尽现碧空穹宇的高阔。繁忙劳碌的生活中，需要给内心一个曲径通幽处，让喘息的灵魂小憩，读心中那山的巍然、海的博大，使心灵达观，让人生拥有一份豁达与从容。

每天在钢筋混凝土的楼林中穿行，失去灵动的目光，似乎也被水泥凝固得没有了颜色，到处灰蒙蒙如烟似雾般地笼罩着白日的时光。每天要面对繁忙的工作，复杂的人际关系，浮躁的快节奏，枯燥，乏味，会感身心疲惫。羡慕那些皈依佛门的僧者，了断红尘烟火的纠缠，每天在晨钟暮鼓的梵音中修行。无奈今生只是凡夫俗子，偏又迷恋红尘，总是难脱苦海。其实也并不是身陷囹圄，只是自己不能自拔。好在还懂得给自己一份留白，闲暇时许心灵一抹春暖花开的明媚，与每一个静夜里，坐拥一泓月池的清凉。

挽一抹月夜的寂静，蓝色的月辉是心情的清凉。心绪在清风拂过的渡口起航，左边是往事云烟，右边是记忆的涟漪，独上兰舟划过流年烟水。寂寞如烟的夜晚，推开蒙尘的窗棂，清辉透过心的帷帘，月光的清宁淡泊白日里的喧嚣。心灵于长河中浣洗去烦乱，摘下面具，显露原来的本色。此时灵魂穿越了时空，执笔素笺临摹一些前尘往事，镌刻一剪光阴里的相遇相知。于川流不息的岁月里温一壶月光美酒，杯中斟满往事的情意，饮下美好的回忆，让心海徜徉。

一个人的时候，未必是孤独，那是给自己最好的一份留白。人与人未必天天腻在一起就是情深，每天前呼后拥就是有缘，尽量多留一些时间给自己，不要总是在火热中忘我。人生在世不要把任何事物都演绎成极致，因为极致只是瞬间的光芒，因过于灿烂就如同一轮满月，等待着的只会是圆满后的消减。

一直很喜欢陶渊明的诗，与他回归本真的旷达，他不愿为了名利而委屈了自己那颗淡然的心，他决绝地疏离宦海，归隐田园。茅屋草舍，种田自给，虽是淡饭粗茶，却是他心灵中的桃花源。也许寻不到陶渊明那处山水静地，可以在内心世界里，梅妻鹤子，种菊修篱。心中有自然，人生皆暖意。

人一生能够繁华筑梦，风生水起固然是好，可在繁华的角逐中，凯旋者终究是寥寥无几。大多数人都是一生平淡无奇，走着平凡的路，过着平淡的日子，可依然有很多人会幸福得像花一样地美丽。源于物质上的淡薄、精神上富足，才会使人神情饱满，热情洋溢地面对平庸。平凡的烟火，宁静的光阴，亦是一份清欢。

宁静处，一书，一茶，一缕时光，足可盈润着内心的枯燥。一把藤椅，一首古琴清音，一卷唐诗或宋词，如花般绽放于灵魂深处。豪放婉约平仄韵律是内心的桃花源。是“人生得意须尽欢，莫使金樽空对月”的诗酒情怀。是“疏影横斜水清浅，暗香浮动约黄昏”的清雅风骨。轻叩锈蚀的门环，挽着隔世的清凉，于隔着千年烟水的文人墨客结一段心缘。“桃花潭水深千尺，不及汪伦送我情”的深情厚意，温暖人情冷暖的薄凉。

拥有的喜悦抵不过麻木的灵魂，利欲熏心的烟雾熏染着洁白，日子久了人似乎木讷得没有了灵性，如同孩童鞭下抽打的陀螺，每天只是机械性地运转。人没有了思想，只是一个空空的躯体在世间里为绽放绚烂浮沉着。即拥有了纷繁的极致，又会如何？在豪华的宅子里也只能睡一张床，华丽的装扮也有谢幕的时候，纵使每餐都珍馐美味，也会吃腻。物质上的追求是衣食住行的保障，是人身躯体上的一种需求与满足。人在世上，奔波于市井喧嚣之中，追名求利是无可厚非的，只是不要失去了灵魂的本真，不要丢失了人性的真善美，不要让世俗尘烟把心灵熏染成了暗红色、失去了最初的纯洁。

人生如梦，梦再美，也会被晓风残月的清凉惊醒，一路追梦，风雨兼程，等人生的路无了去处，所拥有的一切在你的手掌里失散，循着来时的冰清玉洁与人间作别，来也空空，去也空空。人生一世匆匆几十年的光景，莫被浮华蒙了心，莫使岁月空蹉跎。沿着人生轨迹前行，喧嚣岁月里，挽一缕明月清风的幽静，掬一抔蓝天白云的旷达，剪一袖春暖花开的暖意，许心灵一份风烟俱净、秋水长天。留白处是人生的驿站，是心灵的憩息。那一处幽静的空间是海角天涯的期待，是纤尘不染、千山万水的憧憬。心念在闲静里含着蕊，绽着朵，于这缄默的光阴中安然。

岁月幽深，站在时光岸边凝目远方！回首，已不见了来路，剪一眸过往的风景，临摹于人生的留白画卷中，时光的墨洇染出沧海桑田。未来，等待着生命的丈量。掬一缕清风，携一抹云朵，安然于岁月红尘。赏阡陌花开花落，听尘世烟雨潇潇，心，淡然安静。植花树于心田，拥淡泊荡开尘世浮华，绽放岁月平淡的美丽，淡淡的烟火，简洁的人生，亦是一生的岁月静好。

留白，是一隅心灵净地，灵魂深处的一种飘逸。留白，是生活的海阔天空，是人生画卷中一份豁达的韵致。

不打折扣

◆文 / 春华秋实

清冷的一天，雨像难缠的追求者，给你的不是爱，是泥泞的心情。我走进熟悉又陌生的母校，莫名地惆怅。因父亲的原因，我被混沌的世界包围，稀里糊涂和母亲被遣返去了乡下，我挥泪离开母校。三年后，父亲落实了政策，我又被卷进了“回城”洪流，如一颗砂砾被弱弱地抛回母校。在乡下，我得过传染性脑膜炎，阎王爷没要我的命，却导致我休学一年，和熟悉的同学们擦肩而过。走在冷冷的雨中，秋风抽打着瘦弱的我，雨水溅湿了脸，我开始瑟瑟发抖，孤独感从心底升腾。

新班级里，有两人首先闯入我的视线——顺和鸿。顺和鸿在第一桌，就在我前边。

顺皮肤白皙，眉清目秀，明亮的眼睛闪着忧郁的神情，乍看俨然是个英俊少年。他行为举止与众不同，男孩子们大多如脱兔，常常颠颠地一溜小跑，没像样的站姿，斜腰拉胯松松垮垮，你捅我一下，我打你一拳，在教室里你追我赶，尘土飞扬，他们的世界乱作一团，也不分胜负，但活力四射。可他如一尊线条分明的雕塑，一副思想者的神情，眼里折射着睿智的光芒。可光环持续没多久，他的自尊在艰难行走中，在我的视线中跌落。他这辈子要用右手抵住右腿一起一伏地行走，但他的目光里却没有自卑。在阳光的照射下，他跳跃地行走着，旁若无人，嘴角的线条分明而坚定，骨子里有孤傲的气质，看人的目光有一种说不清的不屑。

也许因为我是新生，顺在同学中对我还算友好。一次，他从书包里小心翼翼地拿出一张宣纸递给我，说是模仿名人的书法作品。我怀疑可又好奇，赶紧摊开褶皱的纸张，原来是模仿毛泽东主席的狂草诗作《沁园春·雪》。虽然书法字体略显稚嫩，笔力不够遒劲，但颇有几分飘逸、豪迈之风。我忍不住啧啧称赞，其他同学也凑过来，有的男孩子冷嘲热讽，嘴巴撇到后脑勺跑走了。顺习惯了别人的轻蔑，脸红之后，不屑地抿着嘴。课堂上，谁都不能影响他专心听课，偶尔调皮的男生在乏味的课堂上出怪调，一浪高一浪的哄笑声，也不能阻止他的眼睛追踪老师的粉笔，他统领着自己的知识王国，此时才让他体会了自尊。我觉得在班级里，他和我一样孤独，我不时抬头瞥他一眼，不单是同命相怜的孤独感驱使，我想在他身上找寻迷失的自信；可我和他不过是遥望而已。一次，上政治课，老师让我们前后桌讨论，顺慷慨激昂地和我们争执问题，他手里的铅笔头冷不防扎进我的手心里，鲜血顿时汩汩流出，他吓傻了，赶紧掏出手帕给我按住伤口，嘴里不停地说，对不起。全然没有了以往的高傲，完全是一个天真的大男孩儿。看他吓傻的样子，我心里反倒多了几分亲近感，和他瞬间拉近了心灵距离，从此便话题多多。

赵老师是北京大学毕业的地理系高才生，是个尽职尽责的老师。他的课程教具最多，上课怀里总要谦恭地抱着地球仪，地理课讲得有声有色。可枯燥的季风性、海洋性气候、盆地、丘陵等乏味的地理专用名词，很难吸引猎奇心理浓厚的男同学的眼球，有的干脆像太阳底下，蜷缩在台阶上瞌睡的小猫，眯缝着眼睛打起了鼾。赵老师便用粉笔头抛出弧线击中他们，他们打个激灵，揉揉眼睛，睁开睡眼惺忪的眼睛，那副窘态引起哄堂大笑。这群淘气的主儿便开始恶作剧，赵老师没办法，只好听之任之。可不偏科目的顺，却如隔世，依然专心听老师讲课，而赵老师亦如找到了知己，目光始终游离在顺的脸上，顺的眼里也闪着和老师互动的激情和光芒。课下，顺的身边聚集着死皮赖脸要抄袭地理作业的男生们，顺一概拒绝，男生们只好悻悻地跑出教室。

众多同学里，鸿相貌平平，可她如“爬山虎”盘根错节，普通又顽强地疯长在我心里。她梳着两根粗粗的、黑亮的发辫，肤色略白，满脸跳跃着淡褐色的小雀斑；她说话前会眯着小眼睛，笑眯眯地闪着温暖的光，露出一排整齐的牙齿。初到班级，我的孤独感蔓延成自卑，课下我静静地趴在书桌上发呆，女同学们在窃窃私语，其实不是私语，话已经传到我耳朵里，她们说我脚上穿的母亲做的布鞋；她们可以穿姐姐丢弃的鞋子，自然有明光锃亮的皮鞋，看我穿着布鞋，眼神就像看到了异类。乡下三年，我早对白眼和轻蔑的目光有了免疫力。何况鸿主动和我搭讪，她不在乎我穿什么，用善意的眼神迎接我，我的阳光心态在她温暖的目光里慢慢回归。她掏心掏肺地告诉我，她小时候淘气，伤到了筋骨，所以走路一跛一跛的。她的口气风轻云淡，倒像在说旁人的传说。我曾经暗自埋怨老师，怎么把两个肢体残疾的人排到一桌，可她告诉我，排座位时女同学嫌顺身上有异味，扭捏不愿和他在一桌，她便主动坐到顺身边。我虽然没赶上，但想象得出顺当时的尴尬，也佩服鸿的勇气。鸿告诉我，有的同学说她喜欢顺，鸿纯真的脸上掠过一缕忧郁的云。可没等我安慰她，她又说若是同学们知道顺的经历，都会帮他的。原来，鸿和他是邻居。我望着鸿，想得到答案，她眼神闪烁，旋即岔开话题，脸上的线条慢慢舒展、柔和起来。

每当学校举行运动会，或是召开会议时，鸿便替顺拿着凳子，她觉得是理所应当的事情。可免不了有无聊的男生起哄，和八卦的女生交头接耳。我为鸿鸣不平，可鸿就像局外人，兀自做着一切。

骄阳似火的夏天，学校要开全体会。可老天偏偏给人脸色看，突然下起瓢泼大雨，顽皮的男生倒像过节一般和大雨一起欢腾。同学们穿着雨披，手里拿着凳子，排着队伍踏着泥泞的路向操场走去。队伍第一排是顺和鸿，他在泥泞中艰难前行，鸿披着雨披，手里拿着两个凳子；顺身子一会高一会低，鸿一跛一跛的身影在雨中晃动。突然，顺脚下一滑失去了平衡，往日端坐的自尊轰然倒下，他在泥水里爬行，无助、倔强地想自己站起来，队伍混乱，同学们傻了。鸿放下板凳，跑过去拽顺，自尊心极强的顺甩开鸿的手，歇斯底里地干嚎：不要你帮我，放开我！他试图在泥泞中站起来，可残缺的腿不听使唤，他成了泥人，他使劲捶打那条残腿。我被震撼了，是否去扶他，他会拒绝吗？没等我决定，几个高大男生抱起顺，我和鸿跑过去，递过手帕，一男生甩开我们的手，那意思好像是，男子汉不用手帕。他用双手东抹一把西抹一把，擦去顺脸上的泥水，拍拍顺的肩膀，把他的凳子从鸿的手里抢过来，队伍继续前行，顺恢复了平静。

自此后，学校有活动，那些不着调的男生们会抢着替顺拿凳子，而顺脸上也挂着少有的笑容，看男生为此嬉笑怒骂，接受他们的友好，再没有同学嘲笑鸿了。但那些男生也别想抄袭顺的作业，他会一本正经地把作业本装进书包，自己写去，别想偷懒！我和鸿看着顺那张包公脸，笑得不行，男生们自知理亏，摸摸后脑勺，你推我搡红着脸跑出教室。

临近中学毕业，学校组织歌咏比赛。我们班自然不会落后，大家说好包括顺全体参赛，赛后照“全家福”合影。同学们铆足了劲，争取得全校第一名。参赛的歌曲是——《团结就是力量》。顺头几天很兴奋，跟同学们练习二声部配合。可临近比赛，他神不守舍，老是走神唱错声部，明明该女生唱，他却突然冒调，引得哄堂大笑。我和鸿知道他专注的个性，一定有心思，否则不可能如此。鸿就问他，可他支支吾吾搪塞了事。

比赛前一天是最后彩排，可同学们发现缺一位，那就是顺。我问鸿，鸿也说不清。

第二天，歌咏比赛开始，下个节目就是我们上台演唱。同学们都情不自禁往操场门口方向张望。熟悉的人影出现了，顺坐在轮椅上，一个很优雅的中年女人推着他。顺理着帅帅的发型，穿一件白色衬衣，藏蓝涤卡裤子，显然做好了参赛准备。鸿走过去接过轮椅，推顺到队伍中，我们整齐地走上舞台。那天，同学们的二声部唱得非常出色，歌声音质整齐划一，浑然一体，震撼了评委，赢得全校师生的掌声。歌曲尾声落地那一刻，我们知道赢了。我们照了完美的“全家福”。

回到教室，同学们难掩兴奋，老师把鸿叫到教研室，我们才注意到顺也不在。我们面面相觑，却没有答案。

二十分钟左右，鸿红着脸回到教室，我悄声问她，她羞怯地说，顺的生母来了，那个体面女士就是她，这次从澳洲回国，要把顺带走，弥补当年因为残疾丢弃他的歉疚。顺的养母虽是普通人家的女人，却很通情达理，领养被遗弃的顺，也希望他的亲人早日认领，所以不存在纠纷问题，但顺不打算跟生母去澳洲生活，故意对她说，要听鸿的建议。老师只好让鸿去教研室，鸿绯红着脸，看着顺的生母渴求的眼睛，再看顺穿着打扮明显体面了很多。她平静片刻说，你，你跟着阿姨去澳洲吧，你会有前途的。顺望着鸿，轻轻点点头。顺的生母拉着鸿的手，说了一火车感谢的话，显然顺把一切告诉了她。她吞吞吐吐地问鸿，你喜欢我家顺吗？跟我们走吧？我供你上学……她话没说完，顺急眼了，一拍轮椅扶手，说他妈在侮辱鸿，说完转动轮椅出了教研室。

下课铃声响了，我和鸿背着书包走出教室。我好奇地问鸿怎么打算？她反问我，我不假思索地说，你选择留下，你不会让友谊打折扣，对吧？鸿不回答抿着嘴，脸上第一次露出狡黠的笑容。我捅她一下故意卖关子，你不想去澳洲看一蹦一蹦的大袋鼠啊？她说，不想，看惯了小老鼠。说着在我的鼻尖上轻轻刮一下，头也不回，一跛一跛的身影披着彩霞，消失在苍茫的暮色中。

如初

◆文／琴声悠扬

一

她出生的季节，桃花如云，一树一树地怒放。她爱笑，小脸蛋总是红彤彤的，溢满春色，所以取名“桃花”。

桃花和我在一个小院里长大，两家门帘斜对，她没事一天能穿梭数十个来回，妈妈总说她是蝴蝶托生的。她张扬的笑声，一串一串淹没着矜持。

桃花会搂着门口那个捡破烂的婆婆，一边捋顺她凌乱的白发，一边笑着端详老人家布满皱纹的脸，怪模怪样地问：婆婆，你年轻那阵，是个美女吧！

院子里的六、七户人，她都很对眼，喜欢对大人小孩品头论足，大家对小疯子一样的她也是无可奈何。

桃花还经常挺身而出。哪家两口子吵架，小小的她会从天而降，为弱者打抱不平，除了指责对方的不是，还把弱者的一方拉回自己家。

桃花喜欢和我钻进一个被窝里，她把白天的不安分带进梦里，不是打翻了暖瓶，就是把被子蹬到坑下。

桃花也有静如处子的时候，我家有很多图书，她读书的时候，会不顾天黑和忘记吃饭，总是让她的父母喊多遍才慌不择路地小跑而去。

从小学到初中，桃花的成绩总是和我一路跟随，不相上下。

夕阳下的堤坝，一览无余的黄河，看着上下翻飞的燕子，桃花张开双臂吟诵一句“落霞与孤鹜齐飞”，然后看着我，等我说出“秋水共长天一色”的时候，她大喊一声：太美了。做极其陶醉状。

我难过的时候，桃花心里也难过；我开怀的时候，桃花会疯了一样地笑，吓飞了屋檐下的蝙蝠。

有我的地方就有桃花，有桃花的地方就有我。

二

高中的时候，我选择了理科。桃花喜爱文学，她坚定地从我们班转到了文科班。

高考结束，我考取一所财经学院攻读财务，桃花录取到师范大学中文系。

人生真是一棵长满可能的神奇的大树。这句话我一直回味不尽。

那年大学毕业，我市财政税务系统招考公务员，我和桃花以优异的成绩同时录取到税务机关。

昔日的发小，儿时的闺蜜，命运的波涛意外地又将两只相知的小船推进了同一个港湾。我们欣喜地拥抱在一起，奔跑到河边，仰面躺在大青石上，仰望蓝天，沉默良久。桃花突然放声大笑。我吓了一跳问她：“小疯子，你傻笑什么？吓死我了。”

她把腿放在我腿上，笑逐颜开地说：“我有个想法。”

我纳闷地捶她：“快说。”

这时候，她竟然有了罕见的严肃，神秘地对我说：“我们注定分不开了。一起找老公，一起生孩子。”

我以为什么鬼事呢？

头扭到一边不理她。

事情果然沿着她的思路发展，我们很快找到了自己的一半，并且幸福地建立了各自的家庭。那年冬天，西北风刮得很厉害，桃花穿着臃肿的运动服，递给我一个字条，上面写着“月明、秋思”几个字。

看我不解，她郑重地说:“两个宝宝的名字我都取好了。如果一样的，让他们结拜兄弟姐妹；如果不一样，以后让他们做夫妻。”岁月褪去了桃花疯癫不羁的性格，此时的她有了几分成熟的风韵，不像是开玩笑。

我知道，桃花取了她喜爱的古诗唐朝王建的“今夜月明人尽望，不知秋思落谁家”中的两个词。对她这个指腹为婚，两个老公均无异议，一致拍手叫好。

第二年，桃花生了儿子取名“月明”，我的女儿叫“秋思”。

三

两个新时代的孩子，有很多相同的衣物、相同的玩具，甚至吃一样的零食。他们在一起学画画，一起学英语，在一所不错的学校接受启蒙教育。

那是一个周末，我们带着孩子在中心广场玩耍，我发现月明走路有点踉跄，就问桃花:“月明啥时候摔跤了？”

桃花也很纳闷:“没有摔过呀，我也发现他的小腿不对劲。”

我们决定到医院去看看。

医生建议我们去更大的医院去诊断，这让我们心里非常不安。

桃花一家三口随后去了省城，我的心也跟着去了。三天后接到桃花打回来的电话，她泣不成声：孩子患了一种叫作进行性肌肉萎缩的病。医生说这是当今世界医学上的难题，孩子也许活不到十八岁。

我马上去咨询了专家，才得知进行性肌肉萎缩症是一种非神经性病因所造成的疾病，肌肉细胞本身随着时间及年龄渐进性地损伤与萎缩，最后危及生命。桃花一直哭，回家路上哭了一路。

随后，桃花和她老公辗转北京、上海、广州、西安等地，为了月明花光了所有的积蓄，还向亲朋好友筹借了不少。但是得到的除了医生的手足无策，还有更大的致命打击，就是医生警告他们不能再生育，否则也是这样的结果。

回到家里，桃花抱着月明从日出哭到月落。

可怕的结果真的就如医生所言，月明的脚步一天天蹒跚起来，渐渐地不能自理，不得不在九岁那年辍学回家。

桃花不惜借钱为月明购置了一台电脑，还开通了网上银行，一是让月明打发无聊的时间，看到自己中意的商品随时选购；另一个让月明便于和其他病友交流病情，以求得更好的治疗办法。

听说陕西有对双胞胎病友，母亲天天给他们泡澡按摩，之后有点起色了。桃花和老公两个人轮流给月明按摩，从头部到脚心，多年不懈。

月明渐渐明白，他似乎感受到了死的威胁，所以不敢睡觉，唯恐眼睛一闭，永远不会睁开。夫妻俩每天夜里轮流陪伴孩子说话，给他翻身，数年如一日。

病情并没有因为桃花夫妻的尽心呵护而减缓，月明腿部、颈部严重萎缩，整个身体塌陷，四肢完全扭曲。命运毫不放手地摧残这个花季男孩。

桃花写过一篇文章发表在杂志上，标题是《我幸福，儿子熬过十八岁》。她在文章中这样写："儿子十八岁了，对于任何一个家庭，这是最平常不过的事情。可是对于我们，无数个不眠的夜，我们用爱的传奇，打破了医生的预言，我们期待看到儿子坚强地走过十九岁、二十岁……只要儿子有一天的生命，我们就不会放弃。"

四

当我的女儿秋思和她的同龄人硕士即将毕业，自信满满地走向社会的时候，月明的身体日益蜷曲，一次次病危告急。接近年关，桃花好几天都没有上班，我突然有一种不祥之兆。

天刚蒙蒙亮，我立即驱车赶赴她的家里，月明奄奄一息地躺在床上，桃花满脸憔悴，双眼红肿。我让桃花去另一个房间去休息，由我来陪伴月明。

月明用微弱的声音说:“阿姨,我小腿酸胀,心脏难受,你给我揉揉。”

我坐在月明身边,不断地给他揉揉胸口,捏捏四肢。看着这个被疾病摧残只形同枯槁的孩子,我无能为力。他无力地看着我:“阿姨,我眼睛看不见了,看见东西是白色的。”他一直这么清醒,眼睛开始散光,显然已经到了弥留之际。

我把桃花夫妻安置到另一个房间,去整理月明的新衣服。桃花哭着阻拦我:“不要,每次月明都能挺过去。”

在我的注视下,月明瘦弱的手慢慢滑落,他安详地闭上了眼睛,这个世界给他带来了太多的折磨和苦难,也赐予他太多的温暖和母爱。他在离开这个世界的最后一句话竟然是:“照顾好我妈妈。”

我的满眼都是泪水,搂着几乎崩溃的桃花,我的心痛痛地抽着,我摇着她的双肩,轻轻地说:“桃,你一定要坚强,不要再添乱,让我们有精力把月明好好送走吧!”

桃花点了点头。

我们把月明葬在一片碧绿洁净、阳光可以投射的小树林里。

五

月明走后,桃花像变了一个人。

她不愿意上班,不愿意和大家坐在一起,甚至不愿意出门。她把自己一个人锁在家里,除了摆弄手机,就是傻傻地坐着。

桃花的老公是个独子,三代单传,桃花因此背上更大的愧疚,承受了更大的精神压力。尽管经济拮据,她用按揭的方式在附近给公婆买了新的楼房。她把自己锁在屋子里,每天阅读《弟子规》,道家的书籍,还有佛经,精神已经遁入空门。

月明走了,也把她的快乐和支撑带走了。

五月的一天,我约桃花来到黄河边。大青石还在那里静卧着,而我们已经不再是躺在它上面仰望天空的年龄了。黄河不是汛期，但水量极大，波涛翻滚，阳光照射在河面上，波光粼粼。

我们默默坐在大青石上。桃花一脸的忧郁。

耳畔是黄河咆哮的声音，我想打破这个沉寂，就自言自语低声吟诵："君不见黄河之水天上来……"

桃花低沉着嗓音，伤怀地说："君不见高堂明镜悲白发，朝如青丝暮成雪……" 她一直沉浸在另一个封闭的世界里不能自拔。

"桃，月明走的时候，你知道他说什么吗？"

桃花的眼睛立刻布满了泪水，她看着我，等我的下文。"他说：'照顾好我妈妈。'"

桃花哭了，从轻轻抽泣一直到哭出了声。

我安慰她："桃，你是世上最伟大的妈妈。月明最不愿意看到的，就是你这个样子。"

"还有老公和父母，今天你这个样子，是月明和我们最不愿意看到的。你看眼前的黄河，淘尽了多少离合悲欢、多少兴亡故事，不是都过去了吗？你有梦想，还有很长的路，振作一点好吗？"

桃花哭够了，慢慢安静下来。她给我说："我想听一首歌。"

我吃惊地看着她，两个人同时默契地说："《如果云知道》"。

她含着眼泪笑了。

如果云知道
逃不开纠缠的牢
每当心痛过一秒
每回哭醒过一秒
只剩下心在乞讨
你不会知道……

齐秦的这首歌曲，我们不知道听过多少遍，空灵婉转的音响，悠扬舒缓的旋律，如此的醉心，让我们痴迷。

在这个“人间四月芳菲尽”的季节，黄河大峡谷的青石缝隙，竟然生长着一丛丛的小黄花。我走过去摘了几枝，把两朵大一点的花插在桃花的发间。然后倒退几步，举起手机，对着桃花说：“美女，给哥哥妩媚一笑。”

桃花立即笑着，站起来欲打我：“你胡说什么！”

我慌忙沿着黄河逆流而逃，一边逗她：“你打我干什么？你着急也没用啊！可怜我也是女儿身，这辈子没机会了，下辈子你嫁给我吧！”

桃花大笑，追着要打我。我转过身，“咔嚓”一声抢拍，桃花满脸的笑容瞬间定格在青山矗立、大河汹涌的背景上。

照片上的她笑颜如初，灿烂如初。

我在心里默语，过尽千帆，你依然是我永远的桃花。

远去的北大荒

◆文 / 不屈的棋子

过去，黑龙江省的三江平原、黑龙江沿岸，以及嫩江流域是一片人烟稀少、荒芜萧疏的地区。原本这里就少有人住，加之满族人入关以后，为了所谓的巩固祖先的龙脉，更是禁止汉人进入关东，因此就使得这里方圆千里之内人迹罕至、一片荒凉，故被称为北大荒。北大荒的地形以平原和低洼沼泽为主，间以少量的低山丘陵和山冈坡地。北大荒由于开发较晚，因此土地肥沃，素有“捏把黑土冒油花，插双筷子也发芽”的盛誉。另外这里物产也极其丰富，各种山珍野味随处可见，这里一直流传着“棒打狍子瓢舀鱼，野鸡飞进饭锅里”的民谣，可见那时北大荒的富饶程度。

新中国成立后，在五十年代，国家对北大荒进行了大规模的开垦，慢慢地，北大荒才变成了如今的北大仓，成为了我国主要的粮食生产基地。我小的时候，北大荒基本上已经得到了彻底的开发，人口开始增多，许多的沼泽和坡地也都变成了万顷良田。在北大荒转变成北大仓的过程中，一些适宜野生动物生存的环境受到了人为的改变，因此“棒打狍子瓢舀鱼，野鸡飞进饭锅里”就似乎真的变成了一句传说中的民谣了。但值得庆幸的是，我小时候却有机会目睹了北大荒从前的风貌。那是在三江平原东部一个靠近许多丘陵的地带，那里坡地较多，交通不是很便利，还没有完全开发，我的三舅爷就住在那里。

棒打狍子

狍子属偶蹄目，鹿科，身长一米多，毛多为浅棕色或栗红色，尾巴较短，屁股上有一块白斑。公狍子头上有角，但没有鹿角大，只分三叉。狍子是食草性动物，喜食嫩树枝、青草和浆果。狍子还十分善于奔跑，被东北人称为“草上飞”。另外，狍子生性好奇，喜欢对新鲜东西琢磨不停，因此又被叫作“傻狍子”。

我小时候去过我三舅爷家一次，并且在那里住了一年多，见识了传说中的“棒打狍子”。

我与奶奶坐了几个小时的火车，在一个偏僻的小站见到了来接我们的三舅爷。那时正是冬天，天地一片纯白，方圆几十里地看不见一户人家。我和奶奶坐在舅爷的马爬犁上，舅爷穿着翻毛羊皮大袄，长鞭绕着圈在头上挥舞，两匹红马撒开四蹄，爬犁像箭一样在雪原上飞奔。

半路上，马爬犁刚绕过一片榛柴棵子，眼中忽然就看见了七八只在雪地里刨雪觅食的狍子，离我们不到十米远。它们猛然间看见了马爬犁，不禁吓了一跳，轻叫了几声，愣在了当场。它们离我是那么的近，使我能够清晰地看清它们的样子。这几只狍子身上的毛是栗红色的，毛尖在阳光下闪着点点的金光，两只公狍子头顶上长着漂亮的角，几只母狍子的肚皮下是浅黄色柔软的毛。它们没有被我们惊跑，而是高昂着脖子，侧着头，用两只黑溜溜的小眼睛紧紧地盯着我们，目光中充满了警觉和好奇。有两只小狍子好像被我们吸引住了一样，竟然向着我们轻迈了几步，想必是想靠近了我们，好仔细地研究一下我们到底是什么神奇的事物。

几只狍子正在好奇地琢磨我们的时候，马爬犁驶到了它们的身边，三舅爷在空中“啪”地甩了一声鞭子。这一声鞭响，一下子让它们缓过神来，似乎感觉到了危险，不约而同地掉转了身子，撒开四只细小的蹄子，向远处狂奔而去。它们奔跑时身形十分矫健，速度也极快，都翘着尾巴，露出了屁股后的一片圆形的白毛。马爬犁继续前行，那几只狍子跑出了几十米，发现我们并没有去追它们，于是又都停住了脚步，心里十分疑惑，纷纷走回到了原处，抬着头目送着我们远去，真是一群可爱的傻狍子！

我三舅爷住的村子一面傍山，一面临河，村子极小，村里只有几十户人家，像一只失群的小麻雀落在广阔无垠的雪野中，孤独却又自由；又像一块遗失在尘世之外的璞玉，矜持而又安分。三舅爷有个儿子，二十二岁，我要叫他根叔，他们爷儿俩都喜欢打猎，家里也备有一只双管猎枪。三舅爷家一冬天野味不断，院子里的雪堆里埋着许多的狍子肉、野猪肉和兔子肉；房子外面的前墙上挂着一溜十几只没有褪毛的野鸡，花花绿绿的，十分好看；屋里炕上并排铺着五张狍子皮。三舅爷说狍子皮的毛脆皮薄，不能做皮袄，但却隔凉隔热，一般都用来做狍皮褥子。

我刚到三舅爷家没两天就吵闹着要上山去打猎，最后终于如愿了。那天，三舅爷、根叔和我，还有四条清一色的大黄狗一同进了山。三舅爷背着双管猎枪，根叔手里竟然拎了一根柞木棒子。我十分好奇，就问他，他笑笑说，你没见过“棒打狍子”吧？今天我要让你见识一下，这下我就更好奇了。

进山后不久，远远地就发现了一群狍子，能有十多只。三舅爷把枪膛里上好了子弹，然后就拉过我，一起躲在了一棵粗大的樟子松后面。根叔领着四条大黄狗，从侧面绕了一个大弯，转到了狍子群的后面。山上满是积雪，狍子觅食困难，有的用蹄子刨开积雪寻找枯草和落叶，有几只公狍子，两只前蹄竖起，搭在柞树棵子上，努力地仰着头，在够树枝上残留的柞树叶子。根叔悄悄地转到狍子群后，忽然就大喊一声，同时挥舞着手中的柞木棒子，领着四条黄狗向狍子群冲去。狍子正在专心觅食，猛然间听到一声呐喊，抬头一看，一人四狗正向自己狂奔而来，它们稍微愣了一下神，觉得不妙，于是就向着我和三舅爷藏身的地方狂奔而来。

眼看着狍子群就要到我们跟前了，三舅爷忽然就跳了出来，大喝一声“呔”，十几只狍子一下子站住了脚，愣目愣眼地盯着三舅爷瞅，看样子它们一定觉得奇怪，心想：这又是一个啥东西呢？就在这时，三舅爷开枪了，第一枪就打中了一只公狍子，它向上一蹿，然后就跌进了旁边的雪窝子里。其他的狍子转头就跑，这时三舅爷又放了一枪，又有一只母狍子被打中了，一头扎进了雪窠里。

其他狍子没跑多远，就迎面碰见了根叔和四条黄狗，于是就四散开来，到处乱跑。根叔领着黄狗认准了一个狍子猛追，那只狍子惊慌失措，晕头转向地跑进了一个大雪窝子里。这个雪窝子里的积雪很深，上面只有一层雪的硬壳，那只狍子没跑几步，四条腿就深深地陷进了积雪中，只留下上身在拼命地挣扎。根叔拎着柞木棒子慢慢地向它靠近，然后把棒子高高地举了起来。那时我只有十二岁，怕见到血腥，于是赶紧闭上了眼睛，等眼睛再睁开时，根叔已经拖着那只狍子来到了我的面前。

那天我们吃了一顿狍子肉馅饺子。狍子全身都是瘦肉，看不见一点脂肪，肉丝极细。我三舅奶把狍子肉里掺了点肥肉一起剁成馅儿，她说狍子肉太瘦，加点肥肉会更香。那顿饺子我吃了一大盘子，饺子肉馅鲜美，香气扑鼻，让我至今难忘。

瓢舀鱼

过去的北大荒江河纵横，沼泽密布，这里的鱼类多达几十种，而且数量极多。在这里，即使不用渔网，人们都能抓到鱼吃。据说那时妇女去河边洗衣服，只要用葫芦瓢随便在水里一舀，一准儿就能舀上几条鱼来，这虽然有些夸张，但却反映出了那时北大荒有水就有鱼的真实情况。

转眼到了夏天，一晃我在三舅爷家已经住了大半年了。

离村子不远就有一条河流过，而且那里地势低洼，河两边散布着大大小小无数个水泡子。盛夏时节，我懒洋洋地蹲在三舅爷家的房根底下，躲避着烈日的炙烤，无所事事，百无聊赖。忽然有一天，根叔也许看我太过寂寞了，就拍拍我的脑袋，说要领我去捉鱼，我于是兴奋起来，烦恼随之烟消云散。

我戴着一顶麦秸编制的草帽，跟着根叔出了村子，走不多远，就到了那条河。河水清澈明亮，在太阳底下闪着粼粼的波光，十分耀眼。河两边草甸子里的芦苇和蒲草一望无际，在微风里翻着碧绿的波浪，许多水鸟在水草中起起落落，啼声嘹亮，如古筝鸣弦。

我和根叔挽起裤脚，在河边的芦苇丛中慢慢地前行。忽然，一阵阵水花翻腾声传入耳中，让我惊异不已。待我们拨开一丛高可及人的芦苇后，面前立刻现出了一个不大的小水泡子，里面密密麻麻地游着数不清的鲫鱼，黑色的脊背互相拥挤着，几乎没有一线空隙，不时会有几条鲫鱼耐不住拥挤，猛地向前一蹿，尾巴激起一朵白亮亮的水花。我迫不及待地迈进了水中，伸手就捉，几乎每伸一次手，就会有一条巴掌宽的鲫鱼被我捉住。鲫鱼到手，我便反手丢进根叔携带的网兜里。后来我嫌用手捉不过瘾，就摘下了草帽，按到水里向上一舀，就能舀出两三条鱼来。根叔并不捉鲫鱼，而是把双手探向泥底，只三五下就能提出一根头扁口阔、长胡须、浑身胶黄的鲶鱼来。

那天晚上，三舅奶做了一大盆鲶鱼炖茄子。鱼和茄子混在一起，鲶鱼肥而不腻，茄子鲜香味浓，茄子混了鲶鱼的香，鲶鱼沾了茄子的味，吃得我满口生香，不想撂筷。三舅奶告诉我，这道菜十分有名，俗语讲“鲶鱼炖茄子，撑死老爷子”，由此可见这道菜受欢迎的程度。

那年夏天，苞米刚过一人高的时候，一连下了三天大雨，河水暴涨，越过河旁的水泡子，又冲进了两岸的苞米地。雨晴之后，生产队长通知各家各户都去苞米地里放水，我想凑热闹，也扛着一把小铁锹跟在了三舅爷和根叔的屁股后。到了地里，人们不禁高兴起来，原来水已经退下去了许多，而且地垄沟里还多出了许多数不清的大鱼，最小的都一尺多长，鲤鱼、鲢子、草根，一条挨着一条，头衔着尾，在一条条垄沟里一字排开。由于缺水，这些鱼都横躺在垄沟里，翻腾跳跃着，嘴里吐着水泡，鳃盖一张一翕，尾巴拍打泥地的声音此起彼伏，响成一片。

那天，村子里所有的人家都抓回了许多的鱼。由于是夏天，鱼太多一时半会吃不完，家家户户就都把鱼开膛破肚，里外涂上盐，挂在院子里晾晒。整个村子闪着鱼鳞的白光，十分刺眼；空气中飘满了鱼的腥味，几天不散。

我虽然在这个小村子住了一年还多，但因为太冷，我却错过了他们冬季捕鱼的活动。这个村子只有一个生产队，每当进入寒冬，生产队长都会组织村民去凿冰窟窿捕鱼。套上五六个马拉爬犁，几十个青壮村民沿着河向下游走不到二十里，那里有一个五六垧地的大水泡子。他们在冰上凿出几十个大冰窟窿，把一条大号拉网下到冰下，往往一网就能捞出上千斤的鱼。捞出的鱼按人口数每家分够后，还余很多，生产队就出动马车，把鱼拉到一百多里地以外的县城去卖，所得收入都分给了各家各户，留作过年用。

野鸡飞进饭锅里

野鸡，学名雉鸡，也叫山鸡，多生活在山林、草地、平原。公野鸡体型稍大，羽毛华丽，尾巴上长着漂亮的长羽；母野鸡个头稍小，羽毛暗淡，尾巴较短，不甚好看。

我三舅爷家住的村子一面靠山，山上灌木丛生；一面傍水，水边杂草密布，是野鸡理想的栖息地。这里生活着数不清的野鸡，只要随便出村走一圈，几乎没有看不到野鸡的时候。野鸡肉香，人们常说“宁吃飞禽一口，不吃走兽半斤”。在这个村子里，人们有着许多捕获野鸡的办法。三舅爷和根叔是抓野鸡的好手，但他们从来不用猎枪，按他们的解释就是：用枪打一是浪费子弹，二是被枪打死的野鸡肉里嵌满了铁砂，收拾起来十分费劲。在这里，一般都是冬天才会大规模地出去捕野鸡，夏天野鸡不但瘦，而且正是繁殖的季节，村民们从不涸泽而渔，这给野鸡留下了繁衍后代的机会。

三舅爷一般都是下套子套野鸡，寻找到野鸡常出没的地方，在树根上用丝线拴好十几个活套，第二天再去，就能把几只活野鸡提溜回来。我根叔的方法更绝，他不知道在哪里淘弄回来一些药末，专门能药死野鸡。找来一把苞米粒，用锥子在苞米脐子上钻出一个小洞，把药末塞里去，外面用猪荤油一抿，然后再撒在雪地里。野鸡冬天四处觅食，看见地上的苞米粒就都奔过来抢食。猪荤油本来是凝固的，苞米粒被野鸡吃进肚子后，猪荤油遇热化开，里面的毒药发挥了作用。吃完苞米粒，野鸡经常刚刚飞起，就一头栽了下来，落在雪地里，蹬两下腿就不动了。

冬天雪大，野鸡觅食极其困难，不少野鸡就冒险闯进了村子。它们停在门前的栅栏或矮墙上，一瞬不瞬地盯着院子里的鸡食槽，随时准备飞过去同家鸡抢食。更多的时候，野鸡会飞到苞米楼上，啄下苞米棒子上的苞米粒子吃。有一天，五六只野鸡蹲在三舅爷家门外的矮墙上，跃跃欲试，准备往苞米楼上飞，可我知道三舅爷他们不肯用枪打，怎么办呢？我于是赶紧叫来了根叔。根叔看见后，戴上狗皮帽子就出了屋，直奔那群野鸡而去。野鸡受惊，“咯咯”地叫着，扑棱着花翅膀向村外飞去。根叔和我带着四条大黄狗在后面紧追不舍。原来野鸡是不善于飞行的，它们刚飞出村，就似乎飞不动了，于是像一颗颗炮弹一样向斜下方落去。临近落地，它们不再拍动翅膀，而是向前滑翔了一段，最后纷纷落进了一片蒿丛中。我隐约看见落地后的野鸡并没有停下来，而是继续急速地在蒿丛中奔跑窜行，最后才纷纷找个地方隐藏了起来。

我和根叔带领着四条黄狗进入了蒿丛，不一会，我们就又把野鸡惊动了，于是它们又一次飞了起来。我十分失望，但看看根叔的脸上却挂着微笑，我虽然不知道怎么回事，却还是又跟着根叔一起向前追去。前面是一望无际的雪野，没有一片藏身之地，野鸡飞了没有多远，就又飞不动了，于是一起向雪地上落去。野鸡落地后，又纷纷向前疾跑了几步，然后就都一头扎进了雪窠子里，只露出屁股和尾巴。这下我乐了，赶紧和根叔走上前，像拔萝卜一样，拽着尾巴一个个地把野鸡从雪壳子里提溜了出来。

野鸡到底能不能自己飞进饭锅里呢？听根叔说，在这个村子里，冬天时野鸡饿得晕头转向，看见房门一开，有时真会一头扎进屋子里去。野鸡进屋后，主人难免要四处追打，而野鸡生性胆小，于是到处乱撞，最后掉进饭锅也是极有可能的事。根叔还给我讲了前几年冬天的一件事。那年冬天雪下得也很大，三舅爷傍晚去厦屋舀马料，出来时忘记了关门，结果第二天再去厦屋时，就发现里面聚集了十几只野鸡，正围着两袋马料大吃特吃呢。三舅爷赶紧关上了厦屋门，随手操起了一把大竹扫帚，左一下、右一下一顿猛挥，把十几只野鸡都打得晕了过去。

那年冬天我没少吃野鸡肉。把野鸡肉和山里采来的榛蘑一起炖，另外再加点粉条。这道菜还没出锅，整个屋子就已经被香味充满了，等吃到了嘴里，滋味更是不同凡响。鸡肉被炖得软烂脱骨，吃起来酥嫩鲜香；蘑菇和粉条吸收了饱满的汤汁，也是滑爽绵实，口味极佳。

我曾经在三舅爷家住了一年有余，亲身体会了北大荒的特有风情。从那之后，我一直再没有去过，直到2006年，我三舅爷去世，我才匆忙地去了一趟。一切都变了，村子变成了乡镇，通上了宽阔的水泥公路，草甸子也全都变成了农田。根叔已经老了，再问及“棒打狍子瓢舀鱼，野鸡飞进饭锅里”这些事时，他只是无奈地摇了摇头，那神情有三分怀念，剩下的七分都是失落……

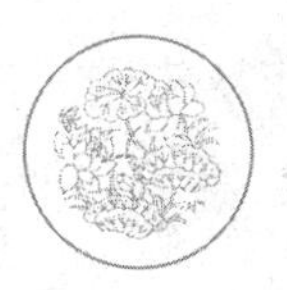

峡山村刘家

◆文 / 土著人

外公家住峡山村。

小村依山傍水，山弯弯里总共住了不到百户人家。村子里没有外姓，全都姓刘。

开春，舅家的丝瓜藤与邻家的南瓜秧缠在一起，开大黄花，肥嘟嘟的，能当喇叭吹。乡里乡亲有着千丝万缕的联系。记忆中村子的土房，檐与檐挨，椽与椽交错，几家共一个天井。镂空的窗户，里外糊黄纸；也有的往下面木格子里镶玻璃，上下左右用洋钉钉上，玻璃是有机的，比碗底子厚，串门的来了，先在窗户下“当当”地敲几声，结实，敲不碎。“蟠桃祝寿”“麒麟送子”“莲年有余”的水彩画，三分钱一大张，过年过节，去集上卷几张回来，桌子上铺开，四角粘上饭粒，手指摁一摁，当当正正地贴在发黄了的土墙上，图的是喜庆，有年味。

黄昏时，女人们站在房门口，“啰……啰啰”地喊自家的鸡回笼。我们那，家家户户都在进门的地方，刨一个五十公分深的土坑当鸡舍，上边铺五张窄木板当踏板，为的是防止黄鼠狼半夜来拖鸡。笼子里的鸡挨挨挤挤，在下边“咕咕”地叫着，好一会儿后，才没有了动静。大黄狗守在门口，呜咽一声，耷了脑袋打起了瞌睡。

“肥水不流外人田”。家里的尿桶平时搁在里屋，白天晚上不提出去。尿桶高，小孩子踮了脚也够不着，任大人把他扒下裤子、光了屁股抱着上前，吹了口哨，“嘘嘘”地尿。桶里存货多了，屁股蛋溅上几滴，不用揩，直接掼进被窝。

南方阴雨潮湿，太阳公公一年四季难得出门，小孩子画了“地图”，大人将被子一头掉过来，溻了被子睡。睡觉前，男人去院子里，“哗啦”一声拴了大门，封好外屋煤火，再拐到门后，两脚叉开，老牛似的“哗哗”响上好半天。男人“吧嗒”扯了灯绳，屋子里漆黑一片，窸窸窣窣地脱了，溜进被窝，一边是女人，一边是光了腚的孩儿，全都搂了。隐隐的尿臊味和浓浓的稻草味掺杂在一起，一股脑儿全都揉进梦乡。

淡淡的月光从木格窗户泻进来，冷冷地照在地上。屋后林子里的山雀，没有了白天的热闹，喧嚣了一天的村庄，总算宁静下来。

天光放亮，女人趿了布鞋下床，头上扎毛巾，生火。蹲下身子，将头一天的煤灰掏出来，去外屋抓一把松树叶做引火，干枯的松树叶不扎手，特别好烧，在炉膛里“噼里啪啦”地响。松树枝用膝盖骨顶着，两手向后用劲，撅折了，塞进去，灶膛里的松棒会像扔进去的鞭炮，冷不丁“啪”地一声炸开，迸出不少的火星子来。南方煤湿，烧起来满屋烟。女人忙着淘米、洗菜、切墩，一切停当，招呼大人、小孩起床，一并将踏板下的鸡放出来。瓮缸里的热水刚刚好，一瓢热水兑一瓢半凉水，小孩洗了大人洗，剩下的倒进泔水桶，留着喂猪。

老百姓家，早上现蒸大米饭，菜是白萝卜丝炖大油渣儿，村里人不爱喝粥，粥稀，男人干不动活。男人撂了碗筷，卷一根“喇叭筒”，叼在嘴巴边上抽，一根烟，猛一口，下去多半截，烟屁股丢在地上，用脚踩灭了。提了钉钯，去猪圈，把沤了一冬的稻草连粪耙出来，“嘎吱嘎吱”挑到地里，地不糊弄人，劳作一年就会有一年的收获。

一大早，三舅家的两个儿子在楼上压面条。老二力气大，揉出来的面筋道。面条晾在楼上，掉下来的渣儿捡起来，放进煤火里烤煳了吃，焦香焦香。老二下午担了面条去邻村吆喝着卖。有拿现钱的，也有用白面换的，一斤细面粉换七两面条。老二称秤不做手脚，每次都高高地给人家。村子里的人都说：他媳妇就是他换面条，换回来的，跟他在一个锅里舀了三十多年的食，孙子今年夏天满两岁，淘气得满院子跑。

三舅家的面条，我没少吃。下面条时多放大油，撒细葱，我每次都能吃上三大碗，比陈佩斯演的《吃面条》吃得还要多。

日上三竿，太阳晒屁股了，大人小孩起床，洗漱完了，外公才打了哈欠醒来，“啊……啊”地拖长音。外公从枕头底下摸出扁烟盒，打开，捻出一小撮烟丝，往烟袋锅里一点点地摁，外公靠在床头“吧嗒吧嗒”地抽，要好一会儿才抽第二口，韵味无穷。外公说：清晨一支烟，快活似神仙。

外公领我去钓鱼，每次都让我拎了水桶，在前面颠颠地跑。外公钓鱼耐得住性子，我属猴，屁股坐不住，一会蚱蜢，一会蝴蝶，到处乱跑。饿了，拱到地里挖红薯吃，生红薯吃多了，爱放屁，还是烤红薯好消化。农村柴火多，有得捡，烤熟了的红薯用棍子拨弄到草堆上，灰头土脸地捡起来，烫，揭了皮，趁热吃，“嚯嚯”香。

星期天，二舅去田里捉泥鳅，也喜欢叫上我。不等天亮就把我从被窝里揪出来，深一脚浅一脚地跟着他出门，天擦黑时才让回。篓子里除了泥鳅，也能倒出不少的小鱼小虾和螃蟹，螃蟹指甲盖大，横着走。稀泥巴衣服脱下来，外婆让我丢在舅的木盆里。村里人洗衣服，用一根粗木棒在井边上，“梆梆”地槌。那年舅家的满崽一岁零两个月，还没断奶，十多块褯子连同我的外衣外裤，晾晒在院子里，五颜六色，像联合国开峰会时挂的万国旗。

小孩子一天跑得最勤的是村里的供销合作社。打酱油，打醋，小孩子乐意跑腿儿，有不少的“油水”，一天跑八个来回，脚丫子不嫌累。合作社的门坎高，石墩踩的人多了，溜光。门槛才迈过去，眼睛就直勾勾地往上瞅，柜台上十几个敞口的玻璃瓶罐，装的是北京的高粱饴、上海的大白兔，最多的还是一分钱四粒的狗屎糖，还有包了锡纸、中间戳根细棍的棒棒糖，锡纸包得紧巴巴，剥的时候粘手，伸到嘴巴里嘬，能嘬一下午，到了晚上都不舍得去洗。

卖货的阿姨踮了脚，在罐子里胡乱抓一小把，“哗啦啦”地放到秤盘上称，加了减，减了加，小气得像葛朗台（吝啬、守财奴的代表）。称好了的糖果用黄纸包起来，上面再裁一张小红纸，周正放好，系上草绳，打了结，不敢拆封，原样提了回来。好几次居然把酱油瓶子忘在了柜台上，外婆等着做菜用，又得悻悻地跑着去，跑着回。

好几次舅骑了自行车，驮着我去把酱油取回来。舅的自行车，二八的，高，我跳不上去，只能坐前梁，屁股都硌疼了。没事的时候，舅拉二胡给我听，还教我唱:“我家的表叔，数不清……”那年我七岁不到，上了两天学，还赶上个礼拜天，家里多少个叔叔，多少个舅舅，三舅外公家的，满外公家的，加上大外婆家的一大帮，我掰了手指头、脚趾头查了一星期，也没能查过来。舅的二胡拉得好，拉到了公社，每次公社组织样板戏，他都首席，坐前排，好几个敲锣打鼓的，“呛呛呛呛”地站他身后，主角李玉和戴了一顶大盖帽，穿一身铁路制服，一手叉腰，一手拎了盏煤油灯，冲台下晃，其实他那灯，我在台后看见过，根本照不亮，只是剪了张圆圆的红纸贴在上边，蒙人的。那一阵子，村子里的大姑娘、小媳妇都愿意单扎一根粗辫子，乌黑乌黑，上面系红头绳学李铁梅，在村子里走来走去，大辫子一甩一甩的，连老头子背了手走路，也在哼“没有大事，不登门……”

舅还会剃头的活。他有一套理发的工具，没事帮大人、小孩“咔嚓、咔嚓”地剪。工具缺油，夹头发，拽得头皮生疼，过些天就得往上滴煤油。村里人理发没人讲究，好赖不计，舅剃头不收钱，图个好人缘。舅快手快脚，一上午能剪十多个。剃头时，儿子在一旁拉屎，舅腾不出手，外婆“喽喽”地招呼大黄，大黄爱岗敬业，舔屁股是专家，舔得干净，舔得舒服，用不着再费事。别家的狗听见，也“呼哧、呼哧”口中喷了热气跑来，也想着“揩油”，外婆坚决不允，提了粗棍，严防死守，就像看着一堆金银财宝。

八十年代初，舅当队长，白天组织社员出工，晚上和几个后生叽叽咕咕，研究生产上的事情，再也没有时间给我们拉二胡、剃头了。

不管黑天白夜，村里屁大的事也有人跑来跟舅汇报，串门的一个接一个。给舅装烟时，每次装两支，一根丢给舅，一根毕恭毕敬地递到外公手里，外公抽不过来，耳朵上一边夹一根，其余的码在烟盒里。谁不拿村长当干部？

大舅时常来我家，贩点洞庭湖的干鱼、干虾回去，零卖。大舅卖货时，嗓门大，十里八村都能听见，“卖干鱼仔喽，卖虾嫩仔喽……”到了冬天，大舅家的鱼嫩仔炒辣椒，下饭。

年关，父亲母亲总要大包小包扛回乡下。大舅领了表哥表弟，走十多里山路来车站接，前呼后拥，搞得跟“胡汉三又回来”的阵式。晚上来外公家的，“姐夫”“妹夫”地喊着，父亲不管认识不认识，全都“嘿嘿”点头。乡里乡亲不外道，在桌子上抓一大把熟瓜籽，丢进嘴巴里嚼，聊一些工厂里的事，临走，耳朵上夹一根城里烟回去，人人脸上堆满了笑容。坛子里新腌的辣椒萝卜和生姜，舅妈走马灯儿似的上里屋，夹了一筷又一筷出来，差点没让人把坛子抱走。

“女大十八变，越变越好看”，三舅家的姑娘，出落得跟花一般，才做了一年的新衣裳，就箍在身上，紧绷绷的。对象是她在火车上认识的，接走的那天，三舅的眼眶湿湿的，远远地望着，一直看着迎亲的队伍消失在前面的山弯弯。嫁出的姑娘泼出的水，女孩子都要走这一步。

再见到她时，她已是两个孩子的母亲。男孩五岁，鼻涕拖到了嘴巴边；女孩三岁，好美，扎一对羊角辫，看起来比她妈年轻时还要清秀。因为眼生，女孩儿躲在三舅妈的身后，伸出头来，脆生生地喊我：“伯伯好”。我知道自己再也不是当年那个懵懂少年。

这些年，村子里新盖了不少的砖瓦楼房，两层、三层的都有，外面贴镶了金边的瓷砖。老屋倒的倒，拆的拆，早就没人住，只剩下一个空壳。过了年，年轻的都结了伴，去大城市打工，村里见不到几个男劳力，留下来的只有妇女、老人和不懂事的孩子。后山时有两只野狗，“嗷嗷”地追逐着、撕咬着，最后骑到了一起。

老人蜷在门前的小椅子上，眯缝着眼，懒洋洋地晒着太阳。村里来了客，不闻不问，邻里之间也不似先前那样走动。村里没上学的孩子依然保留着最后一点天性和纯朴，“嘻嘻”望着这边，扭捏着不肯上跟前来。十多个孩子，我一个也叫不上名。

不知道什么时候，曾经绿油油的田里，长满了稗草。好好的河床，千疮百孔，沙子、石子堆在那，像是才做了手术，没来得及缝合一般。昔日清澈的小溪，上游漂下来不少的垃圾。日落时分，也听不见女人“啰……啰啰”地喊，小村再也奏不出欢快的乐章。

世事变了，村子变了。

峡山村刘家，早就没了外公在世时的鲜活生气。

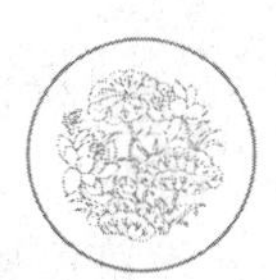

匍匐在黄土地上

◆文／冰煌雪舞

夏季里的塞北，就像三月的江南，柳正绿，花正红。一望无际的黄土地，正被一片片绿意葱笼的庄稼覆盖。一场场雨水过后，这些庄稼顶着露珠肆意生长。庄稼人看在眼里，喜上眉梢，心里也滋生出一片片希望的绿茵。

生活在黄土地上的人们，是渺小而卑微的。他们靠天吃饭，靠地生存。种子一旦播撒进贫瘠的土壤，生活的希望也随之生根发芽，庄稼的长势无不牵动农人的心，他们就像小心翼翼地呵护自己的孩子一般守护着庄稼，期盼着他们结出累累饱满的籽实。事实上，每当种子播下去后，他们的担心也随之播下：种子该不会被乌鸦、麻雀刨出来吃掉吧？该不会被钻地的蝼蛄、田鼠发现吃掉吧？出苗了又怕虫咬断幼苗，缺苗了还要补栽。烈日当头时，看着快被晒焦的黄土地和晒蔫的禾苗，农人就又犯愁了，一边急急地打井抗旱，一边默默地祈祷，天老爷啊，该给俺下一场雨了，禾苗儿要干死了；雨来时，黑云压着屋顶，电闪雷鸣，农人又要开始祈祷，天老爷，您的甘雨要慢慢地落、细细地下，千万别下冰雹，那样，俺们的地就算是白种啦……

我的父母，就是这些千千万万农人中的一员。黄土地，是他们守候了一生一世的最亲切的伙伴，是他们的根和魂。

在塞北，由于特殊的地理位置与气候原因，人们种得最多的是玉米。玉米可以换来白面或大米，也可以卖钱。我的父母也不例外。家中大多数地都种植了玉米，只留一小片地种了土豆、粟子和谷子。

每年，种子一播进土壤里，父母就更忙了。天刚亮，母亲就起床烧火做饭，把风箱拉得“呼啦啦”响。父亲喂牲口、套马车，做好去地里的准备。父亲和母亲，就像忠诚的卫士一样守护着他们的庄稼地，铲除杂草，驱赶鸟雀，日出而作，日落而息。每天，他们迎着旭日，披着夕阳在田野里来归，长长的影子拥抱着赖以生活的黄土地，从身体到灵魂，从不曾离开。

记忆中，我跟父母下过好几次地。小时候为了好玩，我也曾央求跟随父母到地里去。那时的情景不外乎是父母在地里锄草，我在地边上追蝴蝶，采野花，找马奶子。马奶子是一种能吃的植物，一入夏，一嘟噜一嘟噜像马奶子一样的花骨朵拱出地面，用力一拔，就看见又白又嫩的根，连带花骨朵嚼在嘴里，甜丝丝的，好吃，结出的果儿，碰破了还会冒出乳汁一样甜甜的白浆。当日头慢慢毒起来，我也玩腻了，吃饱了，经受不住烈日的烘烤，不顾父母在田里挥汗如雨地劳作，吵着嚷着要回家。母亲往往会喘口气，停下来劝慰我，让我躲到地头上的树下去，她还要再坚持一会，弄完那片地才能回家。遇到这种情况，我就懊恼地跺脚，开始后悔跟父母到地里来。父亲这时往往会走过来，黑着脸朝我看，他一般是不说话的，这时说得最多的一句就是：知道苦就好，好好念你的书，考上了大学奔个好前程，将来才不会受这个罪。

当我渐渐长大，看着终日奔波于黄土地上辛劳的父母，已懂得为他们分忧。在学习空闲之余，做饭洗碗，洗衣喂猪自然不在话下，也会在假期里，陪父母去地里帮着做一些力所能及的事。我永远忘不了上初二的那年夏天的一个周末，我熬夜写完了所有的作业，第二天自告奋勇地要帮着父母去地里锄草。看到父母的脸上闪过一丝笑容，我心里有了一种小小的满足感。

事情并不像我想象的那样简单。

起初，坐在马车上的我，晃动着两条腿，看着初升的太阳，迎着晨风，嗅着一路上的野花香，听着鸟语，呼吸着新鲜的空气，想象着课本上诗人的田园情怀，揣摸那种无忧无虑的田园生活，觉得同在蓝天下，不管城里还是农村，生活同样美好。望着茫茫的绿野，我的心胸变得无比开阔，甚至还哼起了歌儿。母亲一路微笑，一会儿拉拉我的手，一会儿摸摸我的脊背，我知道那是母亲对我的赞赏和疼爱。

进了自家的地，看着绿油油的玉米苗子从地的这头延伸到远处，我的心也跟着融化进了无边的绿意中。比了比，谁家的苗子都没有我家的壮实、油绿，我一个劲地夸父母是种地好手，猴子一样拍手跳脚奔到地头，撅起屁股就要拔草。母亲却叫住了我，说，等等，你这样拔草会很费劲的，也不能蹲下，蹲下屁股就会压着苗子了。应该单腿跪在地上，慢慢地边拔掉杂草边往前挪，这样省力气。每一窝玉米苗子只能留一棵，多了哪棵都长不好。

哎，拔个草还这么多规矩。听母亲这么一说，我不敢马虎，觉得看似简单的锄草间苗，并不比课本上的数学题容易做。

起初，我做得很好，也很欢实，循着一垄地的牵引，勇往直前，一直把父母远远地甩到后面。母亲一个劲地向我喊：妮子，慢点，慢点，这样会早早耗完力气，一会你就连回家的劲头也没了。我不管不顾，依然我行我素。凉凉的露珠滑过我的脸，滴落在我的手上，心里也有着被露水滋养的温润。慢慢地，我离父母越来越远，太阳也失去了清晨时的温和，毒辣辣地盯着我。鸟儿一个劲地聒噪，风也不再凉爽，远处星星点点的野花也被太阳晒得蔫头巴脑，格外刺眼。跪在地上的腿，从酸到痛，到后来每挪一步都很艰难。我干脆将整个身子都依附在土地上，蜷曲在玉米地的空隙里，艰难地拔草，除去多余的苗。地的那头还隐没在一片无边的绿野中，使我有着看不到尽头的绝望。

父母很快追上了我，他们有着驾轻就熟的沉稳，以勤劳的方式征服着这片黄土地，越劳动越有劲头。母亲还在唠叨：妮子，弄得干净点，拔草不去根，等于白忙活了；妮子，不能漏了多余的玉米苗子哦……带有抱怨的话语不断传来，使得我愈加心烦意乱。我赌气地将杂草扔出去，却因为胳膊酸疼无力，它们很随意地散落在地里，似乎在嘲笑我的无能；我恶狠狠地朝天瞪着太阳，阳光却更加毒辣。母亲已经赶上了并很快超过了我，对我说：妮子，歇一歇，去，拿出水来，喝口水。

我摇摇晃晃地立起身，再次站在地头上，一阵昏眩。我看着家里这片黄土地，再一次感受到了无法像父母一样征服这片土地的绝望。看着在黄土地上匍匐前行的父母，我无法想象，在人生这漫长的岁月里，他们是怎样一步一步地跪行在这片黄土地上求食，追寻生活。又是怎样匍匐在这片黄土地上，从春走到夏，又从秋走到冬，供我吃饭、穿衣、读书。

那天下午，我坚持帮助父母去地里干农活，除了为父母分忧，也是想让自己做事情不要半途而废，而应该有始有终。不管有多难，坚持就是胜利。尽管在那个烈日炎炎的下午，我一走进一眼望不到头的田垄，心里就像已经长满杂草一样发怵而惊惧。也只有在那一刻，我才懂得了父母的艰辛与隐忍。

后来，我进城读书了，再后来，我工作了，结婚了。我劝父母不要那么劳累，不必再种那些费力而不讨好的地。因为收入微薄，与付出的劳动永远不成正比。我完全有能力支付父母一年种地所得的那几千块钱收入。父母却一个劲地摇头，说身为农民不种地心里闲得慌，地荒了人也会闷出病来。看着父母倔强的神情，凝望着他们已显佝偻的身影，我的心隐隐地疼。

去年秋收，父亲在马车上装载玉米时不小心摔了下来，闪了腰，手臂还摔成了骨折，我心急火燎地赶往医院，父亲还一个劲地心疼地里的玉米没人管。我只好给老家的堂哥打电话，花钱请人帮忙收玉米，父亲的眉目才稍稍舒展，丝毫不顾他因种地而所遭受的罪。伤筋动骨一百天，更何况父亲年事已高。心有怨气的我觉得这正是一次说服父母不再种地的机会，劳碌了一辈子，是该享享清福了。于是，接父亲出院那天，我不由分说地将父母接到城里的家，我要让父母知道，我才是父母最终的依靠。靠那几亩薄地，只能让他们得不偿失。

让我无奈的是，没过了几天，父母仍吵着要回到老家去，不是惦记家里的刚丰收的粮食，就是担心那头陪伴父母多年的驴在堂哥家被照顾得不好，我便打电话回家，态度强硬地托堂哥帮着卖掉家里的粮食和那头驴。父母立马惊慌失措，母亲夺门而出——她要回家保护她的那些“财产”。父亲行动不便，但他与母亲心意相通，他“鼓动”母亲的眼神令我有些恼火，在我一再的央求下，母亲孩子般委屈地说：“我和你爹都住不惯这不见天日的‘火柴盒’样的房子，太憋闷，就跟坐牢似的。一眼看出去全是楼房，冷冰冰的。一出门，街上全是汽车尾气的味儿，让人头晕。还是老家好，一眼望出去，天宽地远，心里亮堂。进了城我才知道，原来，只有闻着泥土和青苗哪怕是野草的味道，人才会有精神……”

听着母亲的话，父亲在一旁一个劲地点头，我无语，觉得很难理解。他们趁机收拾东西要回老家，母亲一再保证只有回老家才能让父亲的伤很快好起来，待在“火柴盒”里连出气都不顺畅，心里也不爽快，更不利于父亲的健康。

确实，一说起回老家，父母的眼睛立马就亮了。看着他们收拾东西时的兴奋劲，看着他们对老家和那几亩地的眷恋，还有一说起卖就让他们心疼的那头驴，忽然觉得它们才是父母的全部，它们能让父母实实在在地感到踏实与快乐，能让他们觉得活得充实而幸福。

孝敬父母的方式有多种。我想，除了金钱能买来的一切东西，力所能及地帮他们做一些他们喜欢做的事，也算是其中的一种吧。

于是，回到老家的父母和黄土地，始终是我最深的牵挂。

今年入夏，黄土地上的玉米苗子又伸出了绿绿的脑袋。如今，农民种地省时省力多了，机械化，除草剂，效率高。虽然不用再锄草，但多余的玉米苗子还是要拔除掉。父母年岁渐老，却更加倔强，依然将家里的几亩地打理得井井有条。我心疼父母，春种秋收，能帮的话就回去帮着打理。不管能为父母做多少，对他们来说，至少也是一种真心的陪伴。

那天，我又跟随着父母下地间苗——拔掉多余的玉米苗。除了转基因的玉米苗，在除草剂的作用下，地里很难再看到多余的杂草。一行行齐整整的玉米苗子，在博大宽广的黄土地上迎风舞蹈。母亲和父亲，还有其他的农人，都以相同的姿态跪倒在黄土地上，一手支撑着身子，一手拔苗，匍匐着前行。母亲依然说，这样才省劲，如果蹲着，会更难受，会压着玉米苗子。

我依然没有听从母亲的建议，而是小心地蹲在玉米地里，一步一步往前挪动，我是怕弄脏了衣裤。不一会，我就开始腰酸背痛，直到每一次起身都很费力，于是，我干脆也像父母一样趴在玉米垄子间，匍匐着向前。这次，我没有埋怨这片地是不是太宽太长，不在乎它有没有尽头，每完成一次劳作都心安而踏实。我甚至很自豪地想到，抗日战争时期，游击健儿们也是靠这样的姿势，背着炸药一步一步挪到敌人的阵地，以不怕死的大无畏精神，豁出性命炸掉敌人的堡垒，才赢得一次次胜利的吧。

骄阳似火，白云悠悠。如穹隆般的蓝天之下，我看到了每一个匍匐在黄土地上的农人，都像我的父母一样，在殷勤地侍弄赖以自我生养的土地。这正是人类最本真的一种生存情态，一种自古而有最质朴的生活的方式，在人与地、人与天真诚无欺的对话中，人之所以生生不息。

母亲的花

◆文／刘柳琴

一

娘爱花，她一生有着这样的梦想：有一座小楼，上面摆满鲜花，身边围绕着一群孩子，和孩子们穿行在鲜花丛中，嗅着花草的芳香，任岁月静静地流逝，让生命里惨淡的灰慢慢消失，红花绿叶，浪漫，芬芳……

娘一辈子爱花，爱到再苦的日子，家中也要有花；再累的时候，只要见到花，就有了精神；再忧愁的日子，看到花，脸上就会绽放出笑容……

还记得娘刚刚把房子从别人手中赎回来的时候，破房子里满眼的黄土，只有娘养的几盆普通月季花，摆在院子里，让我们的眼中有了灿烂的光辉。花，是院子里的一抹春色，在满目的黄色中，从暗绿的密叶中绽出十几朵红花来，赫然地在破落的院子里灿烂如火，热烈而傲慢，迎着阳光舒展绽放，显示出旺盛的生命力。

家里的房子在翻盖的时候，因为财力有限，娘想盖楼的愿望未能实现。新建的平房又侵占了院子里的空间，院子里除了房子、水池子，只剩下巴掌大的地方，根本没有养花的地方。娘深思熟虑后，把其中的一间房子接成了小二层楼，前面延伸出来的凉台，垒成了一砖宽的花台，成了娘养花的宝地。

娘摆在花台上的第一盆花，是从邻居家移植过来的一棵月季花。

娘找来一个瓦盆，小心翼翼地把它栽培在里面，放到花台上，让它栉风沐雨，接受大自然的洗礼。

楼梯是大姐夫用铁棍焊成的一个简易梯子，笔直陡峭，颤颤巍巍，年轻人攀爬都会惶恐战栗。已经是中年的娘，每天从楼下提着笨重的喷水壶，踩着梯子爬上爬下，梯阶被娘的鞋磨得闪出了明晃晃的银光，稍微不注意，鞋底打滑就会摔下来。娘小心谨慎而又执着地向上攀登。是什么力量在支撑着娘呢？是花。在娘的眼中，小楼上有她的花，有她心中最美的风景。

月季花很长一段时间叶子枯黄打蔫，显得病恹恹的样子。娘不气馁，从磨香油的作坊里找来芝麻饼，用水泡开，冲淡。每天提着喷水壶爬梯子，忙碌在小楼上。她临台而立，屏息凝神，虔诚地服侍着眼前的花枝，好像在给一位患病的婴儿治病。给花翻土，施肥，剪枝，弄得满手泥土，满头大汗……

在阳光下，娘的身影和花影交织在一起，阳光把她微乱的鬓发渲染成一轮光环，闪亮在花台上。在娘的精心呵护下，渐渐地，月季花孕出了新芽，长出了绿叶，绽出了花蕾。春夏秋三季，月季花次第吐蕊怒放，一派生机勃勃的景象。

见到娘的小楼摆放上了花，邻居们这个给一盆花，那个给一棵草，这家端来一盆果树，那家移来一枝新芽。狭窄的花台上，月季、牡丹、菊花、串儿红、无花果、吊兰……争奇斗艳。花儿散发出耀眼的圣洁的光辉，临街遥望，小楼上灿烂如锦，姹红嫣紫，芬芳满楼。贫穷的家中，因为有了花草的芬芳，有了色彩，有了盎然生机，有了欢声笑语。

普通百姓家的花，没有多么高贵，却盛满了平凡人家的快乐。

不料，那年的一场冰雹，把小楼花台上的花草洗劫一空。娘望着花盆中的枯枝败叶，没有气馁，把一棵棵被冰雹打歪的花枝一一扶正，有的罩上塑料袋，有的用小木棍支撑住，像对待受伤害的孩子一般耐心……冰雹无情人有情，经过娘一段时间的精心培护，花，大伤初愈，渐渐恢复了元气。到了来年鲜花盛开的日子，小楼上夭夭灼灼花盈树，棵棵株株果压枝。牡丹花含苞，月季花明丽，茉莉花芳香，吊兰垂着秀发，无花果树上结满绿宝石般的果子……红的似火，白的如玉，粉的明艳，那些灿烂的黄紫青绿，在太阳的柔情抚摸下，伴着芬芳的花香，清脆的鸟语，凉爽的和风，把小楼装点成家中乐园，令人心旷神怡。

母亲的花，芬芳了岁月，绚丽了我们的生活。

二

小楼上的花木在娘的打理下，春去秋来，一年又一年，在岁月的变幻中开花结果；娘膝下的孩子如花一般，在娘的养育下一个个长大成人，延续着娘的生命血脉，在烟火中绽放着生命的火花。

娘在世的时候，曾经给我们讲过这样一件事情：她刚结婚那年，姥爷说他做了一个梦，梦见他来到我们家中，一进屋，看到满屋子的鲜花开放，煞是好看。

娘说，她没想到，上天真的给了她一屋子闺女，只给了她一个儿子。家里的六个女儿成了围绕在娘身边的六朵鲜花，唯一的儿子成了家中的绿叶。

母爱如花。在父亲去世后，母亲一个寡妇，带着一朵朵在苦水里浸泡的花朵，勇敢地迎接着命运的挑战，哪怕是征途上曲折坎坷，长满荆棘，她也要用鲜花点缀路途，一路花香弥漫。走在花的芳香中，我们心里只有希望，没有悲凉。

我们几个如花般的闺女，有的已经成熟，有的含苞待放，有的嫩芽初长，每朵花都需要娘的心血养育。娘，是护花女神，精心呵护着家中的每一朵花，让每个孩子都开花结果。

娘的第一枝花——大姐，是娘花园里的茉莉花，她娇俏玲珑，小鸟依人。因为从小营养不足，大姐受到的磨难多些。她是家里的姊妹中个子最矮、最瘦弱的一个。她性格柔弱、温顺，还没成年就步入社会工作。大姐工作的厂子离家很远，她住在厂子的宿舍里，一个星期才回家一次。回到家里，娘总是心疼她，私下把好吃的都给大姐留着。大姐到了谈恋爱的年纪，有一次在对象家回来晚了，娘在家中心神不定，在深夜的街道上瞭望半天，直到大姐半夜回到家中。梦醒来，我听到娘在被窝里和大姐喁喁细语，娘在教导她：一个姑娘家，要守妇道，不要深夜不归，让大人惦记。

娘的第二枝花——二姐，如同娘花园里的菊花，是娘最怜悯的花，娘对她倾注了全部的心血。二姐是个残疾人，小时候因为娘的失误，导致二姐被严重烧伤，面容被毁，一只手残疾。她的性格也因此变得桀骜不驯、特立独行。二姐被娘宠爱着，嫁娶在娘家，吃喝在娘家，二姐的孩子也是在姥姥身边长大，直到当兵入伍。后来，二姐坚强地靠着一只残疾的手和被人耻笑的丑陋面容，在生意场苦苦拼搏，有了温暖的家庭，在家里的姊妹们还居无定所的时候，率先在城里买了属于自己的大房子，离开了娘的温暖怀抱，一家人过上了幸福的生活。

娘的第三枝花——三姐，是娘花园中的牡丹花，她艳丽妩媚，亭亭玉立，堪称花中之王。三姐是我们姊妹中长得最漂亮的一位，她有着匀称的身段，姣好的面容，浑身散发着女人的魅力。三姐性格温顺、为人善良。她还不到上班的年龄，娘让她顶替二姐到纺织厂上了班。她每天回来累得精疲力尽，躺在床上懒得动弹，娘从不使唤她干家务，任她慵懒地睡在床上，吃饭时，才轻轻把她唤起。三班倒，使得姐姐下班时间无规律，但茫茫深夜，总有一盏灯，闪亮在她心中；万家灯火中，总有一扇门等着她归来。娘的心，挂在三姐身上，温暖在她心里。

娘的第四枝花——四姐，是娘花园中一棵指甲草花，是受人喜爱的大众花。她长相平凡、憨厚朴素、为人谦和、从不张扬。四姐自小体弱多病，每天坐在一个小板凳上，哭闹着叫娘抱，哭喊声让娘心焦，娘为她操碎了心，一直到三岁多，才会独立行走。但她长大时正好爹爹去世，年龄适中的她接替了父亲的班，成了一名工人，她是让我们众姊妹最羡慕的一位。

娘的第五枝花——五姐，是娘花园的月季花，是娘最钟爱的花。

她长得人高马大、体魄健壮，坚强的性格中也有懦弱的一面，她在谈对象的时候很挑剔，让娘操碎了心。千挑万选中，选中的对象却没有走到尽头。婚后五姐和姐夫一直矛盾不断，婆媳关系紧张，一家人对月子中的五姐慢待冷漠，对孩子不管不问。五姐剖腹产术后伤口恢复不好，影响了儿子哺乳。娘看着姐姐无助的样子，把嗷嗷待哺的外孙抱回家中，当起一位母亲的角色。娘那段日子像一个转动不停的陀螺，在婴儿啼哭的旋涡中忙得晕头转向，身心交瘁，消瘦了许多。

我是娘最小的一朵花，自封是娘花园中那棵垂落的吊兰，我决心做一朵像兰花一样的女人。“我爱幽兰异众芳，不将颜色媚春阳。西风寒露深林下，任是无人也自香。”在我青春期初潮的时候，每次来例假都疼痛难忍，躺在床上如大病一般。娘给我熬上一大碗红糖水，里面放上姜片，端到我的嘴边，看着我喝到肚里，又找来家里的碎布，给我缝制月经带，让我舒适地度过每个月最难熬的日子。

哥哥是娘花中的无花果，虽然没有花的魅力，却给娘带来生活的希望。哥哥是家中的唯一儿子，可天不遂人愿，哥哥却赶上了上山下乡，早早离开了温暖的家。婚后，家中的闺女生下的都是男孩，可偏偏哥哥家生的是个女孩。在传统观念很重的老人眼里，家里没有传宗接代的后人，是家中的缺陷，会被邻居们嘲笑。娘自从孙女出生后，街上的人和亲朋好友见到娘都是惋惜的言语，娘脸上也有一种无奈的表情，看着亲戚家子孙满堂，娘苦楚的心情无以言表。

但，娘纠结无奈之后，马上释然，随之露出笑脸，男孩女孩都是自己的后代，手心手背都是自己的血脉。如花台的花和果，都是娘的心头最爱，难舍难分，不会选其一舍弃一。娘虽是旧社会过来的人，但思想是与时俱进的，一番唉声叹气过后，又马上调整好自己的心态，对邻居们说道：“还是女孩好，像个花一样围绕在娘的身边，是娘的小棉袄，多好啊！”

她殷勤地伺候着月子里的媳妇，抱起襁褓中的孙女，抚摸着她粉嘟嘟的小脸、胖乎乎的小手，逗着孩子，脸上露出温馨的笑容。

娘把一颗慈爱的心，全系在儿女身上，她把生活所有的苦难都囊括进自己怀中，只留下平安幸福给她的儿女们。娘拉扯了我们一代又一代，直到把她的心血耗干。是娘，让我们在阳光下茁壮成长，花开烂漫，芳香阡陌。

百花盛开的季节，娘迎来了她的最后一位外孙的诞生。经过痛苦的挣扎后，我在医院里生下了儿子。在儿子的哭声还没落地，娘来了，把孩子抱在怀里，用手拨弄着他的小脸蛋："笑笑，对姥姥笑笑，明年会走路了，我领着你去楼上浇花，一老一少忙碌在花中，那多幸福啊……"

娘的笑脸灿烂、饱满、温馨、如花……

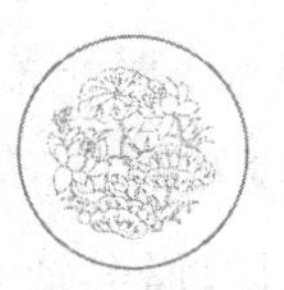

半亩花田 在心里种植

◆文 / 宁心

安妮宝贝在《八月未央》里说，如果一个女人在仰望天空，那是因为她寂寞。那个女人穿了白衬衣、蓝牛仔裤，她站在天桥上，仰望天空的云，的确是一道很美很寂寥的风景。可是，细细想来，一个女人用仰望天空来排除寂寞，真的比不上，拿了花锄，在自己的心里种上半亩花田。

心里种植了花田的女人，内心是丰盈的，不会寂寞。花香从心里弥漫出来，丝丝缕缕，最是盈袖。这样的女子是风情万种的，仰头是春低头是秋，懂得将那些寂寞付之柴薪，用人间的烟火与真情，携着花香熬制出幸福的琼浆；懂得将人间的百味调制成一剂清心的药，让心轻下来，一辈子走在诗里，桃红梨白，菊黄枫红，春风花枝，秋水蒹葭。

春鸟鸣叫的时候，夏蝉出声的时候，秋林层染的时候，冬雪寂静的时候，那半亩花田生长着绿的叶，红的花，不多不少，不浓不淡，恰恰好是明媚了内心。一段段心情，一声声呢喃，一个个故事，在心里衍生成文字，落笔是一片花开，一阵风过，一场生活的喜悦，一次时光的回眸。

文字最能埋藏寂寞，文字也是最能养心。是文字肥沃了心里的半亩花田，还是心里的半亩花田装点了文字，我不得而知，只知道这些有着花香的文字读来让生命增添了另一种馨香。

文字具有渗透性，读一段好的文字，便会闻见来自灵魂的香气。曾惊叹，这些黑色的小方块里何以蕴藏了如此深厚浓烈的香，扑面而来，霎时就搅了神，醉了心。

我一直喜欢“洇”这个字，一开始是因为它长得像“胭”，后来是因为它不动声色的渗透性，代表了所有的文字。我觉得这个字是有颜色的，粉色的吧，应该是有点妖艳的粉色，在不知不觉间就能摄了魂魄的那种。

曾经，有一场大雨，借着一场不大的北风，使劲地扑打着北面的窗子，随着风的来去，玻璃被敲打得噼啪有声。

疾风骤雨，没有过多的逗留，来去匆匆。

雨后的几天里，艳阳高照，雨的痕迹早就蒸发得无影无踪。可是，客厅里的北墙上，慢慢地洇出了水的痕迹，由一点点，慢慢扩大，慢慢清晰。几天后，竟然形成一幅淡到极致的山水画，并且久久地留在了墙上，直到那块墙皮鼓起，脱落。

洇，是一种悄无声息的侵入，是一种霸道的融合，接纳。在不知不觉中，忽而有一天你会发现，你已经不是你，而我，也已经不再是我。

这种洇透的感觉，甚好。就像是你读了书里的文字，文字也会随着这一段时光洇进你的生命里。多年以后，你会发现，你的记忆里氤氲了半亩花田的馨香。

黄色

一抹阳光斜斜地照进屋子，映在东墙上，屋内的光线就薄薄地有了一层黄。

盈握一把时光，仔细端详，瞅着瞅着，发现时光原来是黄色的。细细想了一想，时光还真就是黄色的。

你想，无论多么白净的东西，在时光里待的久了，便会浸染上黄色，洗都洗不掉，那是浸泡到骨子里的黄，又怎么是清浅的水可以洗去的？

那些收藏进记忆里的故事，在时光里存放的太久了，也会泛黄，就像是放久了的老相片，那种黄是和记忆、物体融为一体的黄，即便你用尽意念，也无法剥离的黄，这就是时光的黄。

我们在黄色的时光里出生，成长，又怎么离得了黄色呢？又想了一想，不止时光是黄色的，连生命都是黄色的。每一颗种子初发的新芽，都有着嫩嫩的黄。再古老的树木，初生新叶时，也是由嫩黄的叶苞开始，那一片鹅黄，是生命最初的嫩，最初的萌动，那么，应该就是生命最初的颜色。

生命逐渐饱满，那欲滴的翠绿就是生命的着装，生命也是需要装扮的，就像我们的脸，我们的身体，我们的思想，我们的言行。只是，万物在时光里历练得久了，最终都会露出生命的本色；你看那一片片叶子，那一棵棵小草，在生命最后的日子里，都会丢掉所有的遮盖，将生命的黄色赤裸裸地展现出来。

细细凝眸人生，那层暖暖的黄就抱住了我。

在那个被时光浸染成黄色的小巷口，一群裸露着黄色皮肤的男孩子在玩摔跤比赛，几个摇晃着蝴蝶结的黄毛丫头在一旁，一边踢毽子一边观望。不远处，一位老者摇着蒲扇坐在树荫里，笑眯眯地看着，嘴里忍不住念叨："时光催人老啊，几年的功夫，黄口小儿就长成毛头小子了。"

金秋八月，桂花开了，连这身上摇曳的长裙都有了浓浓的香气。总是喜欢在树下蹭时间，为的就是沾惹这一身的香。在遇到邻家的那个帅哥时，喜欢听他在身后轻轻地嗅着鼻子低呼一声："好香啊。"那时的自己，就装作什么都没听见，留给他一个婀娜的背影，飘飘然远去，心儿咚咚地跳着，一丝笑意悄悄挂在嘴角，连气息里都有着喜悦和羞怯。那是多美的时光啊，豆蔻含羞，黄花待嫁。

时光的下一个驿站里，我们都有了一个属于自己的家，那一抹黄色就成了心里面的温馨。每当夜幕降临，房子上那一个个黄色的窗口，就成了夜色里的柔软点缀。这暖暖的黄色里，浸泡着我们一生的欢笑和幸福。

这一抹黄色，柔柔的，暖暖的，是我们生命的颜色，是时光的颜色，是秋天的颜色，也是大地的颜色。

这一抹黄色，会是我们最终的颜色。总有一天，我们会融入到黄色的时光里，黄色的厚土里，与它们融为一体，生命便不再有其他的颜色。

七月

这个七月雨多得出奇，不用晕染，也不用前奏，想下就下的样子。

吃早饭的时候，我向窗外看了一眼，天色有点阴沉，又伸出头看了一下地面，地面还是干干的。老公见我向外张望，问了一句："又下雨了？"我摇了一下头："没有。"

一碗米粥还没喝完，就听见噼里啪啦的雨点声在窗外响起来，两个人都晃着头忍不住笑了一下：又是一个雨天。油纸伞和烟雨都不再是江南的特色，七月的我们就时时行走在北国的雨巷中，尽管没有雨打芭蕉的韵味，也让我们领略了一下早也潇潇晚也潇潇的缠绵。

虽然雨是一场接一场地下，但是，并不能冷却七月火热的情怀。热血沸腾的七月把我们紧紧地搂在怀里，接近四十度的体温让我们脸红心跳闷热地喘不过气来，只好一边挣扎一边无奈地期盼：下一场凉快的雨吧。可是，七月的雨就像一位品格高尚的过客，绝不给七月带来惊扰的样子，爽爽快快地来干干净净地走，从不带来一丝凉风，也不带走一丝热暑。一场又一场的雨，对气温没有丝毫的影响，真是让人爱恨不得。一边蒸着桑拿、一边观雨就是这个七月最独特的景观。

雨水多，蝉就多，有时候干脆关了空调，开了窗子听蝉的叫声。尽管"知了，知了"的叫声，让炎热的空间更为拥挤，却实在不想错过这只有夏天才能听到的自然乐章；常常是慵懒地斜倚在窗框上，眯着眼听蝉唱歌，看七月起舞，任凭汗水尽情地流。

对于蝉的歌声，一直以来在我心里都是贬义的，可能与年少时老师的讲解有关。当时，老师曾经对我们说过一段话："做人别像蝉一样，自己一无所知，却整天对着世界大喊知了知了，让人贻笑大方。"尽管，老师的本意是想让我们充实自己，别做不懂装懂的人，但是从那以后，蝉在我心里就成了不懂装懂还高调炫耀的代言人。

前些日子，在空间里看到一位好友用镜头记录了蝉的蜕化过程，当时，我写的评论是——重生。就在那一刻，看着那个刚从壳中爬出来的弱弱的幼蝉，让我对蝉的叫声有了新的认知。我们的生存过程，本就是对这个世界和生命的探索与认知的过程，而我又怎么能说蝉是一无所知呢，还有什么比经历过蜕化，接触过生死更能明了生命的真谛呢？

记得有一位朋友得了癌症，在经历过很长时间的生与死的决斗后，她重新握住了生命的脉律。此后的日子里她开始变得豁达，更加珍惜生命里的每一寸光阴，并且不厌其烦地对每一个去看望她的人说着同样的话："好好地活着吧，不要再去计较一些与生命无关的事情，活着就是最好。"每天都说，见人就说，就差没有爬到树梢上对着整个世界大声喊。

其实，懂得，有时候只在一念间，有时候就在我们爬涉过万水千山后的一抬头间。在这个七月，我与懂得打了一个照面，发现蝉是最好的歌唱家。

七月怎能不去看荷呢，满塘的荷花与杲日相映，接天的碧叶与绿水同舞，这才是七月的魂、七月的韵、七月的灵动啊！不管天气多么炎热，我都不会错过与荷花的清欢。潍河湿地的荷花盛开时，赏荷就成了这个七月的主题。

老公总是忙着用相机捕捉荷花美丽的身姿，而我却喜欢慢慢走在荷塘中间曲折的木桥上。看朵朵娇艳欲滴的荷花随风轻轻摇曳在圆圆的荷叶上，用心去体会一步一朵莲的美妙，聆听荷言荷语，欣赏荷姿荷态，近距离触摸出淤泥而不染，濯清涟而不妖的洁净。无论是含苞待放的，还是微微盛开的，半开的，开放到极致的，每一朵荷花都有着不可言说的美，如凌波而立的仙子，楚楚动人。白色的，浅粉的，深粉的，每一种颜色都纯净得不沾染一点烟尘，让人不忍生出一丝杂念。

喜欢就这样静静赏荷，静了心气，缓缓前行，淡雅的香气盈盈绕绕。顿时，觉得这个世间所有的混沌都远去了，消失了。一种明澈自心田深处缓缓而出，没有了烦扰，没有了困惑，没有了繁杂喧嚣，整个世界都回到了最初的纯净。清风如梵音绕耳，有荷花在心中慢慢盛开，再看这满塘的荷花，就多了一份虔诚，多了一份禅意。

七月酷暑，没有远行，只好在心中修建一座殿堂，寻找一份清静，安享一份清凉。听蝉赏荷，修心养性，平淡的日子倒也有了一份馨香。

浅秋

季节无声地转换着，熟透的夏被秋风轻轻一吹，就遥遥而去。

树木是最解秋语的，秋意尚浅，叶子的颜色就已经变得凝重。那变老了的绿色，像极了分别前的压抑，秋风浅浅走过，便有了随之离开的落叶。

在这清而明的季节里，无意中打开自己喜欢的音乐栏，听着这几年来自己曾经听过的音乐，心里涌起一种潮湿的感动。这些熟悉的音符，刻满了旧日的时光，旧时的记忆，还有那个旧日的自己。相同的自己、相同的音乐，在时光流逝后的回眸，却有如此不同的感受，如同看见自己蜕下的蝉衣那样难以表述自己的心情。

意念中的那些美丽一直留存在心间，在朦胧与清醒之间纠缠爱恋着，就这样远远地望着、痴痴地恋着，终不能捧在手里垂怜呵护；就像生活里的许多美丽，任它在远处璀璨，在近处萦绕，我们只能看在眼里，放在心头，终不能触及。

红尘太浅，时光太薄，承担不了太多的欲望，我们在这浅浅的红尘里，只能浅浅地行。

看过花开花落，云卷云舒，品过人情冷暖，世事无常，心性一如走过春夏的秋，沉静凉爽。有友说“天凉好读书”，实在是喜欢了这种境界，还有什么比读到一本好书更惬意的呢？在这浅浅的秋光里，能遇到让自己心动的文字，然后远离了喧嚣，远离了一切欲望，静静地融入到文字里，心就如那片慢慢浸红的枫，变得亮丽丰盈。

我是喜欢浅秋的，喜欢这种淡淡的感觉，一切都淡淡的，天淡，云淡，心淡。下过几场雨后，天气有点凉爽，这种薄薄的凉很适合我的心性，秋高气爽，人淡如菊。在这浅浅的秋里，喜欢这样随意地走着，让心无拘无束，不刻意，不追捧，不舍弃，不妄求，做一个淡淡的自己，任时光雕刻成随意的模样，微笑受之，安之若素。

秋季，是一个复杂的季节，冷与暖，得与失就这样交错着，收获的喜悦与缠绵的秋愁两两相立，无论怎样中和都不能相融；秋季，也是一个成熟的季节，有着深厚的内涵，有着静看得失、不惧严霜的品格。

读秋，如读人生。走在人生，就像走在斑斓的秋，读懂了收获的喜悦，也就读懂了生命的感伤。

冬

天空朦朦胧胧的，使初冬的感觉有点落寞，向远处望去，青灰色的云层，挤压着暗红色的楼房顶，像极了一幅油画，虽然有点陈旧压抑，但也有一种深沉的美。在这样的天气，会让人感觉低沉。但是，往往在这样的天气，心会静得出奇，静得没有一点尘埃。

我是喜欢冬天的，可以说我喜欢着每一个季节，每一个季节的来临，我都会欣然接受，暗生欢喜，静静体会着每一个季节独特的味道，享受着每一个让自己怦然心动的瞬间。

冬天，比别的季节清静，街上的行人也少了很多，街道一下子变得空阔。寒冷中，人们的身型越来越臃肿，树木的身形却越来越瘦削；臃肿的笨拙让人们显得有点可爱，但那些清瘦的树木站在寒风里，瑟瑟的，让人心生几分不忍。

一段路，走得太久了，容易让人产生疲惫，一个季节待得太久了，也会期盼着下一个季节的重逢。季节的轮回迎合了人们的厌倦心理，四时不同的风景，辉映着天地，也丰盈了每一颗在红尘中行走的心。

没有哪一个季节会像冬季这样沉稳，一颗心静得万念皆清。放下了收获的得与失，洗净了虚荣的繁与华，卸掉了翠绿嫣红的装扮，坦荡荡，磊落落，素面朝天，裸露着灵魂的本质，呈现着世界的真实，用一颗厚重的心，演绎着刚直不阿，诠释着铁骨柔情。

安然行走在冬季，聆听着冬的心声，心里在欣喜地期待着一场雪落，期待着一场梅开，期待着一场重逢，期待着一场相融。

雪总是来得悄无声息，总是怕惊扰了这个世界。夜里，无论下了多大的雪，都不会打破人们的梦境，只是在早上一推门，或是一拉窗帘，会忍不住发出一声惊呼："哦，下雪了！"一眼望出去，那一片洁白，会在瞬间惊了心，扰了意。

白天的雪是最喜人的，猛然间抬头，发现雪花儿飘飘悠悠在窗前露着调皮的脸，还不等看清就轻盈地离去。我总会忍不住地追出去，站到院子里，扬起脸看着这些来自天际的小精灵，欣喜地望着这些会自由行走的洁白的花。

每每站在飘雪中，让晶莹的雪花儿落在自己的身上、头上，总不忍伸手去接住它，不想看见它被快速地融化。雪花是自由的，是冰清玉洁的，它不会接受被谁握在手心里的结局，它会难过，会化成一滴泪，湿了那个贪婪者的心。

我们这里没有梅园，每当落雪，那娇艳的梅花会在我心里满满地盛开。有一份清香慢慢地慢慢地从心底里氤氲出来。我相信，雪花能感受到，因为，我看见雪花飞舞在我身边，久久盘旋不舍落下。有一份情感就是这样，静静的，我不语，雪懂，雪不语，我懂。

每一颗心都是柔软的，不管外表是如何的坚强与冰冷，只要你愿意靠近，愿意聆听，就会听到它潺潺流淌的心语。就像我和我的冬，只要这样静静地坐着，就能听见它在与我诉说着心里的故事，而我也会微笑着构思一幅春天的图画，与我的冬分享着内心的欣喜。

都是沉默的性格，相互间有着很多的理解，我安然地躺在冬的怀抱里，冬安然地行走在我的心里，不惊不扰，不离不弃。我喜欢我的冬，喜欢着这种心灵上的相融相伴，我愿意与我的冬相依相偎，走过寒冷，一起等待来年的春天。

附录

作者介绍

1．白音格力，原名潘军强，曾用笔名潘炫。在《读者》、《爱人》、《知音》、《羊城晚报》等报刊发表作品100余万字，出版短篇小说集《疼的单行道我逆行》和美文集《你必须有一样是出色的》。美文专栏作家，有文章入选小学《语文》课本。

2．独上月楼，原名李玲。著有《女检察官手记》并改编成20集电视栏目剧，在中央电视台、中国教育电视台三套等播放。2003年，成立雀之巢文学社团并任社长。

3．长袖伊人，原名齐惠卿，天津人，会计职业。喜爱文学，笔耕十余载，作品散见《山东文学》、《散文海外版》、《青海湖》等。

4．樱水寒，原名刘樱，女，湖北恩施人。现为江南烟雨社团执行社长，江山文学网签约作者。

5．清菡，原名王玲花，女，山西人。中国散文家协会会员，晋中市作家协会会员，江山文学网荷塘月色社团副社长，五十余篇文字散见于全国报刊杂志。

6．纷飞的雪，原名徐钰，女，上海人。江山文学网逝水流年文学社团社长。有散文小说见刊。主编出版《盛开的紫荆花》、《流年》。

7. 一朵怜幽，原名夏群，女，安徽合肥庐江县人。江山文学网逝水流年文学社团副社长。安徽省作协、散文家协会会员，《庐江文艺》编辑。发表散文、小说作品50余万字，获奖若干。出版小说集《荒城》。

8. 樊桦，原名樊本华，云南省作协会员。作品散见《云南日报》、《滇池》、《金沙江文艺》和《楚雄日报》等刊物，出版有短篇小说集《红颜煞》，现在元谋县教育系统供职。

9. 凉月满天，原名闫荣霞，河北正定人，《读者原创版》签约作家，教育部"十一五"规划课题组专家，河北省作协会员。

10. 染雨，90后，双鱼座。写作是忠实于自我的表达方式。

11. 芦汀宿雁，原名郑鸿雁，女，宁波人，江山文学网逝水流年社团编辑。40余万字文学作品发表于各大文学网站，文字散见纸媒。

12. 湖北菡萏，原名崔迎春，女，现居湖北荆州。江山文学网签约作者，文章发表于各大网站。作品散见在《党员文摘》、《现代青年》、《岁月》、《核桃园》等报刊。

13. 静如画，原名范静，女，河北石家庄人。江山文学网逝水流年文学社团编辑，文字散见各大网站。

14. 明月如霜，原名李素玲，女，河南濮阳人。江山文学网签约作者，渔舟唱晚编辑，散文发表于各大网站和纸媒杂志。

15. 一声轻叹，原名杨海燕，女，山西人。中华诗词学会会员，晋中作家协会会员，江山文学网荷塘月色社团编辑。150余篇作品散见于报刊杂志。

16. 情韵悠然，原名陈玉梅，女，深圳人。文学爱好者，江山文学网签约作者，文字散见国内文学网站。

17. 琉璃疏影，原名张丽华，女，青岛人，江山文学网签约作者。作品选入《清影浅笑》、《朵朵皆年华》、《纵使人生荒凉，也要内心繁华 》等书。出版过个人专辑《一弦清音》。

18. 暖冬，原名刘玉静，女，山东人，教师。江山文学网签约作者，喜爱文学，文字散见纸媒杂志。

19. 晶莹，原名黄生琴。女，新疆石河子人，江山文学网签约作者，西风瘦马文学社团副社长。文字散见国内文学网站。

20. 上官欢儿，原名常海艳，现居河南开封。江山文学网系统短篇小说主编，在网站发表文字逾百万。

21. 禾下土，原名单增科，山东人，江山文学网柳岸花明社团名誉社长，20余万字散见多家报刊及文学网站。

22. 瘦马宇龙，原名马宇龙。甘肃省作协会员、平凉市作协主席。著有诗集《瘦弦流响》、《大风过耳》，长篇小说《天倾残塬》、《秋风掠过山岗》、《山河碎》等。

23. 聆听花香，男，原名董斌，沈阳人，中国林业作家协会会员，中国散文家协会会员，沈阳市作家协会会员，江山文学网绝品主编。300余篇文字散见全国各地报刊，多次在全国各类文学大赛获奖。

24. 梅雪有梦，原名王丽新。江山文学网云水禅心社团总编辑，作品多发于江山文学网，偶有小文见于报端。

25. 回味，女，原名于芳，哈尔滨市作协会员。创建江山文学网渔舟唱晚社团，主编出版《朵朵皆年华》散文集。文字散见《岁月》等纸媒杂志。

26. 雨墨，原名范春晖，曾用名范诗雨，1982年9月出生于北国冰城哈尔滨的八零后，八岁随父母来到河北省唐山市。先后有《左手年华，右手心情》、《我家的警察》、《我不是淑女》等近20篇作品在有关杂志发表。

27. 凫水晔，原名王晓燕，女，江苏扬州人，江山文学网系统散文编辑。文字散见国内文学网站。

28. 月挂疏桐，原名刘荣玲，女，四川人。教师，广元市作协会员，江山文学网荷塘月色社团编辑。十余万字文学作品散见于市级报刊杂志。

29. 梧桐夜语，原名徐晟，网名梧桐夜语，中学高级教师，安陆市作协会员。活跃在中国作家网、江山文学网、散文在线、荆楚网、槐荫论坛等网络，有六十多篇散文、诗歌等文学作杂志报刊上发表。

30. 云静水闲，原名申云贵。男，湖南人，辽宁省散文学会会员，邵东作家协会会员，数十篇作品散见全国报刊杂志。

31. 阳媚，原名张晓梅，青岛市作协会员。作品散见《前卫文学》、《青岛文学》、《青岛早报》、《重庆文艺》、《国际日报》、《青岛早报》等国内外报刊杂志。

32. 软浪细沙，原名司宝珍，现任墨海放牧社团社长，江苏省连云港市人，毕业于江苏省警官学院。作品多见于纸媒刊物。

33. 桑干河，原名张少华。男，山西朔州人，江山文学网西风瘦马文学社团副社长。30余万字文学作品散见于杂志报刊及文学网站。

34. 诗心静美，原名海国春，北京人，教师。2012年开始散文写作，在网络上发表上百篇文章。

35. 田间布衣，原名石俊阳，男，河南长葛人。文学爱好者，江山文学网签约作者，作品散见于网络与纸媒。

36. 柳约，原名刘康朋，陕西汉阴人。作品散见《中国散文诗》、《西安晚报》、《陕图读览》等文艺副刊杂志。

37. 开心，原名赵新颖，女，笔名济南市作协会员。江山文学网签约作者，曾任星月诗话社团总编。《清平乐》、《苏幕遮》两首词入选于《中华当代诗词库》，另有多篇发表纸媒。

38. 潇湘竹雨，原名王在琴。女，吉林人，江山文学网签约作者。有作品选入《清影浅笑》，出版过个人专辑《一树梨花开》。

39. 春华秋实，江山文学山水神韵社团社长。又名，木子秋实。本科，汉语言文学专业，曾当过教师，大型企业宣传部长，现为唐山市公安局警官。

40. 琴声悠扬，原名李淑琴，女，生于1968年11月，山西临汾人，临汾市作家协会会员。

41. 不屈的棋子，原名王善常，黑龙江佳木斯人，生于1971年8月14日，农民。

42. 土著人，原名喻岳平。男，湖南人，江山文学网秋月菊韵社团散文编辑，约10万余字发表在各文学网站。

43. 冰煌雪舞，80后，籍贯四川，现居张家口。爱好广泛，早期曾有诗作见于报刊。

44. 刘柳琴，原名刘勤弟。女，河北邯郸人，江山文学网柳岸花明社团社长，百万余字文学作品发表于各大文学网站。

45. 宁心，原名郭爱华。女，山东人，中国国土资源作家协会会员，潍坊市作协会员，昌邑市作协副秘书长，江山轻舞飞扬社团副社长。

图书在版编目（CIP）数据

岁月静美：江山文学网散文精选 / 董斌，刘朋康主编 .—北京：中国华侨出版社，2016.12
ISBN 978-7-5113-6626-9

Ⅰ . ①岁… Ⅱ . ①董… ②刘… Ⅲ . ①散文集 – 中国 – 当代 Ⅳ . ① I267

中国版本图书馆 CIP 数据核字（2016）第 315447 号

岁月静美：江山文学网散文精选

主　　编 / 董　斌　刘朋康
责任编辑 / 嘉　嘉
责任校对 / 高晓华
经　　销 / 新华书店
开　　本 / 670 毫米 ×960 毫米　1/16　印张 /18　字数 /240 千字
印　　刷 / 北京建泰印刷有限公司
版　　次 / 2017 年 3 月第 1 版　2017 年 3 月第 1 次印刷
书　　号 / ISBN 978-7-5113-6626-9
定　　价 / 33.00 元

中国华侨出版社　北京市朝阳区静安里 26 号通成达大厦 3 层　邮编：100028
法律顾问：陈鹰律师事务所
编辑部：（010）64443056　　64443979
发行部：（010）64443051　　传真：（010）64439708
网　址：www.oveaschin.com
E-mail：oveaschin@sina.com